慢慢告别

不良生 著

江苏凤凰文艺出版社

目

录

人世风尘虽恶，

毕竟无法绝尘离去。

最爱的，

最忧烦的，

最苦的，

因为都在这里了。

———— 朱天文

part *1*

上

篇

旧
的
夏
日

1

　　她很少给我讲故事。她自己的故事，别人的故事，她都很少讲给我听。也许是因为她太忙也太累了，她没有闲暇从生活的琐碎里抬起她弓弯着的腰身来，喘一口气，坐下来，给我缓缓讲一个故事，毕竟讲故事是生活安逸的人打发时间用的。又或许是她肚子里装的故事都太苦了，还没来得及讲出来，苦水就先流出来，流成一片汪洋苦海。但这个故事，却是她说给我听的，一个发生在端午的夏天的故事。

　　后来我也听过许多发生在夏天的故事。端午并不是一个典故寡淡的节日。远的，有说一个战国时的诗人，他在这一天不想活了，郁闷而绝望地投汨罗江自尽，人间扒龙舟、吃粽子，热热闹闹地缅怀他；近的，有讲一个白娘娘，是条白蛇灵，以为能跟人类快快乐乐过日子，却在这一天饮下了心上人的一杯雄黄酒，显出妖类真身。所以这一天实在是没有什么好庆祝的，有人死，有人现原形，有人心潮如灰草，有人被负心人所伤。七零八落，好不伤心。

但她给我讲的这个故事却有点甜，不蛀牙的那种甜。虽然这故事里也并没有什么生离死别跌宕起伏回肠荡气动魄惊心，可就像从夏日的芒草堆里站起身来，举着秸秆空心管蘸了蘸肥皂水，往空气中吹起一个廉价的肥皂泡泡，鲜活、透明、浑圆、天真，飘啊飘的。

我在听她讲这个故事的时候，她已经活过了中年。皱纹、白发、斑痕，没有一样放过了她。但她坐在沙发上絮絮叨叨说起来的时候，却像是一个少女，有某种光泽笼罩着她。

2

那大概是发生在二十世纪七十年代初，具体哪一年我不晓得，她也没说，反正现在我也问不到她了，毕竟她已经死了。我们只好说那是一九七几年吧，当时，她是千千万万乡村少女中的一个。

她们大多出生在二十世纪五十年代末六十年代初，刚一落地就遭逢国家的三年困难时期。在最需要奶水和营养供给长身体的时候，她们是一代与生俱来就懂得什么叫饥饿感的女儿，并在这巨大的饥饿感中奇迹般顽强地活了下来，各自长成了少女——都很瘦的少女。

这样的乡村少女，在苏北农村里一抓就是一大茬，荒草一样，都十来岁的年纪。不对，不是荒草，是青草，像韭菜一样蓬勃生长着的，带着些泥也带着些露水的青草，平凡得没什么优点，也没什么缺点，往人群里一扔，村头村尾、家家户户都有那么一两个。她们像从一株青草根部生长出来的不同分株，幻化成了人身：有的在屋前的小河里洗衣物，有的在村子尽头那一口深井边上挑水，有的在屋后的猪圈前"喽喽"吆喝着喂草，有的在屋里的侧房轻轻摇着哄着襁褓中的弟弟入睡，细致得像个小妇人。你实在是没有办法把这一个乡村少女同那一个乡村少女准确区分出来，她们实在是面目太模糊了。

　　她们有着极其相似的朴素打扮。粗麻布、浅淡色竖条纹的衬衫，你怀疑她们的衣服布料都是从同一棵树上直接采摘下来的，拎在手里掸一掸、甩一甩，就套上了身子。她们脚上都踩着一双深色的布鞋，只有鞋底是灰白色的，而鞋头和鞋跟都磨砺出了一圈毛茸茸的线头，你怀疑她们的鞋子也都是从同一条河流里直接捞出来的，摆在田埂边一排，晒个半天，就套上了双脚。她们扎着一根粗黑的大辫子，耷拉在后脑勺上，反正不会高耸地跳跃在脑后，又或者扎着两根马尾辫儿，趴在肩膀上一颠一颠的，你要是走在她们身后不小心被她们甩到还会生疼，不过从没看到她们扎三根、四根、五根或更多辫子，你也怀疑她们的辫子是从井边那根又粗又糙的用来提拉水桶的麻绳上剪下来的一截，再均匀分配给了这些姑娘们。

　　她们的名字，你常搞混。东家的"兰"，西家的"凤"，前屋的"丽"，后屋的"芳"，村头的"秀"，村尾的"霞"。你在河边的那棵大槐树下恶作剧地随便喊任意一个引号里的名字，就会有好几个叫这个字的少女慌慌张张地带着些愠怒也带着些不解地陆续赶过来，瞪了你一眼，又一扭身子忙着干些别的事情去了。

给我讲故事的这个少女，叫"云"，当然她现在早已不是少女了，但在一九七○年代，她就是这一茬平平无奇的少女当中的一个。

3

很多年以后，她依然记得，那天的日子是五月初五，端午。农历的五月实际上是公历的六月，苏北的六月已是初夏正盛，一切都变得热腾腾起来，屋子、树木、河流、道路，都蒸腾着热气。

少女云跟几乎所有同龄的乡村姑娘都一样，扎着两根马尾辫儿，穿着素净的浅色衣裳，踩着一双深色布鞋，背着一只缝缝洗洗、打了无数补丁的书包。这只书包在几年前从隔壁邻居的大姐手里流传到了自己家姐姐手里，如今洗洗晾晒干净，又流传到了自己肩上。

她在每一个日光稀薄的清晨走去学堂，在每一个晚霞绯红的傍晚走回家。她家住在村子东头，学校在村子西头，走过去至少要一刻钟，绕过一条长长的弯路，爬过一座小山坡，跨过一条全村的人常年赖以生存的小溪，才能望见那由两三间破旧的砖瓦水泥搭建而成的学堂。学堂外面是一排灰白色的围墙，年久失修，坑坑洼洼，外墙用朱红色的颜料醒目地写着毛主席语录。这围墙像一道慈悲的屏障，将外头的尘烟黄土隔绝了开来，里头的两三间教室是这群大大小小、个头不一的孩子们远离荒原、亲近书本的世外桃源。

念书这桩事，对乡下姑娘们来说是桩奢侈事。农村里的庄稼人，勉勉强强还是会让女孩们念完小学的。只要不赶在各家的农田最繁忙的春种、夏收、秋获这三个时间段里，少女们就可以背上书包，三个一群五个一伙结伴去学堂偷闲个大半日，再回来操忙家事。与大多数小姐妹不同的是，少女云并不像她们那般娴静、害羞，她的骨子里带了点野性，仿佛天生有大大咧咧的一部分不知怎的浇灌进了她的身体，她总像个男孩子一般活泼，胆大心细，有些执拗，有些争强好胜，如同五月初夏的露珠，晶莹、剔透、生动。

这天清晨，她照例给家里的水缸挑完水倒满，给屋后的鸡喂完食，给猪挑完猪草，给侧房里在襁褓中仍在贪睡的弟弟换完了尿布，给全家几口人烧好了早饭要吃的一大锅玉米粥，蒸好了几个窝窝头。天晓得她是几点就醒来起床并干完这些活儿的。她可来不及吃早饭，只是趁着坐在锅灶后面生火的工夫，腾出一只手来，匆匆剥开了一颗冷粽子吃了，就当早饭。这些粽子，是她的母亲在端午前几天就包好了的，养在了煮粽子的那一锅水里，够全家人忙起来时吃上好几天。然后她匆匆赶去学堂。学堂里，先生还没进课堂，自然是乱哄哄一片。男孩们聚在一起扯皮，女孩们围在一起嬉闹，喧闹得很。

她一路小跑进教室，额头上一排刚刚一路过来时渗出的细细密密的汗珠，将几根零散的发丝牢牢地粘在她光洁的脑门上。关系好的一个小姐妹喊她："云，你来啦。"

她笑："嗯呐，今儿天气怎的这么热。"

她用力拍了一下小姐妹的头，径直走向自己的座位——教室第二组倒数第三张桌子。桌子破破落落的，刻满从前的学生留下的字；椅子是长条凳，一人坐一半，要是你旁边坐个大胖子，而你又坐得太靠近凳子头，同桌突然起了身，准叫你跷跷板似的跌个狗啃泥。

她准备把书包塞到桌洞里去，漫不经心地微微向后弓仰着脖子，目光却瞥到了课桌里的一角——既没有太深，也没有太浅，有人故意要让她发现似的，桌洞里放了一团报纸，微微绽出一个缺口，里头包着一只墨绿色的怪东西。"哎哟，这是个什里东西啊！——"

她性子外向惯了，先是心中一惊，然后本能地跳将起整个身子，长条凳被她摔翻在地。她以为是哪个同学的恶作剧，一边叫嚷，却不害怕，一边伸出手，用两根手指拎起那包怪东西的一角，在手里还有点儿沉甸甸的，随即忙不迭地用力甩向教室后面的空地。

在拎起它的那一刹那，其实她就已经看清楚了：那不是怪东西，那竟然是一颗粽子。墨绿色的是箬叶，甚至散发着才刚出锅没多久的糯米独有的潮湿与清香，仿佛包裹着一场原本可以保密的心意。

但已经来不及了。那颗粽子被重重摔得变了形，整个四分五裂，完全显露出了它的狼狈。箬叶绽开，里面的糯米和裹在其里的一颗蜜枣委屈地瘫软在地，像一张被扯坏了的脸孔，发出无声的惨叫。她这才回过神来，有些发怔，愣愣地望着那颗粽子，又低下头来看了看自己的手。教室里原本喧嚣的男孩和女孩都闻声簇拥过来，瞅完究竟，觉得没什么看头，又都鸟兽般散去。

那个小姐妹拍着少女云的一边肩膀，不放心地问："怎么啦，吓我一跳，发生什里事儿了？"然后，顺着少女云的目光望过去，不解道："咦，你带了粽子来啊，好好的怎的扔掉啦，没得事吧？"

先生远远地从教室外的围墙下夹着课本走过来，小姐妹顾不上等到她的回答，就逃回了座位。少女云刚想着该怎样收拾残局，这时当天一名男值日生已快一步走近那颗粽子，操起了笤帚和簸箕，将这一颗悲惨的粽子扫进了垃圾篓，悄无声息，仿佛什么也没有发生。少女云在先生"上课，起立"的口令中也匆忙坐回座位，原本很爱念书的她这一上午都心绪不宁，听不见先生的讲课，只听见教室外面初夏青葱的枝丫上立着几只鸟雀叽叽喳喳的声音，似乎在好奇地相互打探："是谁啊，是谁啊，是谁把这颗粽子放进她桌洞里的呀？"

4

一九七〇年代的苏北农村学堂，学生只需上午上大半天课，下午便可以各自回家去的，中午学堂也不管饭，倘若学生们吃过饭再往返学堂，不如待在家里帮大人们干干活儿、打打下手。

那天晌午，太阳已经升得老高了，先生宣布下课，学堂里男孩女孩们叽叽喳喳又四散去。少女云以往都是很快收拾书包，飞快回去照看襁褓中的弟弟的，今天却磨磨蹭蹭，似乎还没从早晨的粽子事件中回过心绪来。那个小姐妹与她回家不顺路，两人闲聊了一会儿，约好过几天她俩一起去看村头大队放的露天电影，就告了别。

少女云背起书包也起身，突然仿佛有阵风从右侧肩膀吹来，一个高高瘦瘦的男同学从她旁边迅疾地逃窜出去，消失在了教室门口。她抬头望去，是上午那个帮她及时收拾粽子残局的男值日生，原本坐在她后面隔一排。她想骂一声"这么急匆匆的弄什里"，眼角的余光却瞥到自己课桌上前一秒被搁下了一团小纸条。原来是这个男同学不好意思被她喊住，才风驰电掣般放下纸条逃逸而去。

"又是什里恶作剧？"她带着重新升腾起的愠怒捏起了纸团。但这一回她没有立即扔掉，而是胆大地展了开来。被揉成球的纸团即使被展开，也还是带了些支离破碎的褶皱感，上面用工整的钢笔字写着："今天早上吓到你了。粽子本来是想送你的。对不起。"

真相大白。

她的心头爬上一团羞色，柔软濡湿，像一颗刚出锅的蜜枣粽子。原来是这个男同学啊！她回忆起这个男生，只依稀记得他姓梅，长得高高瘦瘦，不好看也不难看，小鹿一般的眼睛，别的没什么深的印象。那个年代，男女生讲话不多，即使是喜欢打打闹闹的，也得双方刚好都是性格活泼的少年少女才玩得起来。她生性活跃，这个男同学却是文文静静，不太爱讲话的，两人自然也就没说过什么话。她没料想到，这颗粽子裹着的却是这样一份心思。

　　裹着蜜枣的粽子，她还从没有吃过呢。当时家里裹的都是素粽子，母亲偶尔讲究一点，会给她们几个孩子在粽子里面裹一两粒花生米、核桃仁进去，就已经是特别待遇了。她还记得前年端午，家里刚好有两颗蜜枣，母亲裹成两颗粽子，用不同颜色的线绳系着用以区分，一颗蜜枣粽子留给了她父亲吃，另一颗蜜枣粽子留给了家里的男孩——正在长身体的另一个岁数大点的弟弟吃。女孩是吃不到蜜枣粽子的，只能闻闻晶莹的蜜枣刚蒸熟之后散发出的清甜。

　　这个男同学家境看起来也不太富裕，这颗蜜枣粽子肯定是他特意留着给她吃的，早上那墨绿色的箬叶散发着的才刚出锅没多久的糯米独有的潮湿与清香，证明了是当天清晨才刚刚蒸熟了的。她眼前浮现出了一幕画面，一个不太爱讲话的男生在这天起了一个大早，清晨去学堂前，躲开父母的注意，穿过浅白色薄雾悄悄溜进他家里的锅灶旁，捞起一颗沥着水的有些烫手的蜜枣粽子，心思细腻地用报纸包裹着，想着要带去学堂给女孩吃。甚至这颗粽子原本就是家里给他的早饭。他背起书包走出家门，脸上绽放出笑容来。尽管粽子很快浸湿报纸，也渗进了书包里层的书页，但他心里是喜悦的。他第一个进了教室，趁所有人都没注意，忐忑而郑重地放进了她的课桌桌洞。

　　她才知道了故事的来龙去脉，就脑补了这样一长串细节与画面。她将这张纸团重新捏在手心，捏成一个球，也跟着其他同学走出教室去。奇怪，明明才是中午时分，她的脸颊上却躲了两片绯红的晚霞；奇怪，明明蜜枣粽子是被扫进了垃圾桶，她却嘴里、喉咙里、心里都像已经吃过了这颗蜜枣粽子似的，不动声色地涌起了一点点的甜。直到那天回到家去，这份甜还散不去。

现在看来，这颗蜜枣粽子顶多就是这个男同学悄悄送给她的礼物而已——可能并非传递什么大人们常常过于揣测的爱意，只不过是在沉默的年代、沉默的农村里，那些羞于言诉的孩子们想要表达自己对另一个生命个体亲密与友好的一种单纯方式。那个时候的少年们啊，有深如大海的心思，却只有细如溪流的表白。

但又可能，那其实正是一个少年对一个少女表达爱意的方式。他早早赶到学堂，在还没有同学看到之前，怀着怎样美妙的小心思，将这一颗煮熟的蜜枣粽子小心翼翼地摆放进了她的桌洞。只是，事情的发展出了岔子，出乎他的预料，也出乎她的预料。可他不好意思开口，她也不好意思抬头，他与她单向或者双向的反正是无从考证的爱慕，如同一粒湿漉漉的露珠，隐没在了那座乡村的山河岁月里。

初夏的阳光升腾起来，中午的烈日已经足够暴晒，让这世间万物都想藏匿起来却无所遁形，这一粒湿漉漉的露珠如同那颗蜜枣粽子一样，也滚落了在地，蒸发并且消失。

5

少女云听说过"滴水之恩涌泉相报"的老话，从她还很小的时候就懂得，倘若别人待自己好，自己也要待别人好。那天回到家里后，她虽然还是忙着给家里的水缸倒满水、给屋后的鸡和猪们喂食、给襁褓中的弟弟换尿布、给全家烧晚饭等，但她有一半的心思却是飞走了的。她总觉得欠了他什么似的，虽然她根本没吃上那一颗粽子，但欠了别人的好意也是欠呀。"不行，我得补回点儿什里给他才好。"她这样想着，双眼就不安分起来，在家里这儿瞅瞅那儿瞟瞟，寻思着给他带点儿什么稀罕物件才妥当，才对得起这份心意。

送给他一条自己珍藏的丝巾？她的脑子里刚冒出这个念头，就自己心里先扑哧一下笑了，哪有男孩子系丝巾的。给他带几块父亲远方的亲戚从外地带回来的大白兔奶糖？啊，也不好，男孩子不喜欢吃糖果的吧。从货架上给他包两块绿豆糕带过去？哎，不行，那是母亲留给她两个弟弟吃的，平时谁也舍不得吃，发现了肯定要挨骂挨揍。她发起愁来。最后，她在屋后一边清理鸡屎的时候一边思考，忽然，她眼前一亮：对了呀，给他煮两枚水煮鸡蛋带过去。鸡蛋也是稀罕物，一想到蛋白和蛋黄的鲜嫩，她就觉得美。虽然母亲每天都要数着当天的鸡下了几颗蛋过日子的，但鸡窝里这么多鸡，哪天多一枚少一枚鸡蛋也是很寻常的事。她有了主意，顿时感到身子轻盈起来。深夜里，她躺在自己的小床上，想着自己的这个计划，安心地美美地睡了。

翌日清晨，她照例很早就起了身，干完了几乎所有家务活，然后佯装很随意地走进鸡窝，俯下身子，从草堆里摸到两枚刚落地的鸡蛋，快速托起来轻轻握在手心。蛋壳还带着一些刚离开母鸡身体的余温，两只母鸡看着小主人慌慌张张又极力掩饰的神色，也慌慌张张起来，咕咕咕叫着，似乎在说"怪，怪，奇怪"。她飞奔回锅灶旁边，拿着碗舀起粽子水将两枚鸡蛋蛋壳上的屎白洗了洗，然后滚放进早已煮好的小半锅热水中。看着鸡蛋在热水里翻腾，她觉得满足。

正当时，厨房门吱呀被推了开来，父亲走了进来，他瞥了一眼女儿，一边走向灶台的窗户去拿自己的洗脸漱口盆打水，一边问："云啊，今儿怎的还没出门，还有什里活儿没干完吗？"

她吓了一跳，没想到父亲今天出早工，起了个大早。或许是太阳还没升起，晨雾中稍微有些暗影，父亲没有去看她在干什么。她镇静下来，应声道："嗯，爸，我蒸个粽子热了吃过就走，昨儿早上吃过冷粽子，后来肚子有点不舒服了。"

父亲没有再管她，她趁他背过身去洗脸的时候，赶忙从锅里用手捞起还没来得及煮得浮上来的两枚鸡蛋，把它们胡乱塞进口袋，随便找了个什么理由说又不吃粽子了，逃出门，去了学校。

这两枚没煮熟的鸡蛋当然没有送到那个男同学的手里。她在半路停了下来，掏出一枚鸡蛋，照着太阳的光亮看了看，里面的蛋清都是透明的，清晰可辨，根本还没来得及煮熟。哪有给别人送半生不熟的鸡蛋的道理？后来这两枚鸡蛋流落到了哪里，大概是丢弃在了半路，还是当天又带回家去了，她费力地想了想，摇了摇头，实在是想不起来了，反正都不重要了。鸡蛋跟粽子一样，都是没送得出去的心思，同病相怜、殊途同归罢了。

那天在学堂里，她坐在座位上，心里可沮丧了，觉得错失了什么似的。每每到了课间，她会借着和小姐妹聊天说话的空当，偷偷瞄那个男同学。偶尔他们目光交错，她看到他躲缩在自己的位置上，整张脸都涨得通红。她把头低下来，他也把脸转向别处，两个人似乎有什么话想说，可就是什么也没有说，暗自上演了大半晌的欲语还休。好在，没有人知道昨天那颗粽子的来历。只有他知道，只有她知道，这场美丽的误会。既然是误会，来得快也就去得快了。

其实她完全可以走过去说声"谢谢"的，或者也像他那样，给对方写张小纸条，表示一下自己的谢意或者歉意。但不晓得为什么，她就硬是没有去表示什么。后来她低着头，他也低着头。或许是因为那天她有些生气，气她自己辜负了一颗蜜枣粽子，辜负了一个陌生朋友的好意，也是生气于自己原本计划好的鸡蛋回赠之礼没有能实现。她心里微微有些疼痛起来，懊恼着自己。懊恼什么，大概是一点点笨拙，一点点羞涩。反正不是懊恼那个男同学。直到下课，直到那天放学，直到很多年过去，她也不曾有勇气走过去，张嘴说声抱歉。男孩女孩的心思啊，实在是说不清也道不明。

但在这第二天晚上的梦境里，她跟他又碰上了。他们在学堂外面的走廊上迎面而来，两个人停下脚步，顿了顿，然后她冲着他笑了，这笑里有谢意，有歉意，她并不能搞清楚自己到底有没有爱意。他也笑了，露出一口牙，但她却没看清他的脸，他的整个人形被初夏的阳光从背后打过来，背光的特效给他照耀出了一道看不清的温柔的阴影，像一只不曾说过话的鹿从她身边跳了过去。他们就是这样在她一个人的梦中完成了两个人的邂逅或者表白。虽然在梦里他们也什么话语都没有讲，只是互相笑了笑，就又擦肩而过了，但她在这梦里头觉得生出了一种圆满来。她在这圆满里沉沉地睡了。

6

过了十来日，家中赶上夏收秋种，父母命少女云不再去学堂，帮家里干农活，她只好跟着父母和姐姐下田从早忙到黑，学堂是好久都没有再去了。那时候的学堂，每到农忙时节就不上课了，孩子们回去给家里当劳力，老师们也都去生产大队上帮忙，即使农忙尾声，学堂复课，也是疏疏朗朗的只有几个孩子，困恹恹的，刚从一场农忙浩劫里逃出来。她那个小姐妹也是同样的命运，但被家里人疼爱多一些，偶尔还能从农忙里抽出个半天空当去学堂，囫囵吞枣念一点书。

有时小姐妹在田垄间碰到了少女云，会拉着她叽叽喳喳讲学校里又发生了哪些事情。少女云很想从小姐妹口中听她蹦出关于那个男同学的只言片语，但每次都没有，她也不好意思问，只觉得悻悻然。

她以为这不过是暂时停了学业而已，跟以往几年一样，等到夏收结束，她又可以回到学堂念书，重新见到小姐妹或者某些人了。但在这个时候，却发生了一件事，她患了腿疾。

苏北农村四季分明，夏天很热，冬天很冷，一年种两季稻。这年盛夏，这天晌午，毒日头劈头盖脸砸下来，她跟父亲在水田里刚收完水稻正在插着秧，她的右边小腿骤然一阵钻心的疼，疼得让她站不稳。她急忙低头看过去，一条蚂蟥正牢牢吸附在她光洁的腿上。她惶恐地大喊大叫起来，瘫倒在了稻田里。父亲大阔步跑过来，甩着手臂拔走蚂蟥，她的小腿顿时喷涌起硕大的血珠，周围其他农民纷纷围上来，帮她用草叶止了血。她被父亲背回家去躺着，养腿伤一养就是好几个月。后来她回忆说，以为自己会就此变成一个瘸子，伤心也灰心得很。但比变成瘸子更让她意想不到的，是她自己的学业就此中断了。

等到她能自如地走路，已是那年寒冬。岁末年初，她的腿疾似乎完全好了。父母等不及地在她耳边念叨："这大半年你在家里养伤，什里活都没干得成，明年你就别去念书了，正好生产大队要每个人家里出一份劳力，你是家里的顶梁柱，该懂事了，你就去参加劳动，帮着家里挣工分吧。"

父母的语气里带着不容反抗的意思。姐姐远嫁，弟弟尚幼，父母之命比天还大，她晓得自己没有拒绝的权利，只得认命。

去生产大队参加劳动的前一天，她把那只缝缝补补的破旧书包洗洗、晾晾，细心地收叠了起来，以后还要留给弟弟长大后念书用的。她自己的文具、书本，她没有丢，也没有烧，用一块麻布料子包起来，埋进了自家屋后的一棵老槐树下，像是埋葬自己的学业、自己的青春、自己的命运，或者某些人。她完成这桩悼念仪式，就再也没有挖开。

那天傍晚，她站在村子东头，扶着自家门前的一棵老槐树，望向村子西边尽头的学校，其实是望不见的，但她好像是能看见了的。她晓得自己再也不会绕过一条长长的弯路，爬过一座小山坡，跨过一条小溪，走进那所学校的随便哪一间学堂去上课了。她想起从前念书的那些日子，都已经遥远得像前世发生的事儿似的。

开春后，新学期开学。那小姐妹见她好几日没来上学，偷偷跑来她家看她的情况，兴奋地说："我们换了新的教书先生，比之前那个年轻好多。可惜班里的学生走掉了好几个，你是不来了，再也没有人陪我玩了。对了，有个同学，也被家里人派去参加生产大队劳动了，不来上学了。还有那个女生，我们班成绩最差的那个，姓朱的，身上有狐臭的那个，你还记不记得，听说嫁到隔壁村子去了，不晓得是被拐过去的还是被卖过去的。还有一个男生，转走啦，听说他家里人是第一批下乡劳动的知青，现在跟家里人回了城去了，也不来上学啦，是个姓梅的。反正班里的变化可大了……"

小姐妹还在滔滔不绝、口沫横飞地讲着扯着，少女云听到这里，她心里一咯噔：班上只有一个姓梅的男生，那便是他了。

那时候的人，一别就是永诀，生离就是死别。"明日隔山丘，世事两茫茫。"大抵说的就是这么个境况。他与她没留下任何联络方式，也没有任何联络方式可留下，甚至他和她都没说过话，他们之间其实什么都没有发生。

过了几年之后，她嫁人了，嫁给了小镇上一个男人，收拾自己的衣物细碎装进一个箱子，就要搬了过去。离开乡村前，她最后一次给家里打了满满一箩筐鲜嫩的猪草、挑了满满一水缸清冽的井水，又最后一次去看了看从前念书的学堂。

正是农忙假期，外墙上面原本醒目鲜亮的朱红色颜料好像斑驳了一些，手摸上去，厚厚的一层灰。学堂里头的两三间教室空空荡荡的，黑板空空荡荡的，桌椅也空空荡荡的。她莫名地想要跑回来，重新回到这里，再看一眼这里的一切。她看了看自己从前的桌椅，也看了看那个男生的桌椅，恍惚地想着：以前坐在这长条凳上叽叽喳喳的少男少女，怎的都不见踪迹了呢？

夕阳的余晖照着二十世纪八十年代初苏北农村破破落落的学堂，在光线里燃烧殆尽它的最后一丝温热与光亮，然后迅疾地收拢起了它的残暖，留下一片冷寂灰暗的阴影，像是她被荒废了的学业、没来得及开始就被中断的朦胧的情感，以及仿佛也在此冷却了一点点的人生。

时代的车轮已滚到二十世纪八十年代中期，改革开放的飓风也轰轰烈烈地吹进了这个小乡村。她嫁人后的某一天，收到一封信，是从深圳寄过来的，寄件人是当初她那个小姐妹。

原来小姐妹小学毕业后就去了南方打工，在深圳落地生根。那时候的苏北农村，的确有很多像这样的乡村少女年纪轻轻就去南方打工，多是进工厂，有了一些资本之后，再自己出来单干，由此闯一番天地。小姐妹还在信里说，她后来在深圳那边碰到了一个老同学，两人现在也结了婚，有了孩子，孩子随父亲姓梅。两人租了一家小店做小本买卖，日子过得倒也顺遂，还不忘客气地叮嘱云以后过去那边耍子。

人和人有的能重逢，有的不能再重逢。我们能重逢是一种缘分，不再重逢大概也是一种缘分。

又过去了很多年，她与小姐妹渐渐断了联系，世事聚散本来就是极其寻常的事情。那时她有了丈夫，有了家庭，有了孩子，她也永远离开了那个小乡村。她从少女云变成了一个少妇，一个离了婚的女人，一个中年寡妇，一个生了病的人，一个风烛残年的老人。她的人生里也流逝过了很多个端午，每一年她都会亲手包裹些粽子，每一次她都会想起她的少女时代，那个晨光中羞涩的男同学。从前的学堂，学堂里的那张桌椅，桌洞里的那颗粽子，替她打扫粽子的那个男同学，全都杳无音讯，过着与她再无关联的人生。

她与他，从此似人海茫茫中，一盏白玉灯永灭。

7

这个叫"云"的少女，后来就是我的母亲。我想你也该猜到了。就像你也猜到了，这故事实在是太寡淡了，平淡得没有波澜。一开始我也跟你们一样，以为会听到什么惊世骇俗的传奇或佳话呢，可其实，它听起来只不过像仰头喝了一壶白开水。但在她并不漫长的一生里，这故事却如此珍贵，以及甘甜。

后来她吃过许多苦，那些苦是你能想到的苦，也是你想不到的苦，是我不愿再提及的苦，是不想像祥林嫂一样喋喋不休叨叨不止的苦，是她也不愿再回忆起来、因为一回忆起来就觉得疼得叹一口气的苦，是那些我一说出来、一写出来反而轻薄了它们的苦，是你们不太想听也觉得隔靴搔痒隔岸观火没法感同身受的苦，是对这个宇宙星球来说很轻但对她的独立生命个体来说很重的苦。我只能告诉你，这些苦啊，让她只活到了五十七岁，她的生命永远中止在了五十七岁。

所以我喜欢这个故事，也珍惜这个故事，像她珍惜了它一生一样如此小心呵护。我没有办法穿越回她的少女时代，陪她走一段路，陪她说一会儿话，陪她一起成长，陪她哪怕是过完一天。我不晓得她的少女时代是什么模样，正如她不晓得我的中年时代是什么模样。但多亏有这个故事，我梦回了她的梦，梦回了她人生中为数不多的甜蜜片刻。后来我想到端午节，过着端午节，所记得的也不只是屈原、白娘娘，还有她的故事。这故事里头没有人死，没有人现原形，没有人心潮如灰草，没有人被负心人所伤。它既甜蜜，又伤心。

　　你问我是什么时候听她讲起的这个发生在端午的旧的夏日故事，那是在我长成少年模样的某一天吧。那时候她也接近五十岁了。那一天，我与老去的母亲闲聊家常，听她坐在沙发上，坐在黄昏里，淡淡地讲起了这样一桩少女时代的细碎的往事。她说，那一年端午，曾经有过一颗被辜负了的粽子。

　　"要是那天我看见了那包怪东西，没有大喊大叫，要是我把那颗蜜枣粽子吃下去了，要是我给他带了两枚煮熟的鸡蛋，要是我也跟他说上了话、写了张纸条，要是我没有得腿疾，要是我没有被中断学业而是继续念书，要是他没有从我们村子里转走回了城，要是我来得及跟他说了些什里，或者他跟我说了些什里，要是哪一步不一样，那就好了……不，不对，那样子也不好，要是没有这些阴差阳错，后来就不会有你啦，所以啊，哈，都是命运啊，命中早注定好了的。"

　　母亲一边絮絮叨叨聊着，一边微微笑着，好像在说一件苏北农村烟雨里雾蒙蒙的尘封故事。那样的时刻，她经年累月饱经风霜的皱纹、白发、斑痕好像都奇迹般消失不见了，她的形体也缩小，变得紧实而饱满。她重新变回一个少女，宛若朝霞般动人的光泽与神色又飘飘荡荡，飘飘荡荡，飘回到了她褶皱而柔和的脸颊上。

干杯朋友

1

开始整理她的遗物已是七年后的事了。

那是个清晨，或者是个午后，反正是我刚刚睡醒。我轻轻推开了她房间的门，走进另一片这些年来我都很少踏足的领地。我手脚放得很轻，仿佛会惊扰到她似的。但她其实已经不在很久了。

老照片，老书籍，老衣物，老门框，老气味。收拾旧物的过程，是一次剔骨削肉的断舍离。我打开迎着门口的窗户，让阳光细细碎碎洒了几块斑点落地，空气也趁着阳光的空隙悄悄地流窜进来，光线里有灰尘在轻轻柔柔翻涌着旧的痕迹。我拧开日光灯，照亮了她的床，也填满整个四片乳白色的墙壁。蚊帐、被褥、枕头、床单，距离上次晾晒已经过了五个月，它们都齐齐整整地叠着，但已经很久没有裹住任何与她有关的温度了。

我开始清空她的房间。

从她的衣橱衣柜开始，整整一排都是她的衣物，但大多都是后来她不再拿出来穿的，也有好几个隔间里是摆放着一些布料、毛线团、绸缎被面，甚至是我婴孩时穿的帽子鞋子、褂子裤子。她在很多年前将它们洗得干干净净的，再一样一样地紧实折叠好，用塑料袋扎紧封口，整齐有序地摆满了这一排衣柜。它们活得比她长、比她久。

这些衣物是那天挑选了后剩下来的。其中一批被挑选了去焚烧，一并火化给她，剩下更多的衣物因为上面带了些纽扣、金属、拉链，或是不好看、不成样子，被淘汰了下来，扔在了家中。

一只塑料袋一只塑料袋地解开，她的气息仍在，仿佛被她施了什么魔法，在她的身体发肤、骨骼血肉都已经化作风与尘这么久之后，仍把气味保留了下来。这些被开封的塑料袋把她的气味散逸在房间内，又从窗纱的缝隙溜出去，逐渐淡了，被我放生，去往天地间。

她剩下的衣物，我挑了几件留了下来，做珍藏一生的打算。其他的一些，是时候扔的扔、捐的捐处理掉，最好能寻得一个妥帖的去处。我重新将那些准备丢弃的她的衣物用塑料袋子打包好，在卧室的地上堆了好几摞大大小小的小山丘。

扎紧封口的时候，没有由头地悲从中来，剧烈颤抖着哭了出来。已经好久都没再哭过了，大概是眼泪都在她刚走的那大半年里头流了干净，这两年越来越哭不出来，好像再也没有什么疼痛感会盖过她的死给我带来的疼。直到这一刻，感觉自己要亲手把她存在过的证明全抹杀了似的，心狠手辣、铁石心肠、狼心狗肺、薄情寡义——一连串这样的词语一股脑地袭来，我不可抑制地哭了一鼻子。

　　整理完书柜接着整理旁边一个三层的置物架，那里摆放着她的皮包、镜子、小相框、小摆件、纸扇子、没拆封的花露水、插电式热水袋、工艺品、项链、袖套等。我在架子最里层翻出一只 MP3 播放器。

　　是一只小小的、劣质的、白色狭长形的 MP3。这还是念大学时给母亲用来听歌的，她用得极其爱惜，一直没坏过，即使已经过了十来年，也洁白得如同崭新。重新充上电，插上耳机线，摁下播放键，当年我给她拷贝进去的曲目都还在，第一首跳出来唱的，是这首：

　　　　朋友你今天就要远走
　　　　干了这杯酒
　　　　忘掉那天涯孤旅的愁
　　　　一醉到天尽头
　　　　也许你从今开始的漂流再没有停下的时候
　　　　让我们一起举起这杯酒
　　　　干杯啊朋友
　　　　……

很干练的女中音，一个长发飘飘却硬朗大气的歌手。以前我不能那么准确地明白她为什么喜欢这首歌，现在似乎懂得了几分。她也是一个坚韧的女人与母亲——在她数十载独自强悍地操持着一个由母子俩组成的残缺之家的历程里，她对这类歌有了更多共鸣与共情。

歌里唱的是朋友，是离别，是远走。她这一生，被许多朋友告别，也告别过许多朋友，有时候是迫不得已而被生活的河流分开，有时候是自己主动选择挥别与放手；有的朋友隔了很多年还能彼此记挂、相互问候，有的朋友断了联系、杳无音讯，世事茫茫隔着山岳。

我的母亲，她与她的朋友们，各自短短活了几十年，她们的聚散离合，颠沛漂泊，欢苦忧愁，都在世间的这一杯酒水里头了。

2

我一直记得一个人的名字，叫"刘云"。尽管我记不得她的脸。甚至我也不确定是叫刘云还是刘芸，我在后来回忆往事时总一厢情愿地认定她是叫刘云，因为母亲也叫云，丁碧云。刘云与碧云，她们就是两片曾经相偎依的云。

母亲没有来得及讲完她这一生的故事，所以我不晓得她和刘云是怎么认识的。是同一个村子里一起长大的少女？是短短的念书时期结识的小姐妹？又或是出了社会在同一处地方当女工时认识的？都有可能，也都不重要，重要的是母亲曾常常念叨起她。

从我有记忆开始，印象最深的一次，是母亲骑着一辆黑色脚踏车，后座载着我，从小镇去乡下看望外公外婆。在她小小的身子向着乡下那座陡峭的大桥吃力地朝上蹬踩着车踏脚时，我一边看她的后背弓起又落下，一边听着她漫不经心又无限留念地絮叨着："以前啊，你有个刘云阿姨，我们也一块儿这样骑车上桥下桥，不晓得她现在人在哪块儿，过得怎么样了……那个时候啊，我们感情很好呢。"

母亲说起她的时候，她们已经分开很久了。她也只是在重临熟悉的场所时，怀念起了她们的青春。后来我一直记得那天的桥。

她们那一茬乡村少女在二十世纪八十年代初期，各自嫁人的嫁人，进工厂的进工厂，留守在乡村的也过一辈子，去了小城小镇的也仿佛是一场远行。叽叽喳喳的她们，在命运的枝丫呼啦啦就散了。

母亲与刘云阿姨就是这样一对从少女年代走到青年时期，散了的小姐妹，虽然散了，但在最起初时，她们走动、联系得还是很勤的。当她们的人生接二连三发生动荡，姐妹的情分是最后的慰藉。

那时母亲与父亲刚离婚不久，带着幼小的我生活。我还没到入小学的年纪，母亲带着我四处漂泊，看似人生有无限可能性，哪里都可以重新落地生根；但也丧失了很多可能性，已经不是一个来去无牵挂的单身女子了，她得为我考量和打算。这样说来，母亲应该是带我去找过刘云阿姨玩的，只是我想不起来了。

一九七八年中国实施改革开放，在那些年，改革开放的浪潮汹涌席卷到了小镇村庄，不仅歌舞厅、录像厅、台球室、游戏机室、发廊悄然兴起，苏北乡镇的女子间也都兴起一股去苏南打工的热潮，她们都听说苏南那边的工厂新、环境好、食宿全、赚钱多。所以无论是年轻姑娘还是中年妇女，都满面春风地先后踏上南下的长途汽车，想去打开一片自己的美丽新天地。

那时候母亲已不开缝纫店了，毕竟开店要资本，一个人孤掌难鸣。刘云阿姨当时也尚未婚嫁，劝母亲说："你看你，现在带着孩子生活，也无牵无挂的，不如我们一块儿去南方打工，找个活儿干。你可以带着孩子一块儿过去，开始新生活，我们结伴也能有个照应。你的缝纫手艺这么好，以后养活孩子肯定没得问题。"

母亲听了也很心动。南方啊南方，这两个字光是在嘴里念起，在脑袋里回响，就已熠熠发光。

两个女人，带着一个我，决定去南方看看，趁着那边服装厂的招工潮去闯一闯。这是母亲第一次带我出门远行。

那是一个暖和的日子，母亲还有刘云阿姨带着我，我们穿着薄外套，拎着简单行李包，三个人一起从苏北乘坐汽车去南方。现在我已不能精准回忆起那是无锡、宁波还是哪里，反正我只当是去旅行。或许母亲也是这样想的。既是去找工作，也是带我出去玩，散散心。

我们赶了个大清早出门，长途汽车在城市乡镇之间蜿蜿蜒蜒、逶逶巡巡很久，午后才抵达那座城市。之后的情形我已经记不住了，是在哪里吃的饭，母亲和刘云阿姨是什么时候去看的那家服装厂，我全没印象，像是唱片机跳了帧，空白了一块儿。记忆再度被衔接上，已经是我被母亲抱在怀里或牵在手里到处走，很快天就黑了。

她们没有去找任何一家旅社投宿。是可以开一间房，挤挤睡的，但能省一些钱总是好的，乡村出来的女人都有一种吃苦耐劳的野性与秉性，任何艰难困苦，只要挨一挨也就过去了。于是我们不晓得走了多久，直到看见空无一人的街道上，路边出现一间小店铺。这是一家类似石磨坊的生猪肉铺，只有一个切肉的案板、一排长凳，全是石头水泥，粗糙简陋得很。估计是店主人白天营业屠宰切卖，晚上就清空店面、卷铺收工，不关门，也没必要锁门，更无须人看管。

母亲与刘云阿姨牵着我，我们在夜幕下都走得累恢恢的，看见这一处避风港，眼里有了光亮，打算在这里头将就过一夜。她们从随身背包里翻出了几张报纸，平铺在那条长长的油腻的水泥案板上，她俩挨在一起坐着打盹儿，我躺在母亲的腿上睡，母亲搂着我，给我盖上外套。四周静谧无声，没有月色也没有星光，没有灯火亦没有虫鸣，让我觉得格外安宁。

那天半夜，店铺门外传来一阵嘈杂声，来了像是民警模样的两个男人，摇着手电筒，粗暴地照着我们的脸孔，厉声询问我们的身份与来历，然后盘问我与这两个女人的关系——原来他们以为我是被贩卖过来的小孩。两个来历不明的女人，与一个小男孩，黑漆漆的夜色，周遭腥臭的生猪肉铺，这样的场景太像是一次拐卖了。

我告诉民警叔叔说，她是我的妈妈。我开始觉得害怕起来，躲在母亲身后什么也不敢说了。好在母亲和刘云阿姨随身都带了证件，也带了我的出生证明，这才证实了清白。两个民警语气缓和了些，继续叮嘱了些"这儿不能过夜"的话方才离去。后来我又睡着了，母亲一整夜守着我。很快天色熹微，露出灰白与微蓝。

翌日，我就跟着母亲返回了苏北。我不晓得她和刘云阿姨那次的南方之行有没有被服装厂聘用，只在后来依稀从母亲的口中听说，刘云阿姨之后真的去了南方，不只是苏南，而是更远更远，她与母亲也断了联系，茫茫人海，像吹散的两粒沙，彼此杳无音讯。

母亲后来没有去南方，她留在苏北小城抚养我长大，就这样一直活了二十多年，活到老，活到死。我却在母亲走后，一再想起很多年以前，与母亲去远方的这件小事。她与刘云，都叫云，但一个是停驻在原地无法漂泊远去的云，一个是最终真的飘向了远方天地的流云。这两片曾经相偎依的云，她们再也没有重逢过。

3

与这次远行隔了大半年后，母亲带着我，在苏北一个陌生的小镇租了一间房安了家，我也像同龄孩子那样开始念小学。小镇不大，但有河流，有桥，有商场，有书店，还有一座影剧院。每到六一或国庆，学校会让我们上台表演，镇上远远近近的居民都会来看演出。

已经是二十世纪九十年代初，城镇的生活像一个魔幻的大杂烩，既有农村落后破旧的一面，也有城市新潮时髦玩意的冲击。母亲与我在小镇的西南片区住了下来，她每天骑车载我，穿过大半个小镇送我去上学，生活似乎也在平淡安逸的日子里稳稳当当地过了下去。

母亲盘了一爿店面做小商店，卖烟酒糖盐、冷饮零食等各种杂货。她还在店面的里层拉上布帘子隔开了两个小半间。一个小半间是我们的卧室，挨挨挤挤摆放着小小两张床；一个小半间摆放着她的缝纫机、拷边机、裁剪衣物布料的木板，上边整齐排列着她靠手艺活儿吃饭所必备的几大物件——剪子，尺子，画粉，熨头。

卖卖杂货，再替人做做衣裳裁剪缝纫，只要能活下去，人就不会饿死，人生就有希望。

母亲性格活络，很快结识了左邻右舍的朋友。但一个单身女人还带了一个孩子，总归是世人口中的谈资，无论猜测离异还是丧偶，都不是什么光彩的事，可母亲却用她的热情化解了人生的囹圄。

在我家店面的西边，隔了几家远也有一爿小杂货店，那户人家是本地居民，店开了好多年，邻居街坊跟女主人处得更熟，都习惯去那家店买东西。女主人比母亲年纪大，有一张蜡黄的脸，看到母亲也开了一家店来抢生意，难免同行竞争，没少给脸色。两家人的关系从我上小学一年级，到我念完小学随母亲搬走，都没和睦过。

巧的是，在我家门前马路斜对面，也有一家缝纫店，又跟母亲的裁剪生意"撞型"了。这个女裁缝，叫"北凤"，手艺比不上母亲，她不像母亲能给客人完完整整裁剪缝制出一套衣裳，更多的只是钉钉纽扣、装装拉链、打打补丁这一类的缝缝补补。但很意外的是，她和母亲虽是同行，却成了母亲在小镇上的第一个朋友。

原来这位北凤阿姨也是单身，她比母亲年长十来岁，早年与丈夫离婚，也是一个人拉扯着儿子长大，如今儿子有了工作在教书。她见母亲也是单身女人带着孩子，又是同样靠裁缝手艺吃饭，更同样寄人篱下租了个店面讨生活，仿佛看到了一个年轻版的自己。她与母亲在这样的境况之下，也就有了一些"同是天涯沦落人"的惺惺相惜的意味，从起初的不熟络渐渐变得熟稔。

北凤阿姨来我家串门时，母亲会跟她唠家常，聊着聊着，话题就转到我身上，跟尚在念小学的我说："你要用功，好好学习，跟北凤阿姨家的小勇哥哥学习，以后也能有一份正经体面的工作才好。"

北凤阿姨笑道："你家孩子这么乖，比我家小勇小时候乖多了，你不用愁，长大以后肯定有出息。"

后来我在小镇上念到小学高年级，有好几个星期，语文老师请了病假，这小勇哥哥当时教的是别的班，还来我的班级里代了几天课。妈妈的朋友的儿子是我的老师，这让我感觉很骄傲。

我也会跑到北凤阿姨家蹭电视看。那时候我家只能收到中央一套和一两个地方台，而北凤阿姨家可以收到很多省级卫视，白天会播放那时很让我着迷的《新白娘子传奇》。我磨蹭着跟母亲提出想去阿姨家看电视，母亲多半是默许的。我看电视时，倘若赶上北凤阿姨家快要吃午饭、吃晚饭，也会自觉地道了别，回到家去。北凤阿姨跟母亲说："你家孩子被管教得素质太好，一看到我们吃饭就走，我怎么留他吃饭他也不肯。"母亲心里满意，却只是笑。

还有一回，电影《妈妈再爱我一次》在中国大陆重映。小勇哥哥大概是单位发了几张票，给了北凤阿姨，她来找母亲陪她一起去看。母亲本来是也想叫我一起去看的，可惜我当时沉迷于神神怪怪的神话电视剧，对此不感兴趣，假意说是要留下来帮母亲看店，硬是没一起去。于是那天，母亲和北凤阿姨像一对中年姐妹那样，开开心心出门去，哭哭啼啼回家来。我问母亲好看吗，她说"真感人，哭得没得命"。

此时母亲已三十好几，开始迈向四十岁的人生。能在这个年纪，在这样一个人生地不熟的异乡，有北凤阿姨这样一个朋友，是一份福祉。

在我念完小学前，北凤阿姨一家搬走了，在小镇的郊区建了一处独门独院的小四合院，周围都是农田，荒凉得很，但门庭独立，北凤阿姨过上了她想要的生活。小勇娶了媳妇，听说婆媳间时常闹不和。母亲起初还会去看望，但毕竟隔了远了，往来也就渐渐少了。再后来，我初中毕业，得去县城念高中，母亲与我又搬到了县城去，她与北凤阿姨从此见不到面，更是生疏了些。

成年人的友谊很难得，也充满变数。就像水是流动的，风也是吹动的，成年人的感情也是在变动之中的。只要在相聚时投入了全部的真诚与热望，如今分开了，寡淡了，也就不觉得遗憾了罢。

之后的这些年，偶然一次听说，小勇后来也离了婚，跟北凤母子两人一起过，小女娃也判给了父亲。那时我已在念高中，母亲唏嘘着说："以前是妈妈离了婚，没想到现在儿子也离了婚，带了孩子生活。说来也奇怪，这世上很多的人家，下一代竟然都跟上一代同样的命运……"

大概是北凤阿姨觉得自己儿子离了婚，脸上不光彩，她没有联系过母亲。也大概是母亲此时身体已抱恙，去医院检查诊断出了肿瘤，已是病人，她也没有联系过北凤阿姨。直到我念了大学，有了工作后，很巧合的一次机会，从同事的口中得知他认识小勇，有很浅的交情，我欣欣然向他询问并记下来小勇的联系号码，回家兴冲冲地递给母亲，希望母亲在这么多年后，还能与北凤阿姨重新联系上。

母亲握着写有号码的那张纸条，脸上浮起希冀的神色，又讪讪然地黯淡了下去。她叹道："算了，都十来年过去了，这么多年没有过联系，再去联系还有什里必要呢？"

那一天，我似乎懂得了成年人的人生。很多时候并不因什么恩仇，而是人生的无常以及苍茫，就已经让人难以去捡拾那些从前的线头。没有告别的告别，就早已是告别了。相见不如怀念，朋友也是一样。母亲与北凤，就这样疏离至此。如今母亲故去，不晓得北凤阿姨是否仍在世。倘若仍在世，也已七八十岁了罢。

4

如果说母亲与刘云是少女时期两片初时相依后来离散的云，与北凤则是人在中年羁旅途中偶然相逢又各自漂去的萍水，而母亲真正想要主动地寻回一段友情关系，是在又过了四年后，那时我已大学毕业。

回到小城后，我参加单位招聘，也拥有了一份当初母亲所期待的"正经体面的工作"，尽管我这份工作后来并没有给她带来任何现世生活中的扬眉吐气或能延续生命的裨益，但她觉得舒心，是替我觉得舒心。母亲那时也正处在手术化疗后的间歇期，生活看似静水流深。当时为了办理一些户籍手续，我得回一趟从前的小镇。

在我重回小镇前一天，母亲找了个空隙对我说："明天你去小镇忙完你户籍的事儿，假如还有时间，还能帮我寻访一个人？"

我点头，那小镇上全是母亲与我过去的熟人。

"你还记不记得你念小学时，小镇东边那条路上有个阿姨的。"母亲大致告诉了我这个阿姨的样貌与名字，也不是正式的名字，只是一个昵称。母亲是惦念起她的老朋友了，她想要听得她的音讯，"你要是还有多出来的时间，就顺带帮我去找找她，换个联络方式，要是没得时间就算了，办理户籍要紧，不用把它当个事儿。"

我对这位阿姨最深的印象，是她总也风风火火的，嗓子又破又洪亮，像王熙凤，还没进我家门来，大嗓门早先一步冲进来了。在与北凤阿姨疏离之后，这位大嗓门阿姨起初还来小城看过母亲一两回，她们是能说知心话的人，她是母亲中年以后结识的姐妹。

在二十世纪九十年代末，人们的生活水平提高了，很少再有什么人去买布料找人缝制衣裤了，都买成衣成裤穿。母亲喃喃回忆说，缝纫生意落寞之后，日子还得过下去，为了养活母子两个人的家，她得出去打零工赚钱。她想到了一条路，能够继续发挥她缝纫手艺的余热——进纺织厂做女工。

但当年小镇上的纺织类工厂即使招收临时工，也限定死了年龄：不超过三十五岁。四十出头的母亲没有办法，愁于生活，跟这位阿姨诉苦。这位阿姨听了，给她想出一个没有办法的办法：让母亲拿她的身份证复印件去参加招工。这阿姨身份证上的照片，留着齐耳的短发，眉目拍得不清楚，看起来倒与母亲有六七分相似，更重要的是阿姨年纪刚满三十五，加之所有女工的身份证复印件并不收缴归档，只需给用人单位看一下，过一眼，走个过场。如此一来，母亲最终是在这阿姨的助力之下，成了一名纺织厂的临时女工。

母亲的纺织厂女工生涯也很短暂。没过多久，纺织厂实行让工人买断工龄、提前下岗，她们这一批零散的临时女工更是第一茬被撵走的浮萍。母亲不得不又辗转打听哪里有需要做外贸服饰的，承接下来成批的订单，可以在家里开工，又再一度发挥她缝纫手艺的余热。

尽管如此，这位阿姨当年助母亲进纺织厂的这份救人于危难中的情意，让母亲始终对她心存了一份难以忘怀的感恩之情。

第二天一早，我在母亲的目送中踏上了中巴车，重回少年时代与母亲生活了九年的小镇。人对自己童年生活过的地方多少总有些依恋，我去小镇，是办户籍，是寻找自己的童年，也是替母亲去寻找朋友，是圆她一个山水遥遥之后久别重逢的梦。

这么多年过去了，小镇依旧很萧条，没有发展得起来。只是商场开了一家又一家，也有了洋快餐连锁店。书店已经倒闭了，那家童年的影剧院早已被推翻被铲平，在原地开辟出了一条宽敞的十字大道。河流仍在，桥也在，看得出来前几年翻新过，只是在我如今看来变得很小，缩了一大号，河水变得浑浊幽黑，望不见原本的一条条游鱼。我独自走过旧时小学同学的家门，家门紧锁；路过曾经奔跑过的学校操场铁栏杆围墙外面的小道，校园一片寂静；从前觉得悠长的街道、石桥、草丛、长廊，一下子很快就走到了尽头。

办完户籍手续已是晌午，我在路边快餐店吃了一碗面条，就按照母亲说的地址顺道去寻访母亲以前的老友。沿着石桥而下，绕着路走，一路所见也多是老人孩子，鲜少见年轻人，小镇早已留不住年轻人了。我原本担心会见到以前的旧人，但其实旧人大多不在这里了。或者我已不认识以前的旧人，以前的旧人也早已不识得我了。

我从路的尽头向左拐，走到小镇东边那条马路来，远远地，记忆深处的匣子里似乎有某些信息被唤醒：是这里了，那位阿姨的家。

我确认了这家门口的建筑与装饰，稍有些更改，其余景致与母亲说的大致相同，遂走上了前去，心中微微有些战栗，仿佛是我与故人重逢似的。家门虚掩，我敲了敲门，无人应答。我等待了一小会，轻轻一推，一边走了进去，一边提高声量问道："请问有人在吗？"

从里屋走出一个中年妇人，迟疑而困惑地望着我。我心中升起了惊喜：啊，大概就是她了，终于见着了。

"是××阿姨吗？您好，您好，我、我是云的儿子，您还记得吗？"

妇人始终一脸疑惑。在她身后，是一家人正在里屋围着桌子吃饭，有男人、老人和孩子，都像盯外星人一样打量着我这个不速之客。

她问询半天，我也有很多话要问询，耗费了好几个来回的时间。我克制住语无伦次，诚恳而礼貌地说明了缘由，盼着这妇人赶快将我、将母亲给辨认出来，上演接下来臆想中的千里寻亲感人场景。

妇人一家终于明白了我的来意，她露出了笑容，说："不是我呀，小伙子，你找错人啦，这房子，我也是前年买了才住进来的。"

原来认错人了。

可这房屋，这周围环境，这里的气息味道，分明又是记忆中熟悉的那位阿姨的家。眼前那位妇人见我不信，缓缓告诉了我来龙去脉。原来真的是房屋易主，物是人非了。

她告诉了我原先那位阿姨后来的情况。我听了，心中怅然起来。只得客气地告辞，一路失神地走回汽车站，坐中巴车回了小城。隔着车窗看见路边有陌生小孩在奔跑，小孩的母亲在身后碎步跟随，连声呼唤"慢点小心"，恍惚以为是多少年前的我与母亲，又都倏忽不见。

那日返得家中，母亲从客厅起身出来迎我，她问我事情办得可都顺利，却并不问我去寻访故友的事。她这人，她这一生都是这样,把自己的事情放得很低很低,很轻很轻,微不足道似一抹尘。

我隐约能看见母亲目光中有些许期待的亮色,便也不打算隐瞒,放下自己的包,拉着母亲坐在客厅沙发上,决定坦白,告诉她真相:"妈,我找到了,找到那家的房子了……"

这天晌午,在小镇,那间旧屋的中年妇人告诉我,她是××阿姨的远房亲戚。三年多前,××阿姨早就因病过世了,她的女儿前年也嫁去了新疆,就将这处房子折价卖给了这妇人一家住。××阿姨生死隔绝,她女儿在这三年里因路途遥远,也再没有回过苏北小镇。人世离散,杳无音信,竟是这样寻常的事。

"这样啊,原来是这样子啊,"母亲坐在沙发上长叹了一口气,身子像气球漏了一个口,轻轻萎了矮了瘪了下去,有某种清亮的东西熄灭了,"她竟然都已经过世三四年了……"

一千多年前杜甫写诗,说"访旧半为鬼",大抵如斯。我与母亲至此才都通晓。那天,母亲没有再说过什么。她只是长久地坐在客厅沙发上,发着呆或者出神地想着什么,神情有些惘然,也有些忧伤。她是在伤怀故友,也是在垂怜自身,更是在舔舐人世生离死别的伤口。直到日暮西沉,一天又要过去了,她才猛然回过神来似的,起身掸掸衣袖,去里面厨房忙起了晚饭。

初中毕业后,我与母亲就搬离了这个小镇,至今,至我写下这段文字之时,已过去整整二十年。

她们那一代的姐妹与朋友,有一些还健在,尚未故去,只是已各奔东西,疏于联络,也有一些早已化作一抔黄土,想起来也是很让人怅惘的事。这二十年间发生了很多事,有的老朋友,纵使母亲想起来重新去联络，早已两茫茫，隔着山岳，或者生死；还有的老朋友，已各自面目模糊地活着。每当我问母亲是否需要联系，她只是眼里迅疾闪过一丝光亮，又黯淡下去。与其接连让怀抱寻访的希望落空，不如留一个以为彼此都各自安好的幻想。母亲叹了口气说："算了。这么多年了，也远了淡了。"

这二十年间还发生了一件事，那就是我的母亲也化作了风与尘，在人生的长河里，她就这样提前离席退场了。

5

母亲留在了二〇一五年的春天。三日后火化，入土安葬。她走后第五天，按照小城惯例，亲戚们叫我在饭店办了一场告别宴。

不像影视剧里看到的那样，先人故去，宾客如织。母亲的告别宴只有三桌人，冷冷清清的。来客中，一桌是我工作上的领导和同事，一桌是家中的亲戚，都是娘家人。真算得上是母亲生前好友的，寥寥无几，这里头还要加上街坊邻居，勉强才凑齐了另一桌。

这三桌里没有一个是母亲从年轻时结识过来的朋友，很是可惜。她年轻时那些最好的朋友们，全都离开了她。又或者说是后来这几十年，她离开了年轻时那些最好的朋友们。这漫长又短暂的年岁里，她把全部身心和原本用于结交朋友、联络友情、向外扩展的时光与精力全部投注在了我身上，完全放弃了她自己的社交与处世。有儿子在，那些人情啊世故啊往来啊牵绊啊，她都不需要、不在乎了。

我就是她的整个世界。我也是母亲的荒原。

在交朋友这件事情上，我与母亲一脉相承，都是失败者。

母亲死了，来客中没有她年轻时那些最好的朋友；我的母亲死了，我也没有一个朋友来探看、来问候，除了一个远方的友人问我要不要来陪陪我，我只说我能撑得住，无须对方舟车劳顿，此外，再也无人关怀。这是我与母亲各自的失败，共同的失败。

但我与母亲的不会交朋友，并不相同。其实，母亲是很善于交朋友的，她的热情、开朗、爽快，让她像顽强的野草一样，漂泊到哪里，就在哪里扎根生长，然后结交到与她同样善良而洒脱的阿姨朋友们，并在每一个适当的场合，活跃气氛、串起话题，让人欢喜。

只是在她四五十岁，确切说是在过了五十岁之后，她放弃了。她因为她不争气的生病的残躯而放弃了交朋友，为了不想一再寻访朋友却失望与落空而放弃了交朋友，为了全部心思照顾我的学习、成长、衣食住行而放弃了交朋友，她主动选择成了一个朋友寡少的人。

而我是不善于交朋友。小部分原因，是客观原因，是从五岁起就跟着母亲四处漂泊，居无定所，一直在换学校、换城镇、搬家。我在某天用纸笔列了一张潦草的清单，数了数母亲带着我搬家的次数，在我的前二十年里竟有十五六次之多。前半生似乎因为总是在搬家，每结交到一段崭新的友谊，或者友谊的尖梢刚刚冒出了一茎葱葱绿绿的小苗，我与母亲又搬家了，而那些年代又没有即时通信软件，所以我总是交不到朋友，或被空间时间拉长而切断了友谊。

但更本质的原因，是我自身的缘由，是我大抵患有"人际交往技能缺失症"，在"孤儿寡母"这样的家庭组合里长大，性子里倔强、孤僻、厌离、清冷的那一部分被放大。书上说这叫"回避型人格"，喜欢独来独往，始终与周围人难以完全融合，永远与他人保持一定距离；就算碰着合拍的人，想要表达一些密切交往的亲近感，也是极其不自然；又不爱说一些左右逢源、讨人欢心的漂亮话，和人永远隔着什么沟壑似的。故而我能数出算得上是朋友的人，太少。这是我永生的缺失。

在母亲生命的最后，病重垂危、奄奄一息的期间，除了娘家人亲戚，也就只有两个从前她带过的、跟她学过缝纫的女学徒，刚好现今也在小城生活，听到母亲抱恙的消息，前来家中探望过她。我却没有一个朋友来过家中或是去医院探望过她——已是二十八九岁、三十当头的年纪，这是我在人世间行走的失败。我不晓得我的失败是否最终也是母亲的失败，但我想她一定也会因此很不开心。

6

遥遥回想起在我念小学时，母亲为了让我在小镇上快些融入陌生同龄孩子中，为了帮我交朋友，她没少操过心。

那时候她租了一爿店面，卖杂货商品，每十天半个月都会去批发市场进货回来，其中就有许多我们这些孩子爱吃的零食。话梅糖、虾条、薯片、神龟粉、火腿肠、麦丽素、萝卜丝儿等，应有尽有。母亲就怂恿我，叫我把班上要好的小伙伴们周末都请到家里来玩。

那是一个周末，我邀请了班上七八个处得算好的小伙伴来家中，母亲无限慷慨地给我们供应了几大包零食，是那种一小袋一小袋都还粘连在一起尚未撕开的美食，像我们孩童时黏腻在一起分不开的友谊。吃完零食，我们看电视，看倦了就去租屋后面空旷的厂房宿舍楼层间玩耍。那天我与我的小伙伴们好像都特别开心，像天上的云，晃晃悠悠的，以为人生长大了也这样，没有什么愁苦。

在我成长的过程里，母亲不只是关心我的温饱、学习，也用她的所学所知教我做人、做事的道理。她把她走过的坎，吃过的苦，挨过的岁月刻薄的刀子，积累成血泪交织的宝藏，再一一剖开来给我看，希望我往后的人生走得顺遂一些。

她语重心长地告诫我："你要记住，人生啊，要交三种朋友。"她细细地数了起来：第一种是知心朋友，可以为彼此上刀山下火海、两肋插刀的那种；第二种是酒肉朋友，能一起吃喝玩乐，就算苟富贵也勿相忘；第三种是表面朋友，不管在哪里碰到面了，相逢时一笑，点个头或者寒暄，这些礼数都是要做到的，"你要记住我说的话，这三种朋友，缺一种都不行，你以后都要交。"

交朋友原来是一门如此深奥的学问。我虽自幼受母亲的教导，也深谙此道，却履行不善，成绩不佳。我既没能好好遗传母亲的性格，也没能按着这三种路子拥有半星零落知交，辜负了她的厚望。

母亲的告别宴那天，母亲当然并不在场。她这一生过于节俭，也几乎从未舍得像这样在饭店里吃过饭。在她走后，我却要按照俗世的规矩习俗，以她的名义来宴请，热热闹闹，也清清冷冷。

宾客们笑着聊着，不怎么谈起母亲，谈的是房子、车子、孩子，这些现世安稳的、让人觉得生命真实而鲜活存在的事物。我们的肉身在人世间沉溺太久，我们都不敢轻易掏露真心。

对于宾客们来说，母亲的离开，不过是道别了一个女人，参加了一场葬礼，吃了一桌斋宴，叹了一声惋惜，留下一句永诀。陶渊明写《挽歌》，"亲戚或余悲，他人亦已歌"，便是这个道理。宴会上，大家已有说笑，无戚戚之色，亲友"亦已歌"，若我"或余悲"，反倒是我不合时宜，哪怕这对于我来说，是整个前半生的坍塌。

"失去"这桩事，本来就不会有感同身受。倘若是我今天去出席某个朋友的葬礼告别宴，想来也不会巨恸，总要喘一口气出来与旁边的人说说笑笑故作轻松也不一定。这么一想想，便就能释然了。那就借这样一个，大多数出席者都在打牌唠嗑、敬酒恭维而其实没什么人伤心没什么人真的在乎此日主题的时刻，让这个世间记得，这一晚，本来漂浮在人海的我们，能聚在一起，是为了我的母亲。

"让这个世间记得她来过，爱恨过，挣扎过，无悔过。"在那晚筵席的一篇致辞里，我这样说。

耳机中 MP3 里的歌唱了一首又一首。母亲爱听的歌，从前觉得年代久远，现在听来才是真的好听：李丽芬的《爱江山更爱美人》，明朗霸气，无怨无悔；叶倩文的《潇洒走一回》，潇潇洒洒，落拓豁达；陈红、孙浩的《中华民谣》，轻快悠扬，旷远隽永。这些歌，母亲在她的人生岁月里，先后从广播、唱片机、录音机、收录机、电视里听得来，随时代的电子产物更新迭代，如今又借着这只小小的 MP3 传承给了我。我也过了三十岁，我爱上了她从前爱听的歌。我觉得是我也老了，或者是我已变成了我的母亲。

MP3 里唯一一首哀婉凄恻的歌，是当年一部热播电视剧《渴望》的片尾曲，《好人一生平安》。母亲喜欢这首歌，在这首歌里能够回到她泛黄的欢苦的青年时代。而这部剧里的女主人公、刘慧芳式的大善大美的女性形象，也影响了她与她的小姐妹们、朋友们那整整一辈人。歌里唱的"有过多少往事，仿佛就在昨天；有过多少朋友，仿佛还在身边"，我依稀记得母亲抱着还是婴孩的我时，她也曾哼唱过。即便，那已是近乎三十多年前的夏天了。

歌曲后段这样唱着："如今举杯祝愿，好人一生平安；咫尺天涯皆有缘，此情温暖人间。"

——我不知道，这样只能劝慰人生的谎言是否在那些仓皇的颠沛流离的疼痛的岁月里，也曾多少慰藉过母亲几分，让她曾真的以为：好人一生平安。

她后来一定是晓得了，朋友不会还在身边，咫尺天涯不会都有缘，好人也不一定一生都会平安。但幸好还有这些歌，陪伴着她走过后来的苍茫岁月。于是，从前的岁月无论日子多么苦涩，生活多么难挨，路多么难走，我也偶尔会听母亲小声地唱起这些歌。大多是在她每每听得高兴之余，用夹杂着方言的普通话跟着哼唱上一小段，仿佛是一些闪烁在永夜里的微亮时刻。

当她在晨昏里身影忙碌或者伏案弓坐，双手不停操劳，起早贪黑做着针线活儿或家务琐事时，即使不唱出词，也会哼上一小段。那些不经意哼出来的曲调，让她褶皱的脸上充满了柔光，她入神、忘我、闲适、陶醉，甚至自个儿也没觉察到自个儿怎么就哼出来了。人生太苦也太难了，但即便如此，她还是没有抛忘掉这些歌曲。

音乐让她露出轻快的表情，苦难的人生中仿佛也唯有此刻，可以存留一丝慰藉风尘、擦拭风霜的安逸、甘饴与甜美。不知道那时那刻的母亲，是否想起了她永远消逝的青少年时光和老朋友们？

MP3 里的曲目唱完一轮，又回到起初那首田震的《干杯，朋友》。母亲与刘云阿姨、北凤阿姨、那个嗓门又破又洪亮的阿姨，还有许许多多她从前的那些老朋友们，都并没有来得及在某个月夜举杯共饮，豪迈地挥一挥手，以此正式地郑重地告别。

母亲与她们之中的无论谁一旦走了，老了，死了，那些牵系也就从此断了。人世茫茫大抵如此，她们的故事无人知晓。

因为她与她们太轻微了，这些朋友们太轻微了，她们每一个，都不过是时代苦海中的一排浪花，激起又淹没下去，从此泯然众人，哭哭笑笑，大半生也就过去了。我唯有卑微而孱弱地用这双手这支笔，杯水车薪似的、浅尝辄止似的、触摸皮毛似的、补偿似的，妄图给她们写下一点什么，记下一点什么，留下一点什么。

她走后的第八年，我终于清空了与她最后的家。我望着老房子从一座载满回忆的圣殿，变成一栋空空荡荡吱吱呀呀的废墟，我竟然也没觉得有多么难过了。

窗外已是夕阳猩红的余晖，残碎的光斑渐渐稀薄地洒进屋里。在耳膜里"干杯啊朋友，干杯朋友"的吟唱声中，我清空了母亲的遗物，拧灭日光灯，阖上门窗，然后永远走出了她的房间。

如蚁恓行

1

　　现今的城市里已经很少见到蚂蚁。孩子们呐，得跑到公园里去，顺着大树的根仔细辨认，才能找着这些窸窸窣窣的小生灵。但在他的童年，在他长大的乡镇和县城，不是这样的。只要沿着墙角蹲下身子，准能望见它们忙碌的身影。

　　当他还是个小男孩时，就喜欢长时间地观察蚂蚁家族。大概童年总是漫长而寂寞的，没有小伙伴陪他长大，只有仰头看房前屋后那些飘来荡去的云朵，或低头寻找那些急急忙忙赶路的黑色的小生命。

　　孩童时，他会去想人为什么而生，又为什么会死。望着看着这些蚂蚁，忙忙碌碌，仓皇疾走，不晓得它们在忙个什么劲儿。蹲下身子看它们，恍然觉得老天爷大概也正像这样，蹲在天上望着他呢。他们都只能看着眼前的渺小的事物，而无法去顾及身后浩瀚的苍穹。

　　他望着蚂蚁急急匆匆沿着一条线过来又过去，偶尔两只碰着了，来不及交谈什么，触角胡乱地一招呼，又各自匆匆过去了。有时它们会一个一个举着驮着食粮，或者几个一起托着一只对它们来说太庞大的别的昆虫的尸体，汲汲营营，为了活下去。有时天要下雨，它们也会像是提早收到线报似的，整齐划一地举家搬迁，从一个小土穴到另一个小土穴，不知疲倦，不明生命苦短，不晓得歇息。

　　人的生命，蚂蚁的生命，都太短暂了。他不晓得它们知不知道，这些忙碌奔波的过程，其实都只是一场徒劳的戏。他想告诉它们，但它们不听他的，偶尔被他用手指蹭到了或挡着了道，立马更显匆忙，加快脚步，惶恐地逃离而去，不忍浪费一丁点时间似的。

　　人类在世上大笑哭泣，呼吸拉扯，疼痛欢愉，成功失意，不也就像蚂蚁一样嘛。明明不过几十载光阴，但也还是得认真去消磨掉这光阴。不晓得老天爷会不会觉得人类可笑，到头来全是蹉跎。

　　一个中年女人见他盯着地上的蚂蚁看得出神，她不丢下手中忙的活计，只是笑骂着说："呆子哦，又望蚂蚁，有什里好望的，赶快写作业去。"他便听话地悻悻然起了身来，找些别的事情去做。

大概是孩童时思索了太多蚂蚁的、人类的关于生死的议题，始终探寻不出一个答案，长大以后他反而不去想生与死的事情了。成年后这世界有更多繁芜复杂、现实世俗的物事等着自己去经历。几乎快要参透生死的最接近性灵的时刻，也就只在儿童时期，如昙花开放一般灵光乍现吧。然后，在浊浪里活得越久，越忘记很多东西。

　　但他在成年之前还见到过一对"蚂蚁"。她与他，中年女人与男孩，一直在匆匆忙忙地赶路、搬家、讨生活。大的那只蚂蚁是他的母亲，小的那只自然就是他了。他们是一对蚂蚁母子。从他五岁开始，到他二十九岁这一年，她与他竟然渡过了整整二十五年的如蚁人生。

2

　　五岁之前的记忆他已经模糊不清了。男孩与女人，还有一个该叫他父亲的男人，一家三口住在 A 镇，男人的故乡。

　　应该是在一九八五年，一切都欣欣然的样子。那年的春节，女人从乡村嫁过来，过了一个年，她怀上第一个男婴，因为没能及时送去医院，被上门的赤脚医生误事，胎死腹中。女人在郁郁寡欢中又过了一个秋天，很快有了第二个孩子，这便是他了。

　　她在 A 镇生下他，因为是个男孩，大概起初也算衣食无虞，婚后搭建了一栋三层的小楼房，是镇上少有的几家"万元户"之一。然后这家庭突然就中落了下去，不是什么自然变故，是两个字：离婚。

五岁那年，男人女人离异。一把铁锁，锁住她亲手参与砌建起来的楼房，软弱的她被赶了出去。当地人帮着当地人，明知是男人不对，但也是冷眼的。男人泯了良知，既然已经心硬，便也就索性将这黑路走到底，无所谓再有什么突然良心发现的时刻了。

女人在 A 镇生活了六年，一九九一年，三十三岁的她收拾残碎一地的婚姻，带着男孩离开了 A 镇，去往另一个相隔半小时车程的小镇，B 镇。B 镇才是他的童年时代，他在那里度过小学、初中，整整九年漫长、清贫而快乐的光阴。她的兄弟们帮她把仅有的一些家具行当也都从 A 镇辗转运到了 B 镇。虽然在 B 镇，她也没有房子，一直靠着租房生活，但男孩与女人相依为命，不就是有了家吗？

在 B 镇的九年里，男孩与女人先后租住在各种各样的民居。

小镇不大，一条碧绿的河流贯穿西东，将小镇切分成南北两块。南边多为居民住宅、工厂、农田，北边多是商场、菜市场、影剧院。他们来到 B 镇后的第一处租屋，是在大桥底下一条巷子里。

那是二十世纪九十年代前期，江苏小镇特有一种淳朴风貌。小巷弯弯窄窄，铺着不平整的青石砖块，延伸向深处。大桥两岸的居民靠这条河流洗漱、吃饭、生活，自有一种自由、安逸、悠闲的味道。

女人租住在一户老宅子里，类似人家的那种四合院，不过他们住在里头偏西侧的一间狭长的偏房，门朝东，进进出出都要从人家厅堂过道走。一间小小的屋子，容纳与包裹了女人与男孩最初时的动荡。

一张床，一张餐桌，一个大衣柜，两把椅子，一架缝纫机，就是那时全部的家当。在屋子与正房之间有一条小小的缝隙，堆着主人家荒废不用的一些物件，偶尔也会有几幅不小心碎了被扔掉的玻璃装饰挂画的残渣，里面有红红绿绿的绒布裹着塑料的山水人物摆件，男孩没玩具可玩，就全都偷偷捡了回来，当宝贝一样收藏着。

住在巷子里没多久，他们才发现，原来姨婆婆也住在巷子里侧。姨婆婆，是男孩外婆的亲姐姐，女人让他喊她姨婆婆。当年姨婆婆从乡下嫁到这小镇来，也是大半辈子就这样过去了。他去过姨婆婆家里两次，很豪华很气派的大祖屋，住着姨婆婆、姨爹爹、儿子媳妇、女儿女婿、孙女外孙，一大家子八九口人，像一座宫殿。

有外婆这层亲戚关系在，姨婆婆客气地喊过男孩与女人去吃饭，但始终隔着一层冷冷淡淡的生分与礼貌。姨婆婆与姨爹爹都戴着一副老花镜，男孩觉得那厚厚玻璃镜片隔着的微笑里，总裹着什么说不清道不明的意味似的。后来他长大了些，才晓得那不是恶意，是人心头一份夹杂着嫌弃的可怜。那是二十世纪末，离婚不问对错，都是不光彩的事，谁愿意让人家知道，这同一条巷子里，住进来的这一个离了婚带小孩的女人，竟然是自己亲妹妹的女儿呢？

去过姨婆婆家两次，女人就叮嘱他不要随便过去玩了。但始终在面上，每当姨婆婆家的任何人与他们在巷子里碰上了，他们都是笑着打招呼聊天，客客气气的样子，只是不亲近。后来他跟姨婆婆的亲外孙在同一所小学同一个班级成了同班同学，也处不好关系。男孩毕竟是那小子的远房穷亲戚，有一天那小子威胁男孩不许他在学校老师同学面前说出他们的亲戚关系，他们不知怎的起了冲突，在教室前排扭打在地，拉也拉不开，直到双双鼻青脸肿地挂着彩回家。

　　小巷子里的房屋与房屋之间，常有一条石梯长廊，通向那条大河，供各家各户分别使用。女人，一个外地来的租客，总不好成天跟房东主家一起挤在那处河岸洗衣服、洗菜，总觉得受人脸色似的。

　　但是人活着就离不开水。自来水每家每户都舍不得用太多，除了吃喝用水，其他生活用水哪里来呢？那是女人带着男孩离开故乡，在陌生小镇独自生活的第一年，在一针一线一粒米一滴油都需要用钱买的那些艰苦度日的岁月，常有捉襟见肘举步维艰的时刻。

　　因此，在男孩十岁之前很长一段时间，每个夜晚女人一手拉着他，一手拎着大水壶，走路去 B 镇上一家纱厂厂房外墙底下，站在那一根粗圆的排水铁管道下面等待着。到了每天差不离的时间点，那些无人看管的、被准时排放出来的蒸馏水咕咕咕装满水壶，她再牵着他走回租屋。男孩与女人走在人烟稀薄的夜色下，夜色下小路两旁大片的油菜花田散发着浓郁的香气，水壶里满满当当的一壶蒸馏水伴随着他们脚步的轻盈，也发出快活而清亮的呐喊声。

　　女人晓得这些虽看似洁净的热水毕竟是工业排放水，所以并不能用作煮饭烧菜喝茶的食用水，但可以拿来洗脸刷牙泡脚灌热水壶，这多少也节约了很大一笔水电费。这是男孩跟着女人走过的一段夜路，在那样只属于母子俩的，回想起来既卑微又甜美的夜晚。

3

已是一九九三年了。男孩七岁了，该上小学了。可他与女人是B镇的外来户、异乡人，没有当地户口，上不了镇中心小学。同龄的孩子已经开学小半年了，他还成日滞留在家中，野孩子般。

女人见他想要读书，鼓励他挨家挨户去邻居门前抄写对联。那时没有像样的习字簿，女人就买回来大张薄薄的白纸，裁剪成四四方方厚厚一叠，压到缝纫机头下面顺着顶端边缘哒哒哒哒缝制出一个小本子；没有崭新的铅笔，女人就将用秃了、短得不能再短的铅笔头套上半截卷成笔杆形状的硬板纸，以便于他小小的手握着写。

他抓着这样的小本子、小铅笔出门去，在青石深巷里开心地跑啊跑啊，抄写对联回了家，女人再教他认那些字。那一年，他跟着女人学写了许多像"大小人口、日月风雨"这类的简单汉字。后来她还教他写最难写的"走之底"，教他正确辨别使用"的、地、得"。

女人也教他写数字。他搬出一只小木凳坐在高椅面前，她则坐在一旁弓着身教他从1写到10。男孩一直记得数字"8"很不好写——那时觉得，这可比她教过他的拧毛巾、扣衣服、系鞋带之类的难多了。他自作聪明，偷偷画出两个连接在一起的圈圈儿，或反方向顺拐，又或是写了一个扭着腰、撅着屁股的"8"，可她总一眼识破，然后不厌其烦地握着他的手一遍遍教会他。她还教他算术，掰着十个手指头算十以内的加减法。她是男孩的第一任老师。

女人说："最好在每一行字体的上头与上一条横线留一点空白，让行列之间留一点空隙，这样子，这一行字才会平整、对齐、好看。不拥挤，不溢满，留一点余地，才好。"——这是她在教他写字，也是她在教他做人的道理。

但这样下去，总不是长久之计，加上女人白天也有自己的活计要做，他还是得去正经的小学正经地念书。只有回原来的户口所在地，也就是 A 镇，他才能上学。实在走投无路，她打了电话给那个男人。一周后男人来接男孩回了 A 镇，他入学成了 A 镇的一名小学生。

从此男孩与女人短暂地分开。与男人、男人现在的妻儿共处一室，偶有矛盾发生。一日男孩将他囤满了彩色玻璃球的瓶子放在那个年轻女人的桌上，年轻女人本就对男孩的到来包括上学心中不忿，此刻愤怒地拿起来，砸碎了一地。这些玻璃球是他当时的宝贝，他朝着年轻女人怒吼道："你赔！你个坏女人，赔我玻璃球！"

年轻女人也恶狠狠骂道："滚！小畜生，这儿早就不是你的家了！"

男孩把年轻女人的桌子用力推倒在地，然后伤心地从墙角拾起来一口蛇皮袋子，卷起他所有的书本和玩具夺门而出，边走边哭，说要走回 B 镇找妈妈去。男人后来回了家，也不管不顾，没有出来寻他。后来他已走到了 A 镇的大桥上，一边走一边哭，一个好心的邻居拉着他送回男人的家中。邻居把这事告诉了 B 镇的女人。

这几个星期，女人独自一人在另一个小镇，本来就已是日夜思念着男孩，寝食难安，仿佛她身体的一部分血肉也随着男孩的入学而被切割去了似的。如今听闻他在 A 镇的"委屈"，她更是坐立不安，在那个周五下午就赶去了 A 镇。她没有跟男人碰面，也没有知会他，她化身一个奔着前来保护孩子的英雄母亲，直接来学校带走了男孩。

后来女人回忆说，那天大概是下午的一节美术课，已有好些家长站在窗外或教室后一排等着接孩子了。他回头看到女人，看了好几眼，又扭头继续平静地画着画。那时他也有一星期没见到母亲了，心里当然激动兴奋。但小时候好像总是胆小，想着要做乖学生，碍于还未下课，不能喊出妈妈。直到下课，他才放下笔，跑到女人身边。

女人回忆说，那天她问他："想跟妈妈回家去？"男孩不住点头。自那以后，这对母子又再也不分开了。

亲情得到了团聚，但上学的问题还是得不到解决。他在 B 镇依然无法入学，青石深巷也不该是他蹉跎童年光阴的地方。有好心人提醒女人说，也不是没有任何门路可走，只有一条路：买户口。

于是，在那样物资匮乏、食物短缺的年代，女人凑出了一万块钱，给他买了入籍 B 镇的城镇户口。这样的一万块钱，在那个年代是天文数字。其中七千多块，是她后来又独身一人回了一趟 A 镇，拼尽全力跟那个男人争抢过来的。那是她短暂婚姻里与他共同的积蓄，他藏了起来只想留给自己花销。女人厉声冲他喊："孩子的学习你不能不管，他也是你儿子！再说这钱也有我赚的一份！"

女人被男人摔到墙角打出鼻血，额头鼓起了肿包。她的头发连同头顶一整块头皮也被扯掉，最终抢回了这张存单。她早已经不是那个被一把铁锁锁在她亲手参与砌建起来的楼房外面的软弱女人了，为了男孩，她可以变成一个善斗、好斗、耐斗的女人。这张存单，连同她从少女时就积攒下来的私房钱，终于凑成了一万块。

后来她坐在椅子上，云淡风轻地聊到当天的惨烈。旁人甚至是她的儿子，都不能感同身受她发肤经受的痛。他只能在心里感伤一会儿，什么也不能补做。就好像，一切都过去了，包括那一年那一天。

在 B 镇念小学的日子，是男孩与母亲最无苦无忧的日子，虽然很穷，但相依为命，苦也是甜。原先租住的那一户老宅子，主人要回收过去重新修葺，他与她不得不搬家，再次寻问哪里有房子租。

后来还是在巷子深处，女人租了一处人家的房屋，也是偏房，但比原先那个大多了，而且是水泥地面。从通向外面过道的木栓门进去，右手边就是男孩与女人的新家了。她在屋内划分出一块区域，摆放出缝纫机行当，给房东、邻居和远远近近的来人缝制衣裳衣裤，她自有一双在艰涩岁月里活下去的巧手。

漫长的夜晚，女人在屋内的一角伏颈"哒哒哒、哒哒哒"地奋力踩着缝纫机，男孩在屋内的另一角就着头顶垂下来的橘色电灯泡低头"沙沙沙、沙沙沙"地写着作业，夜色深沉的空气中隐隐约约弥漫着一种世间与时间都在有序运转的温柔。男孩的童年，常常在女人深夜踩着缝纫机踏板的声响中睡去，又在清晨这节奏声中醒来。这一架缝纫机，是他脑海当中萦绕不去的最初的韵律启蒙。

其时，租屋对门的一位叔叔，来找女人帮他改一套西服的尺寸，改完之后试穿很是合身，叔叔很满意，女人不肯收他的钱。后来叔叔专门送了一袋肉松过来，肉松在那个年代是上等的稀罕物，也是男孩童年的记忆匣子里仅此一袋、念念不忘的美食。

男孩已念小学中年级，某夜生病发高烧，好像很危急，女人无人可以求援，抱着他冲出门往 B 镇上唯一一家医院跑。医院在小镇的南边，她抱着他从巷子深处跑出来，登上一条又高又陡的长长的坡道才能爬上地面，再跑过长桥，跑过几段大大小小拐着弯的柏油马路，这才跑到医院。他似乎还能依稀感受到那个夜晚，那时她抱着的是她全部的生命，她的一整颗汹涌而剧烈跳动的心。后来她笑说："要把一个小孩养到大，是多么不容易哟。"

她求医院，求医生，救救她的孩子。她倔强的、硬净的、从不肯服输的性子，唯有在替他去争取一些什么的时候，才会卑微地俯在大地，她可以为了他而去求任何人。很多年后，她也是拖着满身的病和疮疤在人世间艰难行走，他虽也陪着她往返医院、大街、屋房，但他回想起来，他却没有为了她而去低头求过别人。凉薄的人类啊，一个母亲向下的爱，与一个儿女向上的爱，是多么不平等。

成年以后，他重回 B 镇，一个人沿着这条青石深巷走了走，也去寻访了很多年前他与女人租住过的这两处老房子。童年那条又高又陡的长长的坡道，早已翻新重建，不晓得它可还记得女人的足音？

4

小学光阴像一只黑猫，无声息地从他身旁跳了过去，常常不晓得时日辛苦。女人已经从一个青年妇女变成一个中年妇人了，而他也不再是男孩，他变成了一个在镇区初中读书的少年。

时间的脉络继续铺展开来，这段记忆里，少年与女人搬到了 B 镇的南边生活。起初时，他们租住在一片农田中央的一处砖头屋，以作过渡。这是一间被主人弃用、荒废的砖头屋，里屋和外墙都裸露着一块块狰狞嶙峋的暗红色的砖头的切面。虽然房租实在便宜，但毕竟地处农田中央，时常有蛇鼠蛙虫、野猫野狗出没，很不安全。加上少年已念初中，女人不忍让他的同学晓得他家竟然住在 B 镇的这一块农田里，实在是很难为情，所以他们只住了短短两个月。

此时，女人原本的缝纫活计也式微，附近一家酱菜厂在招门卫，她应征了下来。那时候哪有单身女人愿意来当门卫的？但这酱菜厂的门卫房，是两间狭长的平房，就紧挨着工厂大门。女人看中了这两间门卫房，如果能在这酱菜厂当门卫，不就同时也解决了租房的难题，也能让她与少年有一个避身之所吗？两全其美。

于是，一间门卫房做收发室，也摆放着餐桌餐椅、炉子灶具。另一间门卫房做休息室，被女人打扫布置得干净、细致，很有一个家的温馨模样。这也是她与他的又一个小家。女人给厂房既当门卫，也当收发员。有段时间女人还去工人食堂帮佣，每天中午煮煮饭烧烧汤，虽然都是糙米饭、青菜豆腐汤，可也顺带解决了母子俩的简单中饭。只要是能干的活儿，能赚钱的工作，能让他们母子活下来、过下去的门道，她统统都干。

这家酱菜厂如今已经倒闭很久了。但在当时的 B 镇，很是繁荣，生产出来的酱菜品种繁多，酱笋、糖蒜、酱咸菜、酱八宝菜、酱萝卜、酱黄瓜、酱豆角，销往远近的各城各县，几乎垄断了苏北小镇的酱菜行市场。几年以后他们搬去县城生活，依然能在市面上看到 B 镇生产出来的酱菜，在专卖店里零售。每逢路过时，也觉亲切。

女人也会时常买些酱菜回来，与少年就着白粥喝。有时是清亮的白粥，有时是撒了一些绿豆、红豆、花生、薏仁的五颜六色的粥，还有时是忙时的开水泡剩饭。但都因有这些酱菜的点缀，少年与女人的每一餐每一饭都有了咸味，有了滋味，有了乐趣，生动起来。

每回买回来酱菜，女人都要在小碗里倒半碗热开水，把酱菜洗洗泡泡，再捞出来盛在小碟子里给少年吃。少年晓得，这不是嫌弃酱菜原本的味道重，而是讲究。女人笑说："这些酱菜啊，我在厂房里头好几次都望见过的，那些工人都是脱了鞋袜，赤脚跳进池子用脚丫子踩着搓着才腌制起来的，不洗干净哪能吃呢。"

少年故意露出嫌弃的夸张表情，添油加醋似的恶作剧道："啊哟，那这些酱菜里头有那些工人们的脚气啊。"

女人与少年一同做出恶心呕吐的模样来，又齐齐大声笑了出来，这笑声染得门卫房小屋外头那偷听的月亮也笑成了一枚弯钩。

女人给厂房当门卫，也当收发员，每天她都得负责烧一壶开水，灌满两个热水瓶，连同当天的报纸，一起给工厂的办公室送过去。

每天清晨，她从邮递员手中接过厚厚一叠厂里办公室征订的各种日报、晚报、杂志，会先赶紧转身回屋，让少年翻阅。她晓得，少年一向爱读书看报。少年也不是每版都看，他那时最爱读报纸上副刊的各种散文诗歌类文章，偶尔也看娱乐版有没有他喜欢的歌手偶像。待两个热水瓶都灌满了，女人这才一手提着两个水瓶，一手捧着这一叠重新理齐整顺的报纸，急匆匆给厂房办公室送去。哪怕后来酱菜厂倒闭，女人下岗，好景不长，但正因为女人的这份"徇私"与偏袒，少年在他最需要读书识字的年纪，读过了许多文章，大抵也在他心中埋下了日后走上文学道路的种子。

此外，每日清晨、夜晚，女人也都要早起、晚睡，负责给厂房开大门、锁大门，以保证当天第一辆小轿车的进入至最后一辆小轿车的离去。两扇又笨又重的大铁门，女人得弓着腰身拉着拽着到两头，用大石块隔住，或是合拢到中间，用一把大铁链子锁好。铁门开开合合，发出尖锐的金属刮擦的声音，陪伴少年与女人度过很多个寒暑。

厂房向内里延伸进去，实在是太深也太广阔了，一个厂房连着另一个厂房，厂房与厂房之间是平坦的空地，厂房与厂房屋顶也是平坦的水泥平面。屋顶的水泥平面是少年自由玩耍的天地，空旷的平地则是女人陪着少年一趟趟练习骑脚踏车的最佳场地。

很多个漫长午后，空旷的厂房广场，女人扶着少年的脚踏车后座一遍遍跟在身后小跑。有时她悄悄松开了手，骗他说"我扶着呢"。他听了，放心大胆地往前骑。慢慢地，他骑脚踏车越来越稳，车头不一个劲儿地直打战了。就这样，女人一边鼓励一边手把手教会了他。很久以后，他长大了，还记得广场上那天飘来荡去的云，湛蓝得像是亘古久远的天空，和他身后总会稳稳跟着来来回回小跑的母亲。

5

少年念完初中，已是二〇〇二年的夏天。中国人迈入了二字开头的新千禧年的第二个年头，仿佛一切都是崭新的，欣欣然的。B镇的学校只有小学与初中，没有高中，念高中得到上一级的县城去。

那年夏天，中考落幕，少年考到了县城的一所高中，这也预示着少年与女人将要告别B镇，告别在这里的九年生活了。在那个夏天的清晨，女人叫了一辆搬运货物的绿皮卡车，装载着母子俩仅有的一点家当，坐上了卡车后车厢，摇摇晃晃颠颠簸簸驶向县城，C城。

在他们身后，是他们不得不割舍下的、遗放在原地的，他的童年及少年岁月，她的青年及中年岁月。晨光与日霭洒了他们一身，少年与女人都有些依恋不舍，但人生就是如蚂蚁般爬行，终须一别。这一年，他十六岁，她四十四岁。

当时，C 城是 A 镇、B 镇以及很多周边小镇上的人们向往的一座繁华的县城，县城不叫××县，叫××市，虽然它上头还有一个所归属的地级市，但 C 城自己的经济发展水平不差，百姓安居乐业。

少年的两个舅舅，成年后都各自婚娶、工作、买了房子，早就搬到了这 C 城生活，当上了城里人。女人有兄弟姐妹四人，自此其中之三是在 C 城团圆了。

女人与少年在 C 城落脚的第一间租屋，在少年的高中学校附近，一户人家的西晒偏屋，房东是一对恩爱的老夫妻。两个弟弟会时不时来看望姐姐和外甥，想着帮点儿什么忙。女人这一生都活得太硬气、太硬净，越是体己的亲弟弟，越不想过分麻烦他们，她说："我都好，都很好，你们不用担心。"但其实她在暗暗替自己往后的生计发愁，少年开始念高中，以后还要念大学、找工作，要花钱的地方只会越来越多，她初来乍到，该拿什么来承担这一切呢？

她在 C 城只有终日焦虑而彷徨地打更多的零工活儿，一天打两份三份工是常有的事。她已是一个四十四岁的女人，这世道与人间哪有什么好的零工活儿等着她去干？她自己在那些能跑能奔波的壮年时，却早已枯老得很了。十六岁的少年正要展开羽翼飞向自己的青春，却忽略了她的老去。她也浑然未知自身的血肉组织内已生出一粒微小的囊肿。或许她其实一早是有感觉的，只是她无暇去顾及了。

女人的兄弟们晓得她为了找工作发愁，但这个年纪在 C 城实在是处处碰壁。其中一个兄弟给她介绍了一份给人家当保姆的活儿，伺候瘫痪在床的一个老头。兄弟领着女人上了那户人家的门，老头的儿女对女人很是满意。但女人不太情愿去做，回来后迟迟没有答应。

她这一生，尽管境遇清苦，但她活得清寡却执拗，单薄却硬净。不喜欢也不愿意去低声下气、低眉敛目地看他人眼色，不干伺候人的活儿，这是她仅存的最后一点点卑微的傲骨。这傲骨比生命还重要，得留着。她只肯将一生的光热与血泪都俯身浇灌于她的孩子，除非是哪一天走到绝境，为了孩子，她才舍得将这傲骨亲手剜除。

后来，另一个兄弟给她找了一份在保险公司的领导办公室里打扫卫生的活儿，美其名曰：保洁员。每天清晨，女人换上一套蓝白相间的工作服，穿梭在那幢大楼的一层层一间间办公室里，打扫、拖地、倒茶、擦桌子、换垃圾袋，直到后背汗津津地湿了一大片。

一楼办公室尽头不起眼的角落，有一间狭长的、逼仄的小房间，是保洁杂货间，堆放着拖把、水桶、扫帚、簸箕、消毒水等各种保洁用品，还有一条小窄椅子。女人在这杂货间里换衣服、休息或吃饭。少年偶尔放学早，不直接回家，会去这杂货间里待着，一边写作业，一边等女人忙完当天的活儿一道回家。或到了周末中午，少年在家中用微波炉热好装在塑料盒子里的剩菜剩饭，骑着脚踏车给女人送去。女人接过手，来不及擦去额头和脸颊上面的汗珠，趁着中午的间隙，躲在杂货间里，站着或坐在那条小窄椅子上，端着塑料盒，狼吞虎咽。待她洗干净塑料盒子，再给少年捎回家去。

　　每天傍晚，大楼里的领导主任陆续下了班，办公室里空荡荡的，却也是桌上椅下一片狼藉，女人得清理干净那些果壳、果皮、烟头等杂物。偶尔运气好，女人会在某个桌角或垃圾袋里看到一点他们吃剩下来不要了的尚未剥开的糖炒栗子、开心果小零食，或是外皮发了黑但内里完好的一根香蕉、一颗猕猴桃，女人会欣喜，小心翼翼爱惜着用袋子包好带回去。小小租屋内，她唤少年快些来吃掉。少年喜欢吃开心果，洁白色的坚硬外壳张着口，轻轻剥开，便发出清脆的声响，跳出翠绿色的清香果肉，像是包裹着另一段人生。

　　还有些时候，女人会把从每间办公室里打扫清理出来的易拉罐、矿泉水瓶子、硬纸盒子、废旧报纸留心积攒下来，每囤积到一定数量，就卖给楼下一家废品收购点。这一丁点卖废品所得的零钱，虽然微不足道，但毕竟是她在当保洁员之余，除工资外的一点"收入"，这让她愉悦欣喜，觉得生活仿佛也就有了奔头，没那么难挨了。

　　趁着斜阳落下去前，赶回家的路上，女人会轻快地踩着脚踏车，停在路边那一排切卤菜卖的小车摊前，掏出积攒了几天的卖废品的钱，跟老板买些小吃回来。油炸的臭豆腐干啦，汤豆腐干啦，烧饼啦，鸡蛋饼啦，藕饼啦，菊花饼啦，萝卜丝饼啦，最美味的就属香嫩的盐水鸭了，切上四分之一回去，留给放了晚自习回来的少年吃。

小小个头的女人，站在傍晚的卤菜车摊前，被暗黄而潮湿的灯泡浸润出重重叠叠的光影。她与老板也混了熟，丝毫不觉得自己只买四分之一份的盐水鸭有什么羞耻的，还觍着脸，爽声笑着，跟老板讨价还价道，"哎呀，你就帮我切好点儿，瘦一点儿啦""不要鸭脖子，不要鸭屁股""帮我切鸭大腿那一块，谢谢啦"……

小小的租屋里，女人与少年，围着同样小小一张桌子对坐，津津有味吃着这些"奢侈"的食物，时不时相互推让，最终都是少年被女人"打败"而吃下这些尘世间的食材。在他们困顿的人生中，这样的时日也就有了渺茫却安宁的快乐。

少年后来长成一个青年，又长成一个三十好几的中年人，他去过很多地方，看过很多风景，也吃过很多美食，但最怀念的却是最初与母亲一起分享的这些，此生最好吃的东西。

6

后来回想起来，少年觉得高中三年过得飞快，不像小学、初中在 B 镇度过的漫长九年那般真切和让他留念。他在 C 城只过了三年，就高中毕了业，去省城念大学了。他和女人都没有想到，C 城会是女人人生的最后一站，她在这里永远停泊，化作尘烟。

三年里，少年在读书，即将成年，人生的羽翅已丰满；女人依旧在不断地打工、换工作，带着少年一次又一次搬家，流动的人生浪涛之下，是暗涌着的身体深处的另一重嬗变，那些被她忽略也因生活的苦涩而不得不忽略的囊肿，演变成恶性的肿瘤，如洪水猛兽般将她吞没。

她在 C 城后来打过好多份工，从保险公司的保洁员，到寄宿学校女生宿舍的宿管阿姨；从清晨的送奶工，到城管人员；从纺织厂女工，到外贸服饰加工员；从小旅馆的清洁工，到县城人民医院的保洁工；从推着流动早餐车叫卖的摊主，到超市仓库货架的搬运工。

这些全都是临时的活计，月工资从起初的五百块钱涨到五百五，再涨到几年后的六百、七百，每涨一次她都好开心。虽然薪水微薄，没有五险一金，很没有保障，但她还是恨不得把自己每天的时间像擀面条一样拉长、延伸，再切分成三段五段七段用，这样她就可以一天去打三份五份七份工了。哪里的打零工结束了或嫌她老不要她了，她还可以急急匆匆赶去下一处。赚钱，比活着更重要。

少年记得高二结束后的那个夏天，C 城正在大力创建文明城市，招揽了一批社会上没工作的中年男女去充实原本的城管人员队伍，签临时工合同，每条大街每条巷弄都要派几个人维持整洁秩序。

女人也兴冲冲跑去报了名。女人的活儿她干，男人的活儿她也干。只要能赚钱养活母子俩的活儿，她都干。城管大队是不想收用她的，嫌她年纪大了，身形又瘦小，但女人风风火火的麻利模样让他们动摇了。那年夏日，热火朝天，女人每天清晨早早骑一辆脚踏车，去 C 城西南片区一条街头上报到，与两个男人划分在了一组。一个男人是小队长，多数时间躲在车里吹空调、喝茶，另一个男人游手好闲，但家里是有些熟人关系的，进城管大队本来就是来混混日子。在这片土地上，"朝中有人好办事"，说的从来不只是机关单位，社会底层劳苦人民之间的互啄关系也是一样，有人的地方就有阶层。两个男人每天把维持这条街道整洁与秩序的任务都心照不宣地推卸到了女人肩上，女人戴着红袖章，佝偻地站在路边扬起的灰尘里。

暑假的一日，女人头很晕，身体恹恹的，没有气力。以往的病痛再难挨，她都能支撑着身子强打起精神去打工，这天实在是太难受了。她不晓得是肿瘤的恶化，在向她发出危急的信号。她只记挂着今天是城市创建演习大检查，她不能不去。少年在放暑假，见女人这情景，阻止她出门，劝她在家里躺着休息，说："妈，我替你去！"

在女人不放心的关切的目光注视之下，十七岁的少年骑上脚踏车出了门，来到女人常守着维持秩序的那条街，像女人一样戴上红袖套站在路边扬起的灰尘里。他一会儿从大街东头走到西头，一会儿劝诫路边的店家不要在门口摆放垃圾篓、废纸堆、蔬菜瓜果篮子，也指引着道路旁来来往往的行人有序规范地摆放自行车、电瓶车。常有不少店主、顾客或行人驻足，好奇地打量这位少年人模样的"城管人员"——好好的年轻模样，怎么在这里当起了城管？便暗自猜测是不是没有学校上，或品行不端游手好闲，来做这样没有前途的活儿谋生。少年被盯得脸颊通红，偏过头去，他当然是有些觉得丢脸和羞人的，但一想到自己是替母亲来站岗的，又强迫自己理直气壮起来，挺直了腰板走向街尾人流密集的一处菜场的门口前面，用清澈的嗓子喊道："你好，这里不能停放自行车，麻烦您……"

后来，女人的岗位保住了，没有被城管大队责难。但夏天也很快过去了，城市创建工程一结束，这些临时招揽来的城管小兵们也都要被辞退了。女人没有保得住这一份"城管"的饭碗，理由是这条街道有那两个男人管理着就足够了，女人再一次失业。

蝼蚁在烂泥里也要爬出一条呼吸的道来，女人得替母子两个人的家继续去用力地活着。一天，她看到路边的水泥柱上贴着白色广告纸在招工，招聘一批 C 城的早餐车流动摊摊主，她去报了名。

在少年念高三的这年寒假来临前，女人成了一个卖早餐的女工。每天清晨四五点，天还没亮，她就被枕边尖叫起来的闹铃声吵醒。她匆匆忙忙梳洗完毕，拧开微波炉热一小碗昨晚的剩粥胡乱地吞两口。离家之前，她轻声叮嘱少年再多睡会儿。少年正酣梦，还没到六点半上学时刻，他又贪睡了过去。然后女人套上棉衣手套，沿着家门口的斜坡吃力地推着笨重的早餐车出门去，再蹑手蹑脚地掩上家门，一路走到离家二三百米远的十字路口的流动摊点，趁着熹微的又灰又蓝的天色，在寒冬凌晨里等候别人来买那些冒着白色雾气的早点。

早餐车的停放地点是固定好了的，车和每天的早点也是厂方统一配置好了的。在 C 城的大街小巷，每个路段的路口，都有一个相似的面目模糊的中年女人守候在那里，等着赶早上班的过路行人经过时，停驻下来买点儿什么吃的当作早餐。无论是卖早餐的女工，还是早起赶路上班的行人，每个人活着，都是一桩不容易的事。

倘若是夏天时节倒还好，天亮得早，气温也上升得快。可这是在冬天，清早又黑又冷。女人在冬夜漆黑无人的凌晨，孤零零地推着早餐车在空旷的路上徒步而走，只有昏黄的路灯，将她裹在雾气里陪着她茫茫前行。她一定会累，会害怕吧？少年很多年后想起来，不晓得她是怎样硬撑了下来，推着车走过那段岁月。

一辆送货车沿着街道路线，一路给每个早餐摊点送来当天新鲜的早餐。卖早餐的底薪很少，靠的是卖得多，提成才多。女人站在寒风呼啸的路口搓着双手，好不容易等来了一两个赶早班车的行人或路过的上班族，她挤出微笑来，客客气气地问想吃啥，一手用方便袋装入被客人挑选好的早点递过去，一手麻利地收钱和兑找零钱。

早餐摊上那些热腾腾、香喷喷的包子豆浆面包糕点杂粮粥，冒着食物的天然香气，女人就这样看着摸着闻着，却舍不得掏钱买一份吃。凌晨在家里喝的一小碗剩粥很快化作身体的水分被蒸发殆尽，她饥肠辘辘，难以抵御饥寒。唯有一次，女人又冷又饿、体力实在难支，就"伪造"过一杯破损的豆浆：人为地在豆浆杯盖的薄膜上破开了一道裂口，伸了吸管进去，慌张地大口地吸食了几口。汩汩的芳香的豆浆沿着口腔、舌苔、喉咙流进她的五脏六腑，可真舒服啊。但她也不敢全喝光，在还剩小半杯的时候，赶紧停下，处理好狼藉。——这样一来，这一杯还剩小半杯的豆浆就会被作为生产运输过程中的客观破损次品而被仓库回收，无须女人承担赔偿。

这是在很久以后，女人淡淡地跟少年回忆起那些苦难的日子里，一点狡黠的恶、一种对抗人生而使了坏的小心思、一桩微小的原罪。当女人说起这样的苦难与贫困，脸上总带着些微自嘲的无奈的笑容，好像在说一件年代久远的晦涩而寻常的往事，一点儿也不觉辛酸了。少年后来长成大人，每每回想起来，体谅这都是女人在生活艰难时刻，唯一的一点小恶。他想，岁月终究会原谅她的。

7

在打工的生涯里沉沉浮浮，也在租房的变迁里沉沉浮浮。女人在 C 城的这三年间，带着少年搬过好几次家。从那一对老夫妻家的西晒偏屋搬走以后，在少年学校对面窄巷子里一户人家的一间车库里租了几个月，那车库实在太小了，只够摆放少年的一张床，女人只能在他旁边支撑着墙面和地板搭一块床板，挤挤挨挨着当睡床用。

住了几个月，女人领着少年又搬到 C 城河西一处人家。那户人家楼房后面有一整排联排平房，租住给了好几户，女人租下其中一间，与少年在这间联排平房里住了长达一年半。屋子前排是各家各户公用的一个小厨房，屋子后头是一条河流，贯穿 C 城自西向东流经而过。女人拖到这年年底，才偷偷去医院做了恶性肿瘤的切除手术。本来应在初秋就早些去做手术的，可她为了打工不缺勤，为了拿到年底那份微薄的所谓的"全年满勤奖"，硬是一拖再拖，挨到了年底才去医院开刀。她术后恢复缓慢，躺在家中休养了大半年。

大半年后，屋子后面的河流要被政府填平，开辟一条坦荡的交通要道出来，联排平房的房东主人看准商机，收回了各家各户的租屋，打算建成一排门口朝大路的门面房，留给超市、商店、杂货店租用。女人没有力气再去搬家奔波，但眼看要被赶走，又撑起残躯带着少年重新去找租屋。这一回他们租在了城东片区，一对年轻夫妻的西附房，开门朝东。这屋子本就是杂物间，与主屋不相连，屋顶盖着灰茅草，实在太破，时有漏风渗雨从屋顶和门缝无情地吹打进来，像在给这对母子漂泊动荡的人生应景地唱着什么哀歌似的。

女人心痛少年，也曾咬牙切齿，恨恨地说："要是来一场地震，大家都没了房子，都是穷人才好，也就没得什里差距，不这么苦了。"这念头实在可怕，她也觉得可怕，很快收了话茬。

住了半年后，女人还是决定再次搬走。少年已念高三，在这样的环境之中也没有办法沉下心来学习，常常被客观的自然环境所侵扰。再过两三年，女人也就五十岁了，同龄的女人们都已快到了退休和颐养天年的年纪，她还在为生计发愁。少年也即将十八岁，不再是少年了，我们该称他为一个年轻人。此时的年轻人曾有过不参加高考、不去念大学的打算，想早点进社会工作赚钱，减轻母亲的苦难。但女人吃了大半生没有文凭的苦，她执意让他好好复习，安心高考，继续上学。同时，女人也在思考，是时候安定下来，买个小房子了。

那是二〇〇五年的春天，中国房价还没有暴涨到离谱的时候，C 城房子价格也还在一个普通人家都能接受的数字上悬浮。此时，与女人同住 C 城的大兄弟置换房产，买下城中一处中等小区的楼盘，女人也跑去看过这小区，只有十来栋，不大，却很新，周边配置也很便利，关键是房价合理。女人这么些年拼了命赚钱，只要再借几万块凑个首付，应该差不多也能买下一套，给她和儿子一个像样的家。

她在那样一天敲响了兄弟家的门，难为情地嗫嚅着表达了想借钱买房的想法。她这一生从没借过钱，也没欠过别人什么情分，一切都是靠自己撑靠自己挨，但这个买房的念头像火苗，怎么也扑灭不了。兄弟是她亲弟弟，又是姐弟四人当中家境最殷实宽厚的那一个，走投无路，她还是硬着头皮求援来了。她讪讪笑着吐出了自己的恳求，最后体谅地说："假如实在困难也没得事，我再想办法。"

她这个人就是这样，即使已经在求援，在求助，在哀求了，还是在考虑对方，永远想着不要给别人增添什么麻烦、造成什么为难才好。又或者是她性子里不肯割弃的傲骨，一直在提醒着她要活得硬净。

兄弟叹了口气，他想到她身子刚动了手术，过段日子还要去化疗，这都是一笔很大的花费，没必要再去承受买房的苦，加上她的儿子也即他的外甥，眼下就要高考了，上四年大学又将是一笔巨额开销，他很不赞成姐姐在这个节骨眼上买房，委婉地表达了他的态度。女人困窘却又不失体面地告别而去。错过了那一段房价尚未狂飙的时间窗口，此后，她的生活的差距与亲人们越来越大。而这桩想要借钱买房却失败的小事，在后来无人提起，也丝毫没有影响到亲人间的感情。

后来这小区的围墙尽头释出了一排商业附属平房，女人跟开发商讨价还价，拿出手头仅有的钱在此买下了两间没有产权证的平房，在这一年夏天与年轻人搬了进来。虽然没有产权，但至少，B镇九年、C城三年，他们搬家无数次，至此刻终于有了一个家了。

这平房与兄弟家相距不远，女人也通晓人情世故，恪守礼数，知道若兄弟让别人晓得自己有一个穷亲戚不是什么光彩的事，何况还是在同一个小区里，一个住着商品楼，一个住着平房，所以，起初便没有让左邻右舍知道两家的亲戚关系。后来兄弟趁着下班后的夜色常来走动看望姐姐，女人也才常常去兄弟家找弟媳聊天做伴。毕竟血浓于水，亲人在旁，有个照应总归是好的。在这之后，年轻人外出念书四年，也是兄弟帮衬着独自活在C城的女人。

大学四年每年一到寒暑假，年轻人就兴冲冲地从省城坐廉价火车回C城。迎着傍晚星星点点的路灯，踩着夜色抵达家门，他总要连唤好几声："妈，妈。"他觉得期待而欢快。候在家中的女人快步走出来，打开纱门迎接他。他一边卸下箱子背包，她一边接过去。

女人已是五十出头，比刚满二十岁的年轻人矮了一个头，她仰头望着他的时候，脸上是掩藏不住的喜悦笑容。她圆而明亮的眼眸里也有皎洁而潮湿的笑意，不肯眨眼地深深望着年轻人，高兴地回应："哎，哎，家来啦，家来啦。"

然后他们握着手臂一小会儿，盯着彼此看了个遍，看是胖了还是瘦了，是老了还是精神了。他们有说不完的话，这一间他一心想要赶回来与母亲相依为命的小屋里头又重新充满生机。餐桌上有女人忙好的饭菜，正安逸地摆在纱罩里，也终于盼到他归了家。

这或许是他们一生之中最感到幸福的一小段时刻了吧。她术后已两三年，化疗也暂告一个疗程；他也处在被象牙塔包裹着读书的最后的学生时代，山中不知岁月长，还没经历求职找工作的难与人世生离死别的苦。更重要的是，他与她有这么一个家，小小的附属平房也是家呀。因此他们内心丰盈，眼里有光，知足并且感恩。

住了两年后，本就建造很粗糙的附属平房屋顶多处裂了缝，一到雨天总是漏水。雨声滴滴答答，积水湿湿漉漉，不是在这处墙角，便是在那处顶缝。夏天雨多，家里的床头、电视机身、桌椅书本，全被漏雨打湿过很多次。于是，女人和年轻人像电视剧里演的那样，手忙脚乱地拿脸盆、脚盆接引在漏水处，再在家用电器上盖上各种旧衣物、废布料、硬纸板子。渐渐摸熟了"灾区点"后，两人也能爬上各自的小床，听着不间歇的水滴落打声，相互安慰着、将就着入眠。

一到夏日的暴雨天气，小屋的后巷也会成为重灾区——地面排水不畅，厚厚一层积水像淤塞不通的河流一样沿着门板下面的缝隙淌进房间，拖鞋、塑料盆、水桶都会摇摇晃晃地漂荡在这条

"河面"上。有时他们半夜起身解手，发现家里被"淹"，又是手忙脚乱地垫报纸、毛巾、废弃衣物，等天亮，等晴天，等太阳，晾晒干，一切好起来。而雨天，一季一季的，去了又来，从未停歇似的。

这两间平房门朝北开，常年没有阳光照耀，冬冷夏热。夏天烈日暴晒，屋内像火炉一样蒸人，女人的后背总被闷出细微而透明的痱子；冬天阴冷，完全晒不到太阳，女人常满手冻疮，脚后跟也冻得粗糙而龟裂，她就会看着自己的双脚笑说："可真像两颗坏山芋呀。"

漏雨漏水、夏天太热、冬天太冷，这些小苦难在女人的一生面前微不足道，她自有解决办法。在年轻人又去省城念书的一个学期，她趁好几个晴天，找装修工人借来梯架，一个人拎着重重的水泥、黄沙、水桶和刷子分好几趟爬上了家中的屋顶，弓着身把那些裂了缝的细纹补了个遍。两天后她想着水泥也黏合紧实干透了，又去批发市场照着屋顶的尺寸买回来了一张像巨兽般臃肿、瘫散、笨重的遮阳网，连同十来块坑坑洼洼的砖头，再一块块抱在怀里爬上屋顶、搬运上去，在屋顶平面搭建起了一片隔热层。这样一来，漏雨少了，夏天也似乎在心理上稍微感觉凉快了。她如此生猛而有力气，完全看不出来曾经是一个癌症病人，或许是为了给她与儿子拼命而用心地打造这样一个家，她掩饰着自己的疼痛，掩饰得很好很好。

夏夜蚊虫肆虐，女人的一双巧手加上年轻时候的缝纫手艺又发挥余热派上用场。她买来一扇废弃的木质门框，套牢了一块两层墨绿色的纱网，用铁钉、锤子、榔头敲敲打打做成一扇质朴、笨拙却精美的纱门，还细致地用针线将它的边边角角都缝补得结实、细致。安装好的纱门，仿佛给小屋多添了一道充满生活烟火气息的保护屏障。

年轻人在下一个假期回了C城来，看到小小的家被安上了遮阳网与纱门，他惊讶地感慨女人在他不在的日子，操劳和布置了这么多。住在屋内的这对母子，半生清贫，如今也算片刻舒适慰藉。女人笑说："人啊，活着不能怕懒怕烦，只要勤快，日子总能过下去的。"

8

年轻人在二〇〇九年的夏天从大学毕业，想过留在省城。在他二十三岁的梦想里，只要自己先落脚，有一份安稳的工作，再把女人也接过来一起生活，将来说不定能在省城买一间小小的房子。在他的梦想里，一直都是有着她的。

梦想总是美的，但现实也总是千疮百孔的。这一年全球金融危机带来的影响也重创了他一直想从事的媒体行业。他在前一年的寒假里参加了一家报社招聘，通过了笔试面试，安排春节过后来试用。试用三个月，赶上报社经济效益大减，开始裁员，他自然是留不下来的。已是五月底六月初，同学们大多工作有了着落，而他从一个原本最早落实了工作的年轻人，沦为一个还没找到工作的待业毕业生。

那段日子他还有一丝残存的媒体梦。但接二连三，纸媒行业式微，省城的几家媒体行业要么不进新人，要么已经过了招聘期。

他原本待的那家报社也在半年之后，宣布了倒闭。七八月的盛夏流火，焦灼着人心，他开始了在省城长近一年的漂泊生涯，放低身段、降低要求，甚至一些毫不入流的企业、工厂的粗制滥造的内刊内报也跑去应征，无头苍蝇似的。女人忧心儿子在省城再这样耗下去看不到前路，她在电话里几近哀求："让我过去照顾你可好，我过去了你那边，哪怕捡废品讨生活，也好过你一个人没有着落。"

他坚决拒绝了她前来省城的心愿。他眼下连自己都养不活，怎能让她过来一起受苦？虽然她被扔在小城里也是受苦，但他仍在幻想着自己能好起来，再把她接过来，过上什么他在臆想的好日子。他恳求女人再给他这一整年的时间，闯不出来就回去。他对女人说："妈，你别来，我没工夫还要照顾你，你暂时先别过来。"

女人被儿子拦住了去路，她收拢住了那一颗忐忑不安的替他担忧操劳的心，也就真的没有出门远行，她这一生也都没有踏进过省城一步。而他后来也不愿回忆自己当时是怎么过来的，大概像一只刚出象牙塔的蚂蚁，焦虑于自己的工作、房租与前途。与此同时，银行里的助学贷款向他催缴了好几次，就快产生不良信用了，他不得已给女人打电话，女人给他的银行卡打了钱过来，耗尽了气力一般。

耗在省城的这一年啊，是他一生之中回想起来最颓废沮丧、浪荡潦倒的岁月。当她接到他的求援电话，晓得他是真的支撑不下去了。她希望他回 C 城去，找一份老老实实本本分分的工作。她在电话那头操着一口糅杂了各种心疼、焦急、难受、责备、忧愁的哭腔的方言，劝说他："回来吧，回家吧。"

他在次年的二月，一个依然很冷的腊月里，卷起全部的行李行当，告别了省城的一年漂泊，灰头土脸地回了 C 城。那年省城离奇地下起了暴雪，他带着忧伤与憔悴回到 C 城的家中，看见一个比他更忧伤、更憔悴的女人。她叹了口气，安慰他，也数落他的固执与不切实际。他永远不晓得的是，当时女人的癌症还是复发了——已是术后第五年，癌细胞转移到了她全身的骨头，然后是肝、肺，都有了小结节。

那段时日，他心情总是很忧愁，她也更是忧愁。错过了毕业季的单位招聘大潮，想再参加 C 城的新一轮招聘得等到下一年春夏之交。从春节，到夏日，这半年，日子并不好过。眼看原先大学寝室里那些平时懒散、碌碌无为、成天打游戏的男生，在家里老爸叔伯的打点帮衬下，浪子回头金不换一般，工作与人生都早早有了归属，而他却依然惶惶无依。他以为能让她早点舒心，结果还是回来当了啃老族；她以为他懂得上进，毕业后能有份工作，结果却待业在家。每天他在网上投简历，她早早出门打工去，直到她下了班到家他们才吃饭，有时是傍晚，有时是夜深。

在那几个月里他们时常有争吵、置气、怨怼，两代人的理念一再碰撞，拉扯出一道道猩红的血口。他心窝里有一颗尚未完全燃尽熄灭的火焰的种子，他总还想着去远方，去流浪，去闯荡，像所有同龄的男孩子那样。他觉得他才在大城市蹉跎了一年而已，假如上天给他个三年五载，他一定能站稳脚跟，闯出名堂。但她晓得在外乡漂泊浪荡的苦，她自己大半生就是这样过来的，她不希望儿子跟她一样无依靠，她只盼望他早日有安稳的、哪怕是庸碌的工作，以及人生。

他们一起度过了一段不舒心的晨昏日月。他与她心里都难受，他的难受，她的难受，他与她共同的难受。这些积重难返的难受啊，她不跟他说，他不跟她说，还能跟谁说呢？他们在此刻没有别的亲人、可以信任的人了，他将所有的失意都倾倒垃圾一样抛给了她，她也将所有的失望都倾倒垃圾一样抛给了她。假如他能早点知晓她的病已复发，彼此的那些克制和压抑了太久的愤懑情绪不过是想要找到一个轻松宣泄的出口，他当时会不会更慈悲、更宽和一些呢？

七月，C城的夏天，两间小平房还是热得像蒸笼，逼仄得像牢笼。一个好消息，年轻人考上了C城一家事业单位，秋天将去入职，这让妇人的眉头和心窝都舒展了许多；一个坏消息，妇人的身体每况愈下，不得不再次入院治疗，医生建议新一轮更复杂的化疗方案。

他认了命。他已经不想再飞了，在他的二十四岁到来之际。他开始通晓人生有许多选择，但真正重要的只占一小部分，留在C城陪伴母亲抗癌，就是他唯一该走的、能走的路。他回头望了望母亲千疮百孔的残躯，只想留在她的身边照料她，最好还能陪她很多很多年。

她也认了命。癌症还是复发了，转移了，在她的五十二岁。她从前听说癌症一旦转移就是真的绝症，就是等死了。她已经侥幸地活过了术后的五年，没想到第六年还是复发了，她晓得她没有路可走了。

年轻人开始在单位、医院、家之间，每天三点一线地奔波，妇人嘱咐他"不用来，不必来，我能行"，她不想影响他的工作。每个月做完一个疗程的化疗出院回来，她也总恨恨地怪自己"又浪费钱了"。二十年前她带着他东奔西跑、颠沛流离的时候，她从来没有觉得他是累赘，相反，如今她觉得自己成了他的累赘，成了一个废人。

她坚决不肯让医生和年轻人给她用进口药，太费钱，用不起。她只肯给她用普通寻常的化疗药物。那些暗红色的化疗药水，带来强烈而痛苦的连锁毒副反应，胃痉挛、恶心、呕吐、头晕、发热、骨髓抑制、掉发、厌食……各种生不如死的症状如洪水猛兽接踵吞没她，她夜不能寐，唯有靠服止痛药挨过一个又一个漫漫长夜。

他在下了班的傍晚赶到医院病房，坐在她的病床前，那时窗外有落日的余晖洒进来。他握着她的手，眼神忧伤但挤出了微笑："妈，会好起来的，一切都会好起来，我们的新生活才刚开始，不是吗？"

她也微微笑着回应他，额头的皱纹、头顶的白发、手背的褶皱，连同她的整个残躯，都在光斑的阴影里像一幅镂空了的破损的画。

之后的两三年，化疗、放疗断断续续，她的治疗方案一再更改，一再无效，一再不乐观。中国汉语里某些"油尽灯枯""回天乏术""日薄西山"意味的词语像阴云，笼罩在了她与他的心头。

这一天，她淡淡地对他说："我们买个房子吧。一个像样的，真正的，有产权证的房子，以后你也能有个家。"

年轻人已是二十七岁，或许我们又该改称他为一个青年人了。妇人也到了五十五岁，生活的苦和病魔的苦让她看起来比实际年龄更老十岁。那两间附属平房住了八九年，饱经风霜，终究不是长久的安身之所。房子当然不是家，但她希望在她死之前，看见他有一处真正的房子。房子当然也就是家，唯有这样，她才走得安心。

青年人起初是反对的，未来的日子里，还要给她住院、化疗，在这个时刻把钱用来买房子，不是正确之举。但她很执拗，坚决要买房。她哀求说："你就当给我买，妈想住大房子，行不行？"

他晓得她在撒谎。她不是想给自己住，她分明是想留给他啊。但他的心也被母亲的一颗心揉得疼痛起来——她说的何尝不也是实话。她这一生从来没住过像样点儿的房子，如果哪天真的走了，多么悲憾。他告诉自己，那就成全她想要成全他的一颗心罢。

一种声音，从决定买房那天起，就萦绕在他心里，不断回响。他在心里告诉自己："这不是我的房子，这也是母亲的房子。这是我与母亲，我们两个人的房子，两个人的家。"

9

接下来大半年，妇人与青年人在C城开始了接连看房源的日子。在她每一个疗程化疗的间隙，在他的周六周日休息天，他骑着电瓶车载着她，奔走于数不清的房产中介间，看过了很多小区房、单位房、私人住宅，回来后细细比对和商榷。她偶尔也会抱怨："要是早几年买房，房价也不像这样子贵得吓人呀。"

此时他虽然工作了三年有余，但积蓄有限，首付的大块头仍是她这么些年的积攒，以及卖掉了那两间平房才勉强凑齐。剩下的房款，只能靠公积金贷款了。她没有让他商业贷款，在留给他一个家的同时，她不希望他未来的日子过得太辛苦。

已是二○一三年秋天，他们在 C 城的东城区买下了一套二手房，坐落在老旧小区的一楼，出入方便，且室内构造、装置铺设都很干净，原本居住的主人也是正经人，家里端庄整齐。

她很喜欢它有两扇朝南的不锈钢铁门，封起了一个小庭院。半个庭院有玻璃天窗做顶，成了一个冬暖夏凉的阳光房；半个庭院露天，有养着花草的长形花坛和通往阳光房屋顶的扶梯。走过庭院，可到外客厅、里客厅、大小三间卧室、餐厅、厨房、储物间、卫生间。后门连接楼梯过道，前门通向道口宽敞的大路，有行人车辆于晨昏穿行。这样朝南的房屋坐落，能享受到从前朝北两间小平房不曾有过的阳光照晒，也让日子稍微有了一些晾干之后，安稳丰足的气味。

最让她满意的是，卫生间有一块专门用来洗浴的区域。从前那么多漫长的日子，他们没有卫生间，没有浴缸，没有淋浴的设施条件，只有一只放在椅子上的圆面盆。她这样一个女人，明明那么爱干净，却只能每晚烧一壶热水倒进面盆里去，在小屋后面那条狭小、封闭的巷道里站着，将就着给自己浇澡。如今家里有了淋浴间，有了热水器、花洒喷头，终于可以好好洗去她一生的病魔伤痛、苦累尘垢了。

买下房屋后，重新刷了白，进行大清洁，连日通风透气。她特意问卜挑选吉日，姐姐和两个弟弟等亲戚们都过来帮他们一起搬了家，贺乔迁之喜。东房是主卧，采光好、阳光充足，她执意留给他；西房卧室有些阴暗背光，她固执地给自己住。他们有了各自独立的房间，家里有了分配清晰的各个厅室房间，这房子真好，好到轻盈而柔和地包裹住了她破絮般的一生。

这是女人与青年人在一起的岁月里，最后一次搬家。

她还保留着"接天水"的习惯。虽然这房屋不会再漏雨，但一到夏天，午后暴雨，她仍搬出家中一只庞大的白色塑料高筒接引在屋檐排水口下，灌满的雨水咕噜咕噜发出叫声，留着用来洗抹布、洗拖把、擦地、浇花草，用处很多。这也算是对从前苦难生活的一种思旧。

院子里的一些植物，也都是搬家过来后她亲手栽种的。两株芦荟，张牙舞爪、肥厚充盈地向外铺张，长得恣意青葱。一盆玉树，是她跟住在老平房那边的邻居奶奶移栽过来的一片分株，也长出一大片。还有两盆金心吊兰、三株仙人掌与一盆万年青。花坛另一侧是雨季疯长的葱蒜，都开得旺盛，满眼是绿。还有一些仙人掌、绿萝这样的盆栽绿植小玩意儿，她也爱惜。她在窗台上那盆小仙人掌旁边放了一小杯水，说要让植物吸收水分，不忘每隔一个星期换一次水。到了冬天，C城下过第一场厚雪。她撑着起身下床，唤醒睡梦中的青年人，一起找出几个厚实塑料袋子，罩住了院子里的这些植物。她怕它们被大雪压到，更担心第二天雪融化时冻着它们。那天晚上，她本已睡下，听到稀稀疏疏的落雪声，挂念起这些无声的生灵。

搬家后，她细心地布置每一个角落、每一处家居。那段时日她似乎痊愈了，精气神也好了许多。这样的幻象也让他真的以为岁月静好，一切都好转了起来。他在搬进新家的第一个夏天欣喜地在微博写了一段话："现今还能有什么事情让我觉得安心，大概是清晨从房间看到窗外母亲弯着腰在天井的小花坛边，细心摆弄那些栽种的葱葱蒜蒜；也是夜晚望见客厅沙发上，母亲抱着枕头或躺坐或侧睡，入神地看着电视剧里的各种喧嚣。"

他那时候的语气，应该是知足满足自足，还带有一点沾沾自喜的安逸与幸福吧。他没想到还没过到下一个夏天，她就走了。

在他那天的脑海中，浮现出母亲的一生。

她做过的工作，打过的零工活计，虽然没有三百六十行，但大抵也真的有了三十六行了罢。最后这几年，她做不动负重的力气活儿，可也不闲着，整日在家里忙碌着家务。

她带着他搬过那么多次的家，有时搬家是为了告别一段过往的人生，有时是她打听到另外有一处房租更低廉的小屋，还有时是因为房东有了别的打算，不再继续租给他们。每次搬家，场景都不美——她穿着他嫌小淘汰下来的、洗得发白的校服作为工作服，借来三轮的平板拖车，将为数不多的几件家具搬上去，捆绑严实，在拖车的前头拽着把手一步一步吃力地拖拉着，他在拖车的后头扶着那些摇摇欲坠的家具，走啊走，走完了她的后半生，也走完了他的前半生。

那些岁月里，"搬家"两个字，写满在他们动荡漂泊的人生之中。瘦瘦小小的一对母子，一直在路上，一直在流浪，一直在迁徙，不停地找住所，不停地找安栖之地，不停地搬家。好在，那些看遍世态炎凉、人情冷暖的漫长岁月，能在此时此刻换得片刻的安宁。

一个女人至此，一生足以讴歌。她一生带着孩子，在她生命的最后两年，耗尽身心买下这样一处房子，留给她的孩子，然后走了。就像很多年以前，她嫁去了 A 镇，挺着大肚子亲手参与砌建起了一栋三层的小楼房，然后伤心地走了一样。

即使这次离开，她或许不像上次那么伤心，她心里多了一丝安慰，安慰于她给孩子留下这样一处遮风挡雨的避风港，安慰于她倾其所有把一生给了孩子，安慰于她知道孩子不会居无定所，无论在外面怎样狼狈，他都可以逃回这样一座装满回忆的城堡。

二〇一五年的春天，女人死在了二〇一五年的春天。从搬进这处阳光普照的安逸的新房子，到她过世，她在此间居住了十五个月。这短暂的十五个月，是她用五十七年漫长的颠沛流离、无家可归、迁徙奔波换来的。她一辈子都不曾有一个家，但她最后给他留下一个家。她走了，家，又变成了空荡荡的大房子。

后来他在这房子里独活，活了一年，两年，三年，四年，五年。第五年的夏天，他决定离开，去往别的城市。

这房子他守啊守，留啊留，他以为会永远保留着它到老，到死，像守着一处两个人的岛屿似的。起初他以为说不定她哪天还会回来，他只要守在这里等待。后来他以为只要这房屋这卧间还在，就能永远拥有她的余味，但其实连他跟她最后的回忆也不会永垂不朽，将来他也会老会死，还是要散了、去了的。他等到接受了她再也不会回来的事实，等到三年五载，他晓得等不到了。

房子已是越来越少回来住了，成年累月、空空暗暗地锁着，只会摧枯拉朽般越破越旧，不如放手，清空出走。所以他还是放下了它，舍弃了它，然后彻底出走，离开了它。他不再等了。他也不再留了。从此"要见只凭清梦，几时真个相逢"。

最后一个夜晚，他留在这小城的夜晚。傍晚时分，他骑着电瓶车出去沿着河边遛了一圈。小城的变化好大好大啊，变得很繁华，变得灯光闪闪的，变得亮晶晶的，变得很辉煌，很耀眼。

但都跟他没有关系了。它不再属于他了，他也不再属于它了。像从身边迎面而来或擦身而过的这大街上的每一个人，你看，好像他们都有亲人，就他没有。是到了郑重跟它告别的时候了。

10

我在写这一篇的时候，一直想着给它取个什么名字好，《赶路的母子》？《打工琐事》？《买房碎笔》？最后想到的却还是起初地上那一排排忙忙碌碌、仓皇疾走的蚂蚁，那无声的黑色小生灵。

她和他的故事并不比蚂蚁的一生更安顺。她从少女，到短暂婚姻的妻子，到中年女人，到老，到死，先后在童年的苏北村庄、婚后的 A 镇、离婚后的 B 镇、最终的 C 城四个地方生活过，这些已是她全部的行踪轨迹与潮涨汐落。他从男孩，到少年，到青年人，到如今一个也已活到三十五岁的中年人，先后在出生地 A 镇、童年的 B 镇、后来的 C 城与省城生活过，刚好也是四个地方，今后他会不会去往别的什么城市去生活，他也不晓得将来的事。

她与他用了整整二十五年的光阴像蚂蚁一样在大地上跑啊爬啊赶啊，即使这些忙碌奔波的过程其实都只是一场徒劳的戏，但谁又能说，它毫无意义。这共同的如蚁人生，一定留下了浓重的痕迹。如今大的这只蚂蚁，生命燃到尽头，干了枯了死了萎了，她的使命完成了，功德圆满，修行到了头，剩下的路就得靠小的那只蚂蚁自己去走了。他有他的路要赶，也有他人生的功课与作业要去完成，去修补。

原乡大地上这么多的地方都有她与他的足迹，却也只有这么少的地方挽留过她与他的音容面貌，他们都太轻太贱了，不值得被历史铭记。我们歌颂祖国、山川、河流，山川巍峨伫立不曾回应，河流潺潺奔涌一去不返，不曾垂怜过这两粒尘埃般的生命。

倘若你问她故乡在哪里，她大概会有些迟疑着答不上来，哪里都不曾是长久的安栖之所，她竟然找不出来一个真正的故乡。同样的，倘若你问他故乡在哪里，他也会觉得哪里都像是故乡，哪里又都不是真的故乡。原来这是两个从来没有故乡的人，不知故乡在何处，只好将半路驻靠过的每一处他乡认作故乡，然后又再去寻下一段故乡。

有一天他想到了"恓"这个字，恓字带了一些忙碌不安的况味，带了一些惶惶不可终日慌慌忙忙的意旨，总似有无尽的烦恼与忧愁，难过与凄伤，在河岸与田野、城镇与暮霭里飘飘荡荡，久久散不去。恓行，如蚁般恓行，即是对他与她这半生的最好注解了。

她的后半生，他的前半生，就是这样重叠地合在了一起。这一段密密麻麻的生命线与细细碎碎层层叠叠交织的时空，回忆太丰盛了，满满是线头、碎料、掌纹、叶脉，缠绕交织，无从捡拾。

他不忍抛却，只好用一只行囊都装塞了进去，浑然一处地背着，继续向前去了。

就这样，他走啊走，走啊走，后来一个人走过了七年。那男孩，他已经走下去了，这多么值得庆幸啊。只是偶尔，他还是会停住脚步，在苍茫的浩渺的孤苦的无垠的荒野的时间洪流里，站定，转身，失神，伤忧，委屈又留恋地朝他的前半生回望那么一眼，然后想要呢呢喃喃轻轻柔柔地唤一声：

"再见啦，妈妈。"

四个春节

1

日子，是有它的颜色的。假如执一套彩笔，把它给画下来，它有黄色，绿色，蓝色，黑色，白色。

黄，是我与母亲风尘仆仆赶路时道路两旁扬起来的风沙，是我在傍晚等她打工回来时的余晖与路灯，是她坐在缝纫机前弓着腰身缝制衣物时额头上一盏昏昏暗暗的吊灯；绿，是她踩着脚踏车载着我寒来暑往穿梭在乡野田间两旁青葱挺立的树，是夏天夜晚的花露水与风油精，是她扛着遮阳网爬上平房屋顶盖起的一片阴凉；蓝，是她跑在我身后扶着车后座一趟趟来回教我学骑车时的天空，是她珍藏的一块给我跌打损伤时在膝盖上揉一揉就消除淤青的蓝棉布，是夜里无星时我们一起走路去工厂外面盛蒸馏水时的苍穹；白，是她推着早餐车叫卖时包子糕点散发出来的诱人的雾气，是医院的墙壁、病床、床单、病号服与装在瓶瓶罐罐里的白色药水与各种形状的药丸，是遮住她大体的临终那一尺白浆布；黑，是她枯草一样茂密生长又因为化疗而荒芜脱落的头发，是两只在地上汲汲营营惶恐恓行的蚂蚁，是最后包裹住她骨灰遗骸的四四方方一块盒子与不见天日的墓穴。

黄的绿的蓝的黑的白的，统统是日子的颜色。是她的日子的颜色，是我印象中日子的颜色，是两个人的半生交织在一起的颜色。

但唯有春节是红色的，像火焰，像清晨和傍晚的太阳，像大枣，像红酒，像灯笼，像春联，像两颗期盼着团圆的激烈而颤动的心。

劳碌奔忙了一整年的人们，无论如何都要在这个时刻，山水迢迢路程遥遥地赶回去与亲人们见上一面。你看着电视上、新闻里那些轰轰烈烈的春运，那些满脸风霜又洋溢期待与喜悦的脸孔，那是每个生命个体柔软而又强悍得无法被阻拦的，一颗颗渴望归乡的心。即使这三年来因为疫情四起，倡议就地过年的声音时常有传递，但若是有条件有可能，人们还是戴上口罩，打包行囊，奔赴着团圆而去。这是中国人的根与大地，也是中国人的幸运与软肋。

在我出生之前，母亲在她的岁月里已经过了二十八个春节，在她往生之后，我又过了七个春节。两条生命线各自交叉，重叠在一起的那一部分，是我与她在一起的光阴，裹着二十九个春节。我与母亲度过的年，也是红色的。从一九八七年的春节，到二〇一五年的春节，在人类历史长河中，这是属于我跟她的二十九段红色回忆。

许多过春节时的模样我已经忘记了，但我记得这四个春节。它们被我从记忆的河水之中打捞了出来，湿漉漉的，洇湿在了纸上。

2

从河水里打捞出来的第一个春节，是我留在小城里过的最后一个春节，二〇一九年的春节，距离母亲离世，已几近四年。这四年春节，过得很寡淡，一个人在家中，门窗阖上，似乎没有打开它们的理由，也没有出门去的欲望，与亲友疏离，年节过得与寻常日子无异，只是在等着天黑，等着天亮，数着天数而已。

从腊月里，到小年夜，从除夕夜，到正月初一，从正月初五，到元宵节，小城的春节总是格外漫长也是格外热闹的。小城不似大都市，政府没有禁止燃放鞭炮，即使象征性发布了倡议书，也是禁不掉的。一到年节，烟花爆竹敞开了嗓子，百家争鸣似的全都炸裂了开来。

但这四年来，这些年节，这些喜庆热闹，统统都与我无关似的。我一个人默默吃着简单的年夜饭，或怔怔地坐在沙发上望着开着的电视机，听着屋顶窗外、远处近处那些此起彼伏、噼里啪啦的鞭炮声，只觉得它们吵闹。我与我的屋子浑然一体凝成一处，封存在这条并不寂静的街道当中，活得像一尊沉陷在时间与空间里的雕塑，笼着一层很厚很厚的雾霭。屋外是过年的欢腾，屋内没有一丝过年的气氛。

七十年前的张爱玲，在一九五〇年的《半生缘》里写沈世钧："可是不知道为什么，一到了急景凋年的时候，许多人家提早吃年夜饭，到处听见那疏疏落落的爆竹声，一种莫名的哀愁便压迫着他的心。"这样的哀愁，我到了这几年才感同身受，尝到了同种况味。

于是我终于决定逃离。在过完小城的这个春节之后，在听了四年别人家的烟花爆竹的喧嚣声息之后，我在二〇一九年的夏天离开小城，去了别的城市生活。后来的这三年春节，除却要回小城给母亲祭祀烧纸，再也没留在小城过年。往往除夕前一天上坟回来，第二天也即是除夕当天早上，再拖着拉杆箱打车去了火车站。

我得在除夕夜来临之前离开小城。小城的火车站在除夕这天只有归来的人潮，鲜少有离去的旅客。空旷的候车大厅里，这一班将途径小城的列车还有半个小时抵达，只有零零散散的几个旅客，不晓得为何都要在这一天与团圆逆行。但我仍要走，但我仍不能回头。

登上列车，找到自己的座位，我晓得我离小城越来越远了。很好，除夕的夜色尚早，久久没有砸落下来，鞭炮声也还没响起来，我已经逃它而去了。我庆幸我逃离了那种阖家团圆的氛围。

没有人晓得这四个春节我是怎么过来的，但毕竟是过来了。

大抵第一个没有了母亲的春节总是最难过的，那是在二〇一六年的春节，活了三十年，第一个独自一人过的年。

岁末年终，一到腊月里，日子总过得快，春节的气息越来越浓。那年除夕，我像往年母亲在时一样，在家中备好糖果糕点，整齐细致地排列在果盘里，留待亲友登门拜访时招待食用。但其实，从冬日晨光微亮到初春暮色落沉，都没有人来。母亲走了，有些亲戚朋友的牵系也就从此断了。人世茫茫，寻常至此。

亲戚们好心而客气地唤我去他们家过年，但我继承了母亲执拗的性子，不想在各自的小家团圆的时刻，去叨扰他人。也是有另一种感觉，仿佛母亲的气息仍在这里，我若舍了她而去，去亲戚家过年，便是把她的魂灵孤独地抛弃在家中了。她若化作风霜雨雪来家中探望我，我怎可除夕夜不在家中。我不忍，便谢绝了亲戚们的好意。他们叹叹气，摇摇头，转身离去，留我一屋子的清静。

转身进厨房，炖一锅汤，以慰风尘。在人间，当人们各自奔赴团圆而我不再有团圆时，至少炖煮出这一锅汤，它还能暖胃。在没有人与人相逢的每一个深夜，仿佛世间与我两两相忘。世间的人，他们有亲人、家和春节，我有安宁、酒与回忆。

几日前已去过墓地，将母亲的墓地用清水与湿毛巾擦拭干净，将家里各个厅室都打扫齐整，然后给自己做一饭一菜一汤，当作年夜饭。独自吃完，内心平和。我不知道我的人生会有多长，但我记得，这是我的人生里第一个没有了她的除夕夜。夜色深了，我将她的黑白遗像摆在客厅沙发上，并肩坐着，静谧无声，与她一起看春节联欢晚会，像往常那么多年的除夕夜一样。我知道，她会在。

如果此时此刻，窗外正好有呼啸的寒风，有窸窸窣窣的落雪声，有响彻云霄震耳欲聋的鞭炮声，有别人在热热闹闹燃放和观赏烟花礼炮嘶鸣着升入夜空的欢呼声，我想，也都不会打扰到我们的团圆。

3

打捞出来的第二个春节，是二○一五年的春节，母亲在人世的最后一个春节。那年冬天好像格外漫长，回想起来，春天迟迟没有来。

从年前开始，母亲就摧枯拉朽般一天天消瘦，某天起，她突然就不大能行走了。有时我搀着她寸踱着上卫生间。她爱干净，坚决不在床上解手，买回的纸尿裤她也不用。有时需要去输液，医院又太远，我就用轮椅推她去就近的卫生站。轮椅滑行在马路上，其实很轻便，她以为很笨重。她明明自己精气神虚弱，那个时候还关心我，舍不得我吃力受累，一直说让我停下来歇会儿。

母亲叹气："我怎的就变成这副样子了，难道以后要在轮椅上过日子了？往后你会更辛苦了。"

我安慰她："妈，没得事，只要不再恶化，能保持现在这样子，就在轮椅上过下半辈子，无论我照顾你多少年，都好。"

我又憧憬说："等天气暖和起来，每天下午啊傍晚啊我也推着你出去转转走走，透透气，散散心。"

她气息微弱，微微点头回应："好啊，好啊。"

我心里暖暖的，开始跟母亲一起期待天气能暖和些。到了那时啊，我就可以用轮椅推着母亲出门，散散步，逛逛街，就像我的小时候，她也曾牵着我走过一段又一段无声安宁的夜路。

但过完春节，春寒料峭，母亲就走了。是我们福薄，没有等得来春暖花开的那天。

这一年春节，大年三十除夕夜，母亲走前第二十一天，她还给我做了一顿年夜饭。那时她的身体已极其虚弱，难以咽食饭菜，几乎靠流食和营养粉蛋白粉填充肚子、减轻饥饿感，挨着日子。

门窗外的那条小街，街旁的那条小巷子，巷子里热闹喜庆的烟火气息，都残忍地透露给了母亲"春节又到来了"的讯息。

"过年了啊，"她躺在家中小床上，喃喃对我交代，"你去买些菜，买些你想吃的、好吃的，过年得有过年的样子。"

我一一照做，宽劝她说："没得事，我自个儿会炒几个菜。"

但她趁着除夕的夜色还没全笼罩下来，还是撑着爬起身下了床。她已经寸步难行，几天起不了身，此刻却坚持让我扶着她蹒跚着踱步进来厨房帮忙。土豆红烧肉、炖三黄鸡、红烧鲢鱼、烧杂烩汤，都是母亲在忙活。我在一旁协助，做了几样冷菜拼盘。

母亲转动着锅铲，像她替这个母子俩的家操持了大半辈子那样。我恍惚觉得她好起来了，她又恢复了往日生猛、鲜活的模样。只有她自己晓得她是在挺着最后一口气，给儿子做这顿丰美的晚餐。

烧菜过程中，母亲几次体力不支、难受得想吐。我护在她身后，心疼地替她搓揉着瘦骨嶙峋的后背。她背对着我，孱弱地左右摆了摆手背，示意我她没事，然后拧熄灶火，伏在厨房油腻的案板上喘息，歇息片刻又仰起身来，拧开灶火继续。我推她回房间去休息，她不依。她就这样断断续续烧一阵子菜，再歇息一阵子，等忙完这些菜，窗外别人家已是深夜，鞭炮礼花齐鸣。她再也支撑不住了，回房间躺下身歇息。她只喝了两口菜汤，别的菜嘱咐我端上餐桌，对我说："我去歇一刻，你别管我，我没得事，你赶快趁热吃，别等菜凉了，啊。"

这是她给我做的最后一顿年夜饭，也是她过的最后一个除夕夜。

这一年的央视春节晚会，是我与母亲看过的最后一届春晚。往年春晚，我们看得并不完整。多数时候我们看着看着就打起了盹，或者母亲忙完白天的活计，傍晚开始一个人忙碌年夜饭，到晚上九点十点才做完饭，我们两人围着小桌子边吃边看。童年时，春晚是我们一起守着电视欢度的良宵，每年除夕都有一两首《中华民谣》《涛声依旧》《常回家看看》这样的经典能让母亲哼唱回味一整年；这几年，我们对春晚兴致大减，大多是第二天挑选重播的精彩片段补看。

最后这场春晚，母亲没有气力看了。她眼睛看不清，也累得迷迷糊糊，虚弱地躺着。这样一个冬夜的除夕，我洗完锅碗瓢盆，从厨房坐回她床边的椅子上，打开电视机，像打开了属于另一个世界的喧嚣，那喧嚣突兀地闯入了我与母亲最后的除夕夜死寂一般的安静之中。又演到她喜欢的某个演员的小品了，我轻唤她：

"妈，看，小品。"

我故意多说话，给她讲解她没看清和听清的遗漏的细节，还偶尔挤出一两丝笑声，跟她讨论一两句。我时不时瞅她的脸色，我希望她也能会心地笑出来，也能觉得片刻哪怕须臾的舒心。

但她还是看不动了。她再也无意去看去听晚会上的欢天喜地，她再也无力挂念电视机里别人的闹腾，她再也无暇关心这些小品节目里又抖出了哪些好笑的包袱段子。她的这一生太累，在人生的最后一个除夕夜，她只想沉沉睡去。

母亲永远告别了春晚。春晚不晓得她是谁，也没有她的名字，但她在春晚的陪伴里走向了她的黄泉路。从此往后的除夕夜，再也没有一场好看的春晚了。而我不看春晚也已经很久了。

翌日清晨，是大年初一。每年春节的早晨，我家都有一个习惯，不论谁先醒了，都要先吃一块云片糕，母子俩再开口互相拜年。

薄薄的软软的糯糯的云片糕，头天晚上睡前就准备好了，放在了各自的枕边。这一年是我早早醒了，我伸手撕开云片糕的小包装袋，咬了一口，像往年一样起身给母亲拜年，我大概说了"恭祝妈妈新年身体健康"之类的吉祥话。她躺在床上，原来也早就醒了，她回应着我，也笑眯眯地祝我新年的一切，挤出崭新的气色与面容。

按苏北小城的风俗，初一早晨是要吃汤圆的。我想在厨房煮好后，盛好端来床前给母亲吃。她执意不让，她酝酿着想要跃起身来。她说"等等，再等等"，她说"给我一点时间"，她说"过一会儿我起了身，穿个新衣裳，跟你一块儿到餐桌上去吃"。

母亲是下了一番决心，她想初一这天一大早若能撑着起身，也就预示着接下来的一整年都会有好的兆头。什么都是新鲜的，什么都会好起来，没有病痛折磨了，身体好了，能走路了，也就会有力气了。开春嘛，要有新气象。她在期待，在等，等老天爷听见她冥冥之中的哀求，能在大年初一这天早上也给她一个全新的奇迹。

她却还是没能有气力起身下床来。后来，我把煮好的汤圆端到母亲床前，都煮烂了。像一颗颗粘连在一起的面糊疙瘩，里面的芝麻馅黑乎乎地渗了出来，将碗底搅浑成了一块黑匣子。二十一天后，一只长长方方的黑匣子，也是这样永远封存住了母亲的骨灰残骸。

4

第三个春节，被从记忆之河里打捞出来，是二〇〇九年的春节。这一年我念大四，这个春节是我与母亲一起在小城度过的时日最短的一个年。从寒假回来，到离家再去省城，在家只待了五六天。

年前，我在省城一处私人的教辅机构做家教，越是寒暑假越是有学生补课，我给几个孩子补习英语。当大学里的同学早已回老家过年，我还在市区，住在机构里，赚最后一笔打工的钱。等拿到补课费已是除夕前一天，我买了除夕当天的火车票回去，从省城回到小城，踩着寒星踏入家中，母亲已等候我很久。

这一年初五，我在家中接到省城一家报社的电话——原来是年前参加的招聘通过了笔试面试，让我初八到班，算试用期，三个月后可转正。往年寒假，在家待到过了元宵节才走，这年大年初六，我就得赶回省城，在市区找房子租，以为开始新工作、新人生。

母亲不舍，但还是得替我装点行李。所谓行李其实大多都是吃的。各种预留着我过年回来吃的鸡腿、香肠、肉圆、包子，她都用方便袋细致地密封扎紧严实，一层一层塞满我的拉杆箱和背包，仿佛我是去什么穷苦小山村，即将迎来饥荒十八年似的。

我拗不过她，即使食物被闷坏或者让我一路不堪重负，也都这样在小城与省城之间往返携带了四年。母亲她们这一辈人，不像现代人那样善于一些直露的表达，也不会如心思繁复的古人那样借书信文字来传情。她只懂得一个最原始最淳朴的道理，那就是唯有食物能填饱人的肠胃，让人心生愉悦，并感到生活的安稳。

初六清晨，母亲坚持要送我去车站，像之前我每回开学前一样。我们都不喜欢送别。我说："妈，你留在家里，我自个儿走，没得事。"

母亲却说："要是我一个人待在家里，我也难受。"

于是，依旧是家里的那辆电瓶车被推了出来。我骑着电瓶车载着母亲和我的行李箱去车站。直到看着我进了火车站，拐个弯上了扶梯，她这才一个人离去，骑着电瓶车孤零零地回家。

还有很多次，买不到火车票，我坐长途汽车走。人群密集的车站广场上，我在车内，母亲在车外。我隔着汽车车窗对她挥手，她也对我挥手。那样的场景，就像是我自己狠心地走，把她抛弃在车站门口。母亲神情落寞，依依不舍。我回头望着她变得越来越小，也觉得难受。我像安慰她，也像是在安慰自己，心里默默说："没得事没得事，以后会用更多的时间好好陪妈妈。"

而她就一直站在原地目送着我，直到站成一块衣角，一缕白发，一个灰点，一口湿雾，一阵轻烟，直到我坐的车子在路口尽头转弯，再也看不见她了。

大学里返回小城过的那几个春节，是我与母亲最期待的日子。毕竟，以前在身边，春节就只是过年，如今分隔开来，春节才是团圆。也是在那几年里，我与母亲留下了一张合照。

是一次放了假回来，原先小城高中的女生朋友过来玩，帮我拍了一张挽着母亲并肩站在一起的场景，身后是暗绿色的门框，我与母亲被阳光照耀得有些曝光，那天却笑得特别灿烂。可后来我们再也没有拍过合照。我总以为来日方长，时日漫长，人生很长。这一张大学期间的母子合影，是我成年之后唯一的一张"全家福"。

每年回来在家，陪母亲看电视剧，当看到电视里出现一对白头发的老夫妻挽扶着一起走，走一段路或走一段人生，恩爱如初相敬如宾，我会下意识地偷偷观察母亲的反应。她这一生不曾有一个如此这般的爱人，一个白头到老的老伴儿，一个相濡以沫、挽扶着走到老走到死的老头子，是遗憾，是抱恨，是空缺。我在乎母亲的感受，我怕她感怀自身联想到她破絮般短暂而不幸的婚姻，我怕她难受。还好，她面容平静，看不出一丝波澜。或许是她早就看淡了，看开了，又或许她其实没有看破，只是她在数十载的岁月里早就学会将自己的情绪，连同满身伤痕，都一并深深埋葬。

那些年的小城也时兴跳广场舞。傍晚时分，城市各个角落的广场空地，早早聚集了一大群花枝招展的退休阿姨们。她们跟随着音响里欢快的韵律蝴蝶一般翩翩起舞。我骑着电瓶车载着母亲路过十字路口拐角的广场，若是刚好赶上了广场舞大妈们，我会有些忧伤。

我不敢看母亲的神色，也不敢问母亲想不想停下来看一小会儿。她生性活泼喜动，年轻时就爱踢毽子、跳绳这一类的少女游戏，若是身体康健，现在应该也早就是小城广场舞队伍中的佼佼者了吧。她也曾在身体尚好时说，将来等她五六十岁了，也去跟着那些阿姨们一起跳跳广场舞。可如今她已是癌症康复病人，行走不便，不能做剧烈运动，跳广场舞的梦想也就真的成了奢望。身体条件没有了，时间没有了，后来连她都消失了。那些傍晚时分，她也许想要停下来，看广场上那些欢快的舞步在别人的身体里头升腾开来。但我从未敢在那样的时刻过问她是走是留，是回家，还是看一小会儿。我一言不发，低头看路，想要匆匆载她一闪而过地逃离，我怕她看着伤心。

母亲或许也曾失望地通晓了：人生的梦想，就是像这样一个一个破灭的。就像从前，有很多想去的地方想去做的事，说着等病好了就要怎样怎样，却没有了"怎样"。如今她去了天堂，病痛没了，腿脚好了，她终于可以在云上尽情地跳起舞了罢。

打捞第四个春节，其实已经不能明确清晰地辨认出是哪个春节了。大概是每一个我童年、少年时的春节，大概是二〇〇〇年的春节。它们共同编织成一组春节群像，轻轻悠悠嵌入我对往昔的故梦。

那些日子，我和母亲没有房子，没有固定工作，没有人关怀，像两个模糊得没有名姓的人，但我有她，她有我，就是一个家。

小城虽在长江以北，但坐落在江苏境内，除夕夜从来没吃饺子的习俗，只有家家户户满桌赏心悦目的菜肴，点缀起年味。从前很多个窗外飘着雪的除夕傍晚，母亲兴致盎然地张罗年夜饭。即便只有母子二人，她也要转动着锅铲，将年夜饭烹饪得色香味俱全。

她系着围裙，弓着腰身在厨房忙碌，小小的个头辗转于煤气灶台、切板和水池之间。我丢下手里在写的作业，洗干净手，走过去问："妈，过有什里事，我来帮你弄的？"

母亲抬起头，用手背轻拭了一下额头的乱发，又转过头去忙着用铲子在锅中翻炒。我帮她把滑下来的袖套往手臂上紧了紧，她的声音伴着锅里滋滋滋的香气，柔声道："不用不用，没得事，你忙你的，待会儿熟了，我喊你来吃。"

在很久以后，我总喜欢不厌其烦地描述起母亲做过的那些饭菜。其实都是最普通最寻常的家常菜，但都好似带了一种金灿灿的记忆滤镜似的，让我念念不忘，回味余生。只是我当时不晓得，有些饭菜就跟世间事物一样，都是有期限的，我只有吃二十年的福分。

有一道菜是过年非吃不可的，是"芋头烧汤"。小城风俗，吃了烧芋头，来年就能"吃芋头，遇（芋）好人"。吃完油荤食料之后，五脏庙总需要一些清爽的汤水来中和一下，这时候，母亲会进厨房将提前切成颗粒的芋头子儿烧开，撒上蒜花与调料，待一碗芋头汤端上桌来，她笑着唤我："趁热喝芋头汤，来年就能遇好人喽。"

母亲还有一双炸肉圆的快手。除夕这天下午，她生好煤炭炉子，放上铁锅，倒入半锅油，端出拌匀的肉馅，坐在炉子面前耐心地炸出一大盆圆滚滚的肉圆。刚出锅的前几颗油炸肉圆最好吃，她会喊我拿碗筷提前趁热一饱口福。咬一口，又油又脆，满是肉香。

还有些时候，我们会故意不吃对方爱吃的食物——母亲总喜欢吃年糕、汤圆、麻团这类黏食，我便假意说我不爱吃，想着能留给母亲多吃些；我喜欢喝炖鸡汤，母亲便听信了说鸡肉是发物，对癌症病人身体不好，都留给我吃，她实在馋了也只肯喝一小半碗鸡汤。我们这样相互礼让着，相互怜恤着，过每一个年。

另外有一道菜，是过年必备。说它是菜也是汤，是汤也是菜，将世间的菜肉食材汤汤水水烩炖一锅，仿佛盛放着世间的欢苦忧甜。这一道菜，叫杂烩汤。也都是简单普通的食材：焯水洗净的肉皮，讲究些会用鱼肚，以及木耳、鹌鹑蛋、鱼丸、小肉圆、竹笋、青菜心，加上生姜、料酒、油盐味精，炖成一锅乳白鲜美的汤。

但每样搭配都是精心准备的。单说这其中最不起眼的青菜心，也是有"学问"的。冬季的青菜每一株都壮硕肥厚，得一片片剥去外面的青菜叶，直到露出包裹在最里层的娇弱的菜心。但这样"剥"出来的青菜心又瘦又长，煮出来在杂烩汤里并不好看。

母亲熄灭煤气灶的火，蹲下身来一边示范，一边教我：用菜刀先斜着切开青菜靠根的部分，再剥去外面的陈叶，就能做成一颗颗鲜嫩的青菜心。原来，青菜心不是"剥"出来而是"切"出来的。果然，这样的青菜心模样可爱，恣意绽放，像翠绿色的花蕾一般。

待食材在水中翻滚至半熟，母亲会端出事先煮好的一大碗鲫鱼汤倒进去，汤汁立刻变得乳白。母亲总说，这样汤的口味才会更加鲜美，连味精都不用放。闷盖再煮一会儿，母亲拧掉灶火，盛出鲜美可口的杂烩汤。这样一碗寻常却美味的杂烩汤，似火锅，却比火锅少了性烈、多了温润，像清贫人家过年餐桌上一幅生动饱满的画。

金黄黄的肉皮，黑亮亮的木耳，皎白的鹌鹑蛋与鱼丸，肉红色的小肉圆，嫩青色的竹笋，翠绿的青菜心，都挨挨挤挤又相融一致地在乳白色的浓汤里相逢与相拥，有一种现世安稳的幸福。

"清清白白，爽口干净，做人一般。"母亲望着杂烩汤说。

寒冬深夜一碗汤。只要有这样一碗，足以暖胃，喝了下去，哪管天地落雪纷纷，都在苍茫岁月里偷来了一份让内心安宁的福祉。此时此刻的屋外，是除夕夜的月亮，瘦得比指头缝隙都窄，可是屋里头却好圆，好圆满，好团圆。

一个人住的第一年，第二年，第三年，每到过年我也一个人学着做菜，学着像母亲从前一样烧杂烩汤。回想母亲教我的神态、语气、动作，遥远得已像过去了一个世纪之久，又都亲昵得仿佛发生在昨夜。

当一个儿子想念母亲做得好喝的杂烩汤，才明白，做饭给心爱的人吃，原来是一件心生幸福的事。从前母亲给我做饭，再辛苦疲累，心里也是暖融融的吧。而那最好的时光，连同那样一个站在金褐色的晨昏暮霭之中忙忙碌碌的恩慈的妇人，都消逝了。

6

常常在电视里，在书里，在邻居朋友、亲戚同学的家里，看见或听说每到除夕夜，他们整个家族的一大家子的人在一起过年的情景。我没有经历过，也从不晓得一大家子人一起围桌吃饭、笑着聊着会是一番什么场面，什么滋味。我只知道，从前很多个除夕夜，只有我们母子俩。但即便家中只有母子两人，可她有我，我有她，便是团圆。母子二人，也可以吃团圆饭。很多年，我俩都是这样过来的。

除夕夜，我们也是总到很晚才吃年夜饭。往往彼时，窗外人家的鞭炮礼花齐鸣，电视里的春节联欢晚会也早早开演，我俩围桌而坐，才开始吃饭。但母子两人感受到的年味，一点儿也不觉得淡薄。

从前过年，我跟在母亲身后去超市菜场，或者她坐在我的电瓶车后座去采购年货。我们去巷子里买春卷皮、饺子皮，去大街小巷找炸炒米的摊点，炸炒米的师傅大喊一声"响啦"，我捂着耳朵跑开，又忍不住猛吸一鼻子空气中弥漫开来的香喷喷的微甜。

从前过年，母亲忙着一头扎进厨房，满心喜悦地做年夜饭，伴随锅铲翻炒而发出嗞嗞嗞的欢快的热闹。母亲主内我主外，我端来水盆，用抹布擦洗干净外门与窗梁，细细张贴"福"字和对联。

从前过年，是我与母亲的小团圆。几道菜，两碗饭，吃着两个人的年夜饭，看着电视，听着窗外噼里啪啦、嘶鸣燃放的焰火的喧嚣，并肩坐着闲聊，期待着也心想着，明天又是新的一年。

这么多年，让日子有了盼头，好挨了许多。所以儿时的我每到快要过年了都特高兴。母亲却说，她小时候也像我一样盼望着过年，可是长大了，人心里头装的事越来越多了，烦恼忧愁也越来越多，也就越来越不那么期待着过年了。

我在那些年少时候，并不能完全领会母亲的意思。我心里寻思：就算是有天大的苦难，在一年才一次的好吃、好玩、好看的春节面前，又算得上什么呢？

母亲走后，我似乎不再过春节了。也在某天顿悟了一般，懂得了母亲的那些烦恼忧愁。如今这烦忧笼罩着我，便尝到一样的况味了。纵使还有千千万万个春节，可是差了团圆，总不再是个年。

从此或许会害怕过年了吧。满大街的红色装扮、鞭炮声、年味，都是别人的狂欢。像每天下班迎着昏暗的路灯，已无须再似行色匆匆的夜归人那么赶着回家了，家中已无她温柔的守盼。只有她总是能将日子过得红红火火，哪怕孤儿寡母，也殷实欢愉；我却将这漫长日子过得冷冷清清，家中唯剩我一个，留在她的痕迹气味里头。

跟母亲一起过的春节，才是"年"。只要母亲在，每个孩子无论走到天涯或海角，都不会忘了回家过年，回家吃饭。母亲走了之后，孩子也就没有了过年的福分。往后过年，是与寻常日子无异地过着，一个人做饭、吃饭、洗碗，看着电视里的无聊节目，独自熄灯入睡。终究，我也成了一个不再期待着过年的人。

7

在母亲故世的两个月之前，我做过一个梦：找不到她了。

以前也做过母亲出门离去的梦。与现实情境相呼应的，是我下班回到家，母亲不在家，原来是去菜巷子里转悠，去邻居家串门，或是去看望外婆，去后门的楼道口收拾打扫。我也不会担心。因为不用过太久，她就会蹒跚着回来的，我随意问一句："妈，你去哪儿了？"她就会一边弯腰拍拍掸掸着衣角裤腿，一边坐下来跟我聊起家常。

可是在那天的那一场梦里，我到处找，到处找，怎么也找不到她。一直到我醒来，也没找着。我不晓得这是不是某种预示，预告着我会怎么都找不到她，也是让我预感到我将要永远失去她了。

母亲走后，我时常能梦见她。也不是她来给我托梦，要交代什么事情，而是我梦到与母亲还像往常一样过着日子，聊天、散步、吃饭、逛街、置气、说笑、拌嘴、眷顾、相爱，寻常生活着。

从前她在的时候，我做梦，梦到山川河流、星辰日月，梦到尚未游历过的花花世界与新奇神秘的陌生远方。后来的梦，仿佛皆与母亲有关，我再也没有梦到过别的什么人与事。

这些梦境，有时在前半夜、后半夜，有时在刚躺下后、待起床前，有时在深夜、凌晨、黎明、晌午，就像是她一直都还在我身旁。梦里她的样子也是不一样的，有春天的，夏天的，秋天的，冬天的，也有白天的，黑夜的，悲伤的，欢愉的。

我期待并欢喜于每一场梦境的重述。当我不能够再拥有母亲并肩坐在身旁，至少还可以在梦中与她短暂地久别重逢。我爱上了做梦，只有在梦里，我还会和母亲无数次团圆。原来就算是别离，也还可以梦见一个人百次，千次，万次。这也不失为莫大的幸福。

即使怅然若失的是，一旦离开了梦境，我又必须从那个时空跌入这个时空，毫发无伤、无关痛痒地开始过着没有了她的日常人生。

春节真好啊，春节也真难过啊。如今我也会在梦里梦到还跟母亲一起过年。我回到了童年，母亲回到了她的青年时代。我俩还租住在某个小镇上的小租屋里，斑驳破旧的门窗，窄窄小小的床，木头桌椅，大衣柜，晾衣绳，缝纫机，洗脸盆，母子俩。

我在睡梦中觉得快乐，以及安宁，咻咻地发出熟睡的笑声。窗外是窸窸窣窣的落雪，让天地间的一切都温柔祥和了下来。床头的衣柜架子上面，摆放着明天一早要穿的崭新褂子、裤子和鞋子。母亲熟悉的身影笼在昏暗的灯光下，映照出了一团亲切的热气。她轻声细语，唤我早早入睡，她说自己再打点好一些什么，也就准备去睡了。

我努力地闭上眼睛，心里感到甜美。我的身体越来越缩小，越来越柔软，似乎回归到母体那最初最安全最纯真的羊水里去了。只要我好好睡一觉，只要天微微亮，只要明天一早醒来，正月里来是新春，大年初一就要起始了。到那个时候，春节才刚开始呢，母亲会敦促我快快洗漱，穿戴整齐，吃完早晨的第一碗煮汤圆，她等着带我出门。她骑着车载我，或者我们不骑车，我们走着去亲戚家。

在梦里，她一只手牵着我的一只手，我这只小小的手暖暖地塞在她又大又厚的手心里。我们两个小小的人儿啊，一大一小，一高一矮，踩在昨夜纷纷扬扬落了一整晚的厚而松软的积雪上。被踩压的积雪也绵绵柔柔的，发出一连串清脆而欢快的叫唤声来欢愉地回应我们，又在我们的身子后头留下一行行深深浅浅的鞋底印。

我晓得这条路途不会太长，不会太远，也不会太苦。这样想着，我就觉得更快活了。妈妈也笑着，她也觉得快活。然后我开开心心地跟着妈妈。我们出了门。我们去天地，去世间，去拜年。

最末一天

1

门哐当哐当一下子被挤开，又一下子合上，裹挟进来了些许深冬初春时节乍暖还寒的风。每当门哐当一下，她都被吵得从死亡的悬线之上活过来，艰难地睁眼看一下这人间，又阖上眼睑。

她有些分不清自己是在哪里，是少女时在农村，听着乡下自家的门被大人们推推开开，还是青年时带着儿子在各个小镇各个县城颠沛流离、辗转奔波地租房讨生活，小屋的门被年幼的儿子一边玩耍着，一边一开一合，又或者中年过后拖着病体与刚找到工作的儿子搬家，搬进新买的二手房里，心满意足地在每个清晨和日暮将新家的门轻轻柔柔地关上或打开。她有些迷糊，不都是门开关的声音嘛，怎么差别这么大？这一次的门，又是哪里的门？是赴死的门，还是生还的门？直到她被从急救中心的病房床位搬挪到担架推车上面的时候，她方才有些清醒了，原来是要回家了。

急救中心建在医院大厅一楼右边的破落区域，常有担架推车进进出出，门也哐哐当当。原来是医院的门啊，是太平门，是生死的门。

这天是三月里的一天，刚过了惊蛰，但总觉得还像是冬天似的。上午十一点多一点，稀薄的日光从层叠的医院大楼不情愿地洒下来，洒了一水泥地，洒在这急诊室的门窗上，又从门缝里奢侈地停在她的床褥上。她约莫晓得是白天了，但她不能准确感知是上午、中午还是下午。身边是自己的亲姐姐与儿子。还有弟媳找来的灰白色面包车，用来装载推车，正等在医院后门那条宽敞的过道上。

亲弟弟办完了缴费手续也赶了过来，在她的儿子身旁耳语了一句什么，似乎在说："可以了，回家去吧。"

然后那个陌生的司机面无表情地俯下身子，将她的躯壳稳稳当当地从病床上抱起，挪到病床旁边那辆高低并不一致的推车上。

司机很有经验，看来是经常帮医院的家属把垂死的人搬运回家，但他的手法并不温柔。儿子也从一旁帮忙，轻轻托住她垂下的小腿。她有些被司机挪痛了，但张了张嘴，没有喊出声。或许大家都只听见门哐当哐当一下子又被挤开和合上，淹没了她的声息。

昨夜十点多时，她躺在家里的小床上，正在艰难地大口呼吸着，使出全身力气大吸一口气，再缓缓吐出来，每一下都耗尽半生似的。直到她再一次开始从嘴里排出液体——其实不是呕或吐，她明明躺着不动弹，并不用力——那些咖啡般的液体就从喉咙里一个劲儿地往外直喷，汩汩的，汹涌不止，像一场没有预知的暗红色的"山洪"。这已是她在这些天里，经历的第四次山洪了。她还不知道吐的是什么，以为是自己胸腹水排不出来，又再从嗓子眼里往外涌了。儿子赶紧抽过来了很多张纸巾帮她吸着、堵着，都没用。

她一边吐着身体里的液体，一边喊儿子的名字。她口齿不清，已不能完整地说出一些词句，但儿子懂了她的意思。她在求救。她唤着儿子，求他帮她找人把她喉腔里头喷涌不止的"胸腹水"止住，哪怕在她背后穿个孔引流也好，不能再这么流淌不止了。

她觉得自己像一座镂空的山丘，从丘体内核深处莫名其妙地往外喷涌暗红色的山洪，山洪张牙舞爪，流泻到了她身下、脚下、床下的座座村庄和片片田野里，这感觉太怪异了。

除了她，所有人都知道，这暗红色的"山洪"是她在呕血。

儿子慌了神，颤颤巍巍地掏出手机，赶紧拨打了120。在救护车赶来之前、下一轮山洪暴发的空隙里，他帮她胡乱地套上棉裤、大衣与棉鞋。等了十多分钟，救护车嘶鸣着停在她家门口，下来几个穿白衣服的人，她以为是天使来拯救山洪了。从白衣服里伸出一双双手，将她搬运到了救护车上面去，哐当一声，关上车厢的后盖门。她依然躺着，儿子陪在她身旁，她感觉到自己在移动，山丘在移动，丘体内核的山洪也跟着在移动，目的地是医院的急诊室。

救护车一路上并不平顺。小县城在深夜常有闯红绿灯的车辆，在快要抵达医院的最后一个红绿灯前，为了避让迎面而来的一辆卡车，救护车一个急刹车，将她躺的推车狠狠地朝前方司机坐的靠垫砸去，她没有声张。

苍茫裹着宇宙，宇宙裹着星球，星球裹着城镇，城镇裹着马路，马路裹着救护车，救护车裹着推车，推车裹着山丘，山丘裹着她，她裹着暗红色的山洪，她不知道这是她在人世的最后一个夜晚。

2

已是半夜。从凌晨开始，接受各项繁多的检查与不停歇的输水。陆陆续续，她的一个姐姐、两个弟弟、弟媳们也赶来了。第二天清晨，值夜班的年轻小毛头男医生下班了，交给一个挂着一张脸的女医生。她半昏半醒，心想，这女医生心情大概不太好。

女医生例行公事地应付着她的亲人们，其实心里头已经放弃了，但还是耷拉着脸，做无用功地开了些检查化验单与输液项目的单子。弟弟们去缴费，儿子和姐姐守在她的病床前。就这样过了后半夜。

早上八九点，来了一帮实习小护士，跟在护士长身后查房，到她病床前叽叽喳喳地问询一夜的情形。那个时刻，她奄奄一息，手臂上在打点滴，浑身被监护仪伸出的几根狰狞的深色橡胶线管咬住肉肤，如同被捆绑束缚。她们语气生硬，问她有无大小便，有无睡眠与发热，随后七手八脚地给她翻侧身体，查看为何床单和被褥都被压在身下。儿子和姐姐怔怔地站在一旁，眼睁睁望着护士们将她褪下衣物，粗暴地翻来覆去。她们时而把头靠在一起窃窃私语，时而神色嫌弃地抱怨。她一息尚存，任人摆弄，在她走之前的最后一天。

到上午十点多的时候，她饿了，被儿子喂了点稀薄的粥汤，昨夜输了液才刚刚得以止住的山洪又开始喷涌不停。她有些恼这烦人的山洪。这些暗红色的可怕的山洪，宣告着她的全部脏器已几近衰竭。她不知道的是，医生放弃了，姐姐放弃了，儿子也放弃了。

医生带领着几名护士走了过来，示意卸下所有的医疗装置。她在这天清晨感到有些轻快，明明是奄奄一息地躺在病床上，明明被护士裸露着她的胸口，手忙脚乱地在她身上扯开各种电极，移开各种夹在她手指、脚踝的肌肤上的电线夹子，她却感到某种解脱。

一个小护士拔开电极棒时，扯到她胸口的皮肤。那块胸皮，在她十年前手术后就一直没长出肉来，薄薄地贴在她的胸骨上。她看不见自己的这块胸皮被高高地扯拉起来，也没有力气去喊疼痛或做出任何反应。儿子与姐姐也无动于衷，似乎盲目地忘记了她的疼痛。

一个隔壁床的家属老太太，不明就里，走过来搭讪，问她的姐姐："这个病人，过是你妈妈？"

她的姐姐讪讪着不晓得怎么搭话，支吾着应付过去了。这病床上躺着的女人，苍老疲倦、满身伤疤的女人，是比她年岁还小了五年的妹妹，如今旁人却以为这妹妹是姐姐的母亲。儿子在一旁听了，心中有些酸楚。他望向病床上的这个女人，明明才是五十多岁，看起来却的的确确像被岁月磨砺得早已年过七旬。

她的两个弟弟被医生叫过去，暗示了这故事的结局。两个弟弟又将这故事的结局暗示给了她的儿子。是时候了，到时间了。

儿子想起她从前说的话来，"我要死就死家里，不要在医院里"。不在医院里与人世告别，儿子晓得这是她的心愿，便与亲戚们商议着怎样将她运转回家。

最后是能干的大弟媳出了主意，找到了医院门口那一排专门运送病体或尸体回家的面包车，一百块钱，就能带她回家。

山洪看似堵住了，该回家了。但这最后一夜，她被医疗器具折腾了一夜，她的手臂一直都插着针管，连番输液、抽血、检查、翻身，过度的折腾损耗光了她最后仅存的一缕元气。但好歹是要回家了——儿子趴在她的耳畔轻轻说："妈妈，回家去了，我们回家。"

"回家"这个词，可真让人欢喜啊。她听了，仿佛从灵魂深处也生出了丝丝缕缕的快活。

3

担架推车从病房里推了出来，要拐两个弯，过一个坡，才能推到过道顶头的面包车后头去。推车从走廊里穿行的时候，司机在前面，儿子弯身扶着走在她旁边，一路还有人看着，她像一条大船。

深冬初春的这天难得有了碎碎的阳光，天气时阴时晴，光线倒是很好。她躺在担架上，伸出原本平放在腰旁边的一只佝偻的手，把盖在她胸前的那床薄薄的灰白色被单吃力地往上拉了拉，自个儿给自个儿遮盖住了她的整个头跟脸。

在盖住脸之前，她好像是对儿子说的，又好像是在喃喃自语说："我记得人家都是这样子的。"

她的意思是，她这一生也见过很多人死去，人死之前，都是要用这样一面白布裹住脸孔的。

司机打开面包车的后门，放下平滑的木板，形成一个斜坡，她的弟弟们帮助司机把她连同整个推车一起推进了这辆灰白色面包车，像推进了一只黝黑的焚化炉。这是她这辈子最后一次坐车。

所有载着病体或尸体的车辆，都不准从医院前门通行，不吉利。所以面包车从医院的后门出来，要绕过一段路回家。这段路她在从前很少走，这并不是以往她的儿子带她去医院看病常走的路，也不是她以前上班的路、买菜的路、骑车的路、奔跑的路，更不是这些年儿子用电瓶车载着她出行的路，所以显得比往常漫长。

面包车内，她平躺在推车上，推车摆放在面包车的后车厢，儿子坐在一旁，跟来时一样。她想，人的一生，生与死，也没什么差别嘛。她睁着眼睛，没有任何表情，有一种出乎意料的平静，平静得像大海。她似乎瞥了瞥窗外，对儿子说话。无论是瞥向窗外还是对儿子说话，她的目光都直视额头正前方的车顶，并不看向窗户或儿子。

她对儿子说："帮我把窗帘拉上去，挡住光。"

她边说边举起手，颤颤巍巍地，做了一个拉窗帘的手势。

儿子看了看车窗和车顶，没有起身。因为面包车根本没装窗帘。他想着要不要站起身，用他瘦弱的身躯或手臂挡住车窗的光，但其实挡不住。他只得双手握着她的一只手，告诉她："拉起来了。"

她静默地微微点头，也就不再说什么了。她眼睛继续望着车顶，好像在想着些什么。

面包车晃晃悠悠，停在了她家门口。不晓得是漫长，还是迅捷。司机跳下了车，拉开后车厢门，沿着滑坡把担架推车推下来，大声喊她的儿子帮忙，一齐把她推进房间，抱回到她昨夜躺着的小床。司机收了钱，离开了。亲戚们陆陆续续也赶了过来。

对门的女邻居在门口洗菜，停下手中的动作朝这边张望了很久。那些新鲜的蔬菜在自来水的浸泡之中伸展开来，显示出鲜活的姿态、脉络与生命力，它们浑然不知即将被一锅热火烹煮至死。

她躺在家中的小床上，望着天花板看，无忧无喜，浑然皎洁。她听着她的亲人们在客厅里说着话，心里晓得这已是回到家了。

4

这天已至中午。儿子继续坐在她身边，姐姐去给他们娘儿俩做些吃的，弟弟们有家事或工作去处理，留下了她与儿子相守着。

她躺在床上，或许是比儿子和姐姐都更清楚：时间到了。她微微侧头，看了看房间窗格上放着的那只小闹钟，看不清楚，又问儿子："几点钟了？"

儿子应答："快十二点了。"

她喃喃说："下午三点钟。"又重复了几遍，"三点钟。"

儿子不晓得她说这个时间是什么意思，隐隐有些害怕与担忧，但也不相信人能够对自己来去的时辰如此清醒，又不敢问。

她伸出瘦骨嶙峋的手指来，清清楚楚地一根一根地算，口中微微发出数数的声音，从十二点算起："一个小时，两个小时，三个小时。"当她数到三根手指时，有些埋怨道，"还要三个小时才到三点钟。"她似乎皱起眉头，有些等不及，有些不耐烦。

然后她垂放下手，每隔一会儿就问儿子："现在有几点钟了？""距离三点钟还有多久？""怎么还不曾到三点钟啊？""还不曾有三点钟啊？""还有多久到三点钟啊？"……

不知过了多久，姐姐做了些吃的，唤儿子来吃。她是吃不了世间任何食物了的，只能喝些流食，喝冲泡的蛋白粉或营养粉，或是闻闻姐姐做的饭菜香。她迷糊中想到了仙女，仙女是不用吃饭的吧。

姐姐转身又去了厨房清洗厨具，儿子寸步不离地守着她，她望着儿子，二十九岁的大男人了，脸庞上的神色却还这么忧伤。她的身子不再似这一个月来剧烈颤抖、呼吸急促、动荡不安，她变得很平和，有某种弥留之际的安详。她目光柔和起来，想要让儿子抱抱她，陪她说说话。她说："靠过来，抱会儿我吧。"

儿子抱紧了她，她示意儿子把她的手搁放进他衣服的两边口袋。只有当这样，儿子俯身抱她的时候，她的姿势也才像是抱着儿子一样。她想起从前，她抱着年幼的他逃离那个男人那个荒镇，她抱着生病的他深夜冒着大雨去医院找医生看病，她抱着熟睡的他从一个城市搬迁到另一个城市讨生活，如今也是该让他抱抱她了。

她睁开深陷的眼窝，问他："我过是抱着很重啊？"

他说："不，很轻，一点儿也不重。"

"我听说人死之前身子都变得重，我也是很重了吧。"

他喉头一酸，安慰她说她其实很轻。这个时候她早已瘦骨嶙峋，整个身子皮包骨，看起来才三四十斤，还会重到哪里去呢。

她又说："我身上过是有难闻的气味了？死人都有的味道。"

他摇摇头，俯下身子在她的衣襟上深吸了一口气，是极其自然的体味，夹杂着衣物被洗衣粉洗净后的淡淡香气。她这一生清洁硬朗，爱干净到了极致，即使油尽灯枯，也竟是好闻的气味。

她想让儿子说说话，说话给她听，随便说点儿什么也好，儿子却不知道说什么。他一向嘴拙，即使此时此刻，面临他一生唯一的至亲死别，也是胸中纵使汹涌，却唇齿无言。

她走之前的最后这几日，常常握住他的手。不，不是握住，而是攥着。她的双手紧紧地攥着他的双手，舍不得他走开，哪怕是一刻。攥得紧了疼了，他也不抽出手来。他与她像两个快要落水的人那样，死死地攥在一起。因为一旦分开，就是各自落了水了，就是掉入万丈滔滔的忘川河流之中了，就是奈何桥无可奈何了，就是阴阳永诀了。

及至最后这一日，她更是将全身残留的最后一丝力量，用来攥着他。他晓得这是她对人世的眷恋，对他的眷恋。她心里头是害怕的，害怕离开他，也害怕他离开她。有谁能真的不怕死呢？任何人，即使曾经信誓旦旦地说自己无惧于死亡，但真的面临这般时刻，谁不留恋这爱过、恨过、呼吸过的花花绿绿的人世间呢。

他抱着她，想让她战栗的身体得到一丝安宁与力量。他在她耳畔轻声对她说："妈妈，不怕，离开人世并不是真的离开，灵魂会永远存在，灵魂会一直都在的。"

他以为这样，能慰藉到她一点点，减轻她的恐惧与害怕。但在她走后某日，他深深感到懊悔起来——他不应该对她那样讲。天底下，为人子女者，怎么可以那般残忍地劝慰父母从容赴死？她都还在为了他而痛苦却坚强地支撑着，但他却告诉她，不用再坚持了，不用再撑着了。这不是她想听到的。假如时光能够倒流，他希望那天，那样的时刻，他该更紧一些搂住她，对她说："妈妈不怕，儿子在你身边，不管发生什么，我在，我会一直都在你身边。"

那日后来，他久久望着面容枯槁、成了一团皱巴巴的枯纸的她，小心翼翼问她："妈妈，我过能亲亲你？"

她闭着双眼，微弱地点了点头。

他凑过去，低下了头，在她额头和瘦陷成了两个大坑的脸颊各深深亲了一下，似乎在偿还什么恩情似的。抬起头的时候，他看到她目光轻柔，似乎带了欣慰与笑意。亲完之后，他听见她清清楚楚地对他吐露出三个字："我爱你。"

儿子眼眶湿了，说："我也爱你。"

她没有迟疑，不假思索地回应着儿子："我最爱你。"

儿子心里一痛，说："我不会再爱其他人像爱你这般。"

她听到了，又点点头，意思是她心里明白。

然后她的手从他的口袋里抽出来，重新回到了躺平的姿势，他也重新坐正在了她的床前，她握着他的手，他也握着她的手，害怕别离似的。她不再说话，安安静静地躺着，目光又恢复了呆滞，直直的，久久的，望着屋顶。

从前他们很少会像这样表达母对子、子对母的爱。中国人的爱，即使是世上最骨血相连的母子，也羞于启齿。唯有在他童年时，他们相依为命，他会奶声奶气地对她撒娇说："妈妈，我爱你呀。"她也会停下手里忙碌的活计，低头笑盈盈地回应一句："妈妈更爱你呀。"而在他长大以后，他们再也没有相互表达过爱意。

如今这场关乎生死的，母子最后的爱的表白，后来他在她离世之后，对当时不在场的亲戚们讲起来过。亲戚们听了，有的相信，有的觉得大概是他在她临终前产生的幻觉，听起来很像是小说或电视剧里才会出现的情节。但都不重要了，只有他晓得，只要他记得，这临终前的告白，是如何真真切切实实在在地发生过的。

他想他会记得一辈子。他是在爱里与她永诀。

5

小床的旁边是一张矮矮的墨绿色的小桌柜子，这是她三十年前的嫁妆，一直陪着她辗转流离于这人世间，也没舍得丢弃。小桌柜子上，摆放着一些蛋白粉、营养剂、杯子、吸管和水果。

儿子看她的嘴唇早已干裂、发黑，两片嘴唇上的皮翘起，撕开了小小的血口子。他拿起小桌柜子上的一颗小香梨跟一颗香橙，细细地切成片，想要给她吃，润润她干涸得枯裂的嘴唇。

切开的水果薄片带着新生命的果香与汁液。他想喂她吃，她轻轻摇了摇头。他给她递过去，她接过来，却不吃，只是接在手里，靠近自己的脸庞，有顺序地、缓缓地擦拭自己的嘴唇、脸颊、眼睛与额头。儿子见状，想要帮她，她眼神坚决，表示不用他帮忙，只是示意儿子将切好的水果薄片递到她手里。她要自个儿给自个儿——洁面。

她简单擦拭了自己的脸孔，儿子想将水果薄片接过来扔掉，她也不肯。她又用眼神示意儿子将床沿的垃圾篓靠过来，她自己将用过的水果薄片轻轻扔进了垃圾篓。从头到尾，像是在完成某种仪式似的。而这种清洁仪式，她没有假手他人，她自己给自己的脸面清洁完毕，干干净净、体体面面地送自己上路。

她的姐姐也坐了过来，坐在她的头顶后方，这样她就看不见姐姐哭红了的双眼。姐姐拿着一把家中的剪刀，替她最后理了理发。

她望望守候在床前的儿子，闭了会儿眼睛，但即使是闭着眼，也不让自己有一刻喘息和歇息，而是一直不停在操心地说着什么，想要交代一些事。最后这两个月里，她早已口齿不清，姐姐和弟弟们完全听不懂她这些天都在囫囵而浑浊地说着些什么，唯有儿子，才能依稀辨得清她说的那些断断续续的字音来。

她唤他的名字，告诫他："等我走了以后，丧葬事宜一切从简，不要大吹大擂，不要铺张浪费，不要给任何人添麻烦。不管是家里的亲戚也好，邻居朋友也好，凡是在我的后事上面来帮了忙的，事后你都要记得给人家包个小红包，表示感谢，以后也要记着这一份情意，我教你的，你都要记得，啊。"

她复又睁开了眼，像是想起了什么似的，继续交代他说："那些布料布条子，以后一把火都烧掉，不要留下来。"

他顺着她的目光看过去，她指的是那些她亲手绑扎在椅子上的靠垫、坐垫、靠枕、睡枕。最后这两三年，她的肿瘤复发，癌细胞转移到骨头、内脏，最后发展成了胸腹腔积液，她常常找不到一个能让她舒适的，或者坐或者躺或者靠或者卧的姿势与地方，就发挥年轻时候的裁剪手艺，将家里废弃不用了的棉花、布料、大衣、枕头绑绑扎扎在了床板上或椅背上，奢望寻求到人世间一个不那么疼痛的、能稍事安放她的残躯败壳的场所。如今人将去，这具烂皮囊也将去，她嘱咐他那些东西也该及时毁了，不必留。

其实她比谁都清醒。越是在迷糊昏沉时，她的灵魂越格外清醒。她事无巨细地向他，她留在这世间唯一的儿子，交代她的结局。

他一一应允，让她安心。

好几年前，他曾有一次对她这样说："当年我还很小的时候，是你把我带出来留在你身边的，现在无论你什么样，我也要跟你走，你去哪我也去哪。"现在他晓得那都是意气用事的话。

这天他握着她的手，说："我会好好活着。"

他要让她放心。人世的风尘再凶恶，她都曾一个人把儿子养大，给予他珍贵的人生。他会像她一样，孤独却勇敢地，好好活着。

她又一次微微点了点头，放心地躺着，再也没说什么。

他望着她，像望着一团破絮。被岁月镂空，剩千疮百孔。

枕边是她零散的乱发，枯草一般铺了开来。他起身，替她将两鬓的枯发捋了捋顺，重新柔顺地贴附在了耳后。又找来一把剪子，细致而小心地替她剪了剪手指甲、脚指甲。

多么枯槁的一双手、一双脚啊，从前是那样光洁、圆润、丰盈，用力地抱着他、搂着他、牵着他走，或沉沉稳稳地踏入人生的每一条河流、泥沼与阴沟，向着前方，向着远方。

时间在她的手掌与脚掌上都留下证据。手掌因为常年的辛涩操劳而皮肤褶皱、指甲生硬，甚至手心生茧、手背皲裂，不再是一双光滑的手，但这双手很温暖、很有力量。他抚摸着她的双手，她这些年因频繁扎针输液而损伤的血管与青筋此时此刻也变得平和。脚掌上那些厚厚的蜡黄色的老茧，也都是她在漫长而短暂的一生之中奋力生活、奔跑挣扎、鲜活呼吸过的证明。

他记得，在她走的两天前，她的手最后一次抚摸过他的头发。

那时她已坐卧难安，坐着不是，躺着也不是，整日闭着眼，昏沉嗜睡却整宿无眠。有一天她坐在床边，低着头、弓着腰身，呼吸短促艰难，手脚和双腿臂都在打战。她喃喃道："我怕是不行了。"

他伏在她腿上轻轻搂住她，想给她一点稳定住气息的力量。

她垂着头坐着，微微眯着眼，早已全没有了精气神，这时却抬起右手，替他柔柔地掸去头顶一小片不知从何处飘来沾染的毛屑。

然后她又坐着闭上眼，恍惚着昏睡过去。她太累了，却仍顾及着要为孩子擦去最后一丝尘埃。

此刻他剪着她的手指甲、脚指甲，抚摸着她的手掌与脚背，觉得有些恍惚，有些难过。

大势已去，潮水归西，飞鸟与暮霭都收拢进了层峦叠嶂的山林。他晓得这双手不会再仰抬着递过来，温柔地摸摸他的后脑勺。他晓得这双脚不会再噔噔噔地踏在地板上，留下一连串让他安心的、不害怕前路茫茫人生漫漫的足音。

6

已是下午两点多，她不耐烦，示意想要起身。儿子以为她是躺得身子累了，想要动一下，换个姿势，就打算像以前那样，抱着她把她拉着坐起来。她不让，只让儿子将她的姐姐从客厅喊来。姐姐过来后，她让姐姐跟儿子一前一后，一起帮她拉起身来。她没喊别的任何人，这个世界上她最信任的两个人，就只是他俩了。

她被拉坐着起身，背部躺在儿子怀里，却不像以前那样不停发颤地坐着，而是紧紧地扎实嵌躺在儿子怀里，好似有无限依恋。儿子从她的后背抱着她，看不到她的正面，突然间感觉到她的身子猛地向前一振，像是灵魂挣扎着挺起，要从她的躯壳里升腾出来似的。

正对着她脸孔的姐姐看见她眼眶瞳孔变大，在人世间深深地吸进最后一口气，又垂下头颈和身子。姐姐顿时慌了，急忙跑出小房间，去客厅喊阴阳先生。她走的这天，亲戚们一早找来的阴阳先生已候在了厅堂。小城这边从事丧葬礼仪的阴阳先生，在方言里叫"胡冲"——字应该并不是这样写，大家也只是根据谐音来唤。众亲戚们都叫这位阴阳先生为"三爹"，小城远远近近的丧葬，都是他出力。

她的姐姐跑了出去，留下一面墙壁，墙壁上是一张观音像。

很久以后，她走了以后的某一天，她的姐姐和她的儿子聊起了她。姐姐说，最后那段日子，妹妹还会对着家中的观音像祈祷。大慈大悲救苦救难的观音，最后陪伴着她熬过了人生的晚钟、枯枝与灯油。

他以为是母亲在祈求上天让她的病痛少一些，快快好起来。

但她的姐姐却告诉他："不，哪是这样的啊，你妈妈那是在乞求老天爷，让她快点儿走，别再在人间受罪了，她不想再拖累你，她想让老天早一些来把她收走哇。"

他鼻头一酸，眼眶噙满了泪。是那样一个贪恋尘世的女人，那样一个鲜活生动、有气力的单亲妈妈，那样一个在几十年的人世风尘里都舍不得丢下他的母亲，那样一个能把所有悲伤困苦的人生路都走得过得有滋有味热气腾腾的生命，再也撑不下去了，挨不过去了。

他在她身后紧紧搂住她，也正对着这张观音像。他心中问观音，可曾听见母亲悲凉的低微的哀求。观音不答。

三爹跑进来，与另一个助手从他怀里把她抱出去，放到客厅地上预先铺好的干茅草上。她还有残存的半口气，挣扎着奋力地对着儿子说着些什么。此时此刻，他也听不明她到底在说什么了。他只得悲恸而茫然地蹲在她身旁，哭喊着："妈，妈。"

她与他，一个垂死地仰着脸孔，一个不舍地俯着身子。她的姐姐拉住他，不让他的眼泪滴到她的身上。

三爹喝令他："快，答应你妈妈！"

他这才领会，无论她说什么，无论他有没有听明白，都只有答应，才能让她安心地走。他大喊着："妈，我晓得啊，我晓得了。"

她终于呼出最后一口气，不再有剧烈的动静。儿子还在呼唤她，她若尚存最后一丝知觉，也许听到了他最终的呼唤，也许没有，但都不重要了，她的最末一天就这么过去了。

三爹摸着她的脉，最后告诉她的儿子以及候在一旁的亲戚，说："脉已到了手臂向上。脉稀薄了。脉没了。"

三爹脱下她窠臼负重的衣裳，教引她的儿子给她简单擦拭了脖颈与上身，然后与助手给她换上寿衣寿鞋。随后，将她的大体抬上灵堂的木板床上。木板床是用两条长椅加一张木头门板临时搭建起来的，不远处的中堂更换成白纸白布，观音像也被红布盖住了眉目。

她闭着双眼，不知怎的又从口中涌出一些暗红色的血出来，大概是喉腔中残存的病痛，此刻终于轻松畅快地流泻了出来。三爹用纸巾细细替她擦干净，又唤她的儿子取来她生前用过的口红、面霜，稍做装扮面容，随即盖上一条遮面的绸缎，又在她的手中放入了一束香。她紧紧地握着，像握着这尘世的最后一样物件，一缕牵绊。整个过程简单而寡淡。当完成所有仪式后，她看上去是如此安详。

这位三爹也算很能帮忙，体恤这女人早逝，收价不高，此后几天的选墓、火化、入土、烧七、度亡，皆是他一一去周旋和打点。那天下午，他告诉众人，她走的时辰是下午两点半，还没到三点钟。

她给自己清清楚楚算好的时间是三点钟，她早走了半个小时。她再也等不及了，她实在是太累了。她这一生都在奔跑、挣扎、撕扯、拼打、呐喊、搏斗、操劳，她终于可以好好地睡上一觉了。她在这个人世上留下了一些爱，一些恨，一些放得下或放不下的，但随着她的死去，一切都和她没有关系了。

7

我怔怔地坐在她身旁。这天以后，她再也没有醒来过。她就这样度过了她的人生这株荒草末梢的，最后的一天。

她这一生曾被她的父亲冷落、厌待，被她的丈夫背弃、叛离，如今也好似是被我永远地抛下了。我将活着，我将离开了她而活下去。我仿佛如释重负，呼出了长长久久的一口气，这样的感觉太恐怖，让我自己都觉得害怕。我与她的父亲、她的丈夫、这世间的所有辜负了她的他们之中任何一个人，其实并没有什么两样。

我想要把她的最后一天写下来，记录下来，不是为了纪念，而是为了不要那么快忘记。我知道我早晚有一天肯定是会忘记的，将来的某一日我也会死去，就再也没人记得她的最后一天了。因此我希望在我还活着的余生之岁月里，我会记得。

这天的家中，再后来，灵堂设起，烛火幽微。画面像蒙太奇一般，家里的一切都神奇地变换了景致。

在她躺卧的木板床边沿，摆出事先准备好的遗像，四周扎着黑色的布料花，还搁着一只三爹带过来的、边角掉了漆的黑色音乐播放器。他按下上面的播放键，梵音响起。我听着哀乐，她也听着哀乐。

舅舅和舅妈们分头出去，买挽联挽幛花圈、黄纸锡箔；大姨收拾破碎的心情，去厨房准备死者的倒头饭和一屋子剩下来的活人要吃的饭食。多数时刻，是我独自一人守着她的大体。我出奇地平静，那些哭天抢地悲痛欲绝的场景，原来只是戏剧。

渐渐地，稀稀疏疏的几个亲友都散了去，只留下了我，还有她的大体。真好，这一日动荡下来，我只觉得他们吵，觉得人类吵，觉得这世间吵。至此时刻，终于回归到了我们的私人时间，没有外人在场的，独属于她与我的安宁时间。

我在梵音声中，觉得人生过半，世事已远。她的灵魂在梵音声中，走上前路茫茫的一条幽径，不再有回头也不再有重来，不再有欢苦也不再有忧愁，不知这条幽径是否仿佛若有光。她已先去了，我将再活几十年。若还能再有重逢，那也得是几十年后的事了罢。

我不晓得她的魂灵此时会不会腾空升起，久久不愿散去。我望着她的躯壳，她的魂灵望着我，而头顶那片黑黢黢的苍穹此刻也望着她的魂灵。我们都是捕蝉的螳螂，都只能望向眼前的人事物，而无法再彼此碰触、抚摸、抱拥、诉说、倾听、牵绊、拉扯、共通。

　　她也许会化作万物罢，化作山川河流、日月星辰、花树草木、风霜雨雪，她从此是"半人"，活在我的记忆中；我也从此是"半鬼"，留在逡巡往昔的梦里。我们半人半鬼，我们也生亦死。

　　这个叫丁碧云的女人，生于一九五八年的夏天，死于二〇一五年的春天。

　　她没有什么特别的，她只是我的母亲而已。在亿亿万万的，最终散入星河、佚入烟土、遁入虚无的女性生灵里，她只是微不足道的、渺小轻贱的一粒尘，她也没有留下什么丰功伟绩，或有什么惊天动地的壮举值得去歌颂，她只是我的母亲。

　　就像这哀乐，也没有什么特别的。但在这一个长夜，它既不属于风也不属于雨，它不属于任何生灵。它只为她而长叹，而低鸣。

风
清
月
明

1

县城有一个习俗。即是人过身后，只要到了第三个清明节，就要算作是三周年祭的。

母亲与我是在二〇〇二年搬到这县城里来的，这一年夏天，我的高中生涯正式开始。在此之前，她住过乡村、小镇，在小镇上生下我，又带着我去往另一个小镇念小学、初中。对我们来说，这个县城其实是一份陌生的存在。对县城来说，我们是异乡人、外地客与闯入者。但我们被它接纳了，也就得接纳它的习俗。

县城中有她的亲人生活在这里，两个弟弟，以及她的母亲。她与她的亲人们并不住在或靠在一起，她不是来投奔他们的。为了供我来县城念高中，她一边带着我在这里开始一段新的人生，一边找工作、搬家，我们总共在这里搬了十多次家。

来县城那一年她四十四岁，她走的时候五十七岁，她在这县城里头活了十三年，不过只比一个生肖的轮回仅仅多了那么一丁点。

她与这县城没有什么故事，这县城也没有多么喜欢她。但我们在它的怀抱中活了十三年，就该遵循着它的一些惯例，比如清明。

她在这县城走完了她的一生。在她走后，我开始养成了一种无法对人言说的习惯，我会在每一年家中的纸质台历上用笔圈画出标记，数下她离去的时日。

她在二〇一五年初春离去，惊蛰后的第六天，春分前的第九天。已经立了春，但在我的记忆里依然冷得像冬天。她走的这天距离这年清明隔了二十多天。从这天算起，算到二〇一七年的清明节，怎么算，实际上也都不过才两年零二十三天，刚满七百五十五天。

人世间这七百多日，好像很长，又好像很短。都说一日不见如隔三秋，那她离去的七百多天里，我已在这世上独活了好几百年；既然一日不见如隔三秋，她离去的七百多天又仿佛才刚过三两天。

但亲戚们对我说，因为是跨过三个清明节，故而是要按"三年"办一场看似重要的祭祀仪式的。

我有些不理解，好似母亲昨日还在家中，好似她才刚出了门串门去了，好似我还没从失去她的既定事实里看清楚，自己已独自生活了七百多天。我心想，这么着急干吗呀？这么急着赶赴一个三周年之约，这么急着把它结束干吗？还没到呐。日历不会说谎，它告诉我起码到后一年，到二〇一八年的这个初春，才是正正的整三年。

　　但最后，我还是听从了亲戚们。风俗习惯自有一套约定俗成的规则，我再细数日期，也是枉然。没有人觉得这是显得凉薄、仓促、急迫的事情。活着，就只有去遵守这世间、这县城、这人群之中的规则。

　　于是，二〇一七年这个清明，是母亲的三周年祭。

2

　　三周年祭，是人死后的大日子。

　　一只新鲜的整猪头、一只宰杀干净但必须保留头尾鸡毛的雄鸡、一条活的花鱼、一箩筐正中央画上红点的大小馒头与方糕、一顶彩纸做的帐子、两盆新换的塑料红花、十多条用来送给亲戚们回礼的大红手巾、成百上千的黄纸和折成元宝形状的银灰色锡箔、一炷香、两支小蜡烛，以及一百响的鞭炮墩子和长长的爆竹，还有由肉、鱼、豆腐、米粉组合的供菜与供饭……这些，全是要在墓前摆放或者焚烧祭祀的必需物品，眼花缭乱丰富繁杂，闹哄哄的仿佛是过年。

　　至少得在距离三周年祭还剩一个月前，开始着手准备这些物事。

觉得烦琐，焦头烂额，也没有人可以在一旁帮衬着。所有的事，都得自己一个人去担待着。我与县城，人事稀薄，大学毕业后，回了县城至今七年，这七年在县城里与亲友邻居们都不是那么亲近。况且做三年祭这种事情，本来就是自家私事，都该是亲力亲为。

没有人帮手倒是其次，有太多不懂也不会做的仪式细节需要学。两个舅舅们是男人，对这些习俗也是不懂的。我只有打电话给大姨，大姨在电话里粗略教了一遍，但她远在海边乡村，而且那边的风俗与县城这里的风俗也是有些差异的。最后登门拜访了两年前替母亲料理后事的阴阳先生三爹，随身带了纸笔，恭恭敬敬递上纸烟，坐在长条凳上，虚心听三爹一一教诲，在他的教引下学习过程。

大姨、大舅电话里说在那天早早过来，小舅也从外地赶了回来，亲戚们都是要回来一起陪我过三年祭的。过了三年祭，才是与逝者真的告别。小舅进了门就关切地问我："过有什里需要帮你的？"

我不知道怎么回答，每一样准备工序都需要人帮。我有些恍恍然，刚满三十岁了，当与我同龄同岁的年轻人们都正在去看看这个世界、都在外乡拼搏奋斗的时候，我却要窝在小县城里，独自躬身，沉默地备足这些东西。会心有不甘吗？会吧。会心有愠怒吗？也会吧。但这不甘和愠怒，又从来都不是对亲戚、对我妈，而是对我自己。

有某种感觉格外清晰而强烈：毕竟是我没有把母亲留住，才需要在这样的时刻祭奠她。我们常说一句"都是命啊，命中的事"，然而命运不是别的什么一早定好的，是我们自己改变了路轨，走上了这样的命运。是我，给了自个儿这样的命运。

　　我挤出一个笑容，对小舅说："准备得差不多了，只要祭祀当天，辛苦你们都过来，陪我一起去墓地就好了。"

　　这一点，我也很随我母亲。无论多难，都自己扛自己挨，不轻易麻烦别人。于是我没头苍蝇似的，在每天上下班的半路中，挤出指缝一样狭长的时间空隙，一个人穿梭大街，彷徨奔波，由始至终。逡巡在县城每一条闭塞的小巷子里，找寻各家小店铺小门面，租好猪头，订好馒头，买好肉、鱼、鞭炮、纸帐子和手巾，折叠出成箱的锡箔……很多时候在亲戚们关切的电话叮嘱告知"你还差哪样要准备"之后，胡乱地吃上一口饭，再度骑着我的电瓶车上街。

　　这辆电瓶车，是二〇〇九年我念完大学回了县城后，为了上下班方便，母亲与我一同去选购的。每回出家门，她会站在巷子口目送着我走，唠叨着"慢点儿开啊，慢点儿开"。后来我载着她上街买菜、逛超市、往返医院、去看电影、一道回家，也都是骑着这辆电瓶车。如今我依然是要靠这辆电瓶车当脚力，去采买置办母亲三周年的祭祀物品。如果它也有着生命，这辆电瓶车也算是深情。

　　而当我在街头巷尾盲目地奔走时，仿佛自己也已非人，而是鬼魅幽游在这人世间。

清明节祭祀当天，大舅、小舅、大姨先后都来到了我家中。人世还是太苍茫了，上一辈人还能有兄弟姐妹，比我们这一代幸运。他们姊妹兄弟四人，先走掉的那个人最苦，最来不及享受到后辈们的反哺；先走掉的那个人也最有福，因为仍活着的至亲与同胞，都能来看望她送她最后一程。他们四人就像一张桌子的四角，从此缺了一块。

我长大后经历的第一次葬礼，就是母亲的葬礼。在料理完母亲的葬礼之后，我再也没什么亲人可以失去了。上一代人老的老，死的死，尘埃落地，飞鸟绝痕，接下去就轮到我们这一代人了。

清晨在中堂的一侧摆出了母亲的遗像，棕木相框，玻璃面，四周扎着黑色的布料花。三年一过，黑花就要卸下，遗像也要收起来的。

遗像中间，是母亲的脸。这是她在四十多岁时照的一张单人寸照，梳着中短的分发，长度及耳，带了些弧度，既温柔又不失干练，想来是那时候她仍要四处找工作找活计，在用人单位的要求下拍的寸照，用来办理证件。照片上的母亲，目光有神，鼻梁高挺，双唇紧闭，她似有若无地微笑着，又带了些端正、肃穆的味道。

在母亲临终的一周之前，亲戚们私下让我早些备好母亲的遗像，以防到时手忙脚乱。彼时再重拍已不合时宜，只得在家中现成的照片里找。有一张彩色的半身像，母亲背后是红色布景；还有一张寸照，母亲笑得精神，但头发全部撩了上去，把她拍得颧骨离奇地高。最后我还是选择了另一张也就是现在这张黑白寸照作为遗像。

记得从前我与母亲聊天，母亲整理她的证件、照片时，无意间把这张照片递给我看过，她笑说："这张照得不错，笑起来挺自然的，以后我不在了，就用这张作为遗照。"

我佯装不听，只觉得这些都是不吉利的话。如今一语成谶，还是遂了母亲的心愿，选了这张她最满意的寸照。

大舅拿着这张黑白寸照去县城十字街口一家照相馆，放大冲印，做成一幅玻璃相框，用纸袋子包裹着带回来，让我先放在暗处留用。由于没找到这张寸照的底片，两寸照片被放大成遗像，画面有些虚焦和失真，母亲的脸庞映在并不高清的画面中，五官、头发、轮廓都有一种雾蒙蒙的朦胧感，反倒添了一丝亲切似的。

这三年里，每逢祭日、清明、中元、过冬、除夕，都会将母亲的遗像摆出来祭祀，香、烛、香炉，以及鱼、肉、豆腐、米粉，与一碗刚出锅的熟米饭，陪衬着她的脸孔。有时我用湿毛巾细细擦拭镜框、玻璃面和背后的挡板，就像我在擦拭着母亲的脸一样。逢梅雨过后的夏天，也会摆出来晾晾吹风透透气，免得相框边角生霉斑。

还有时，我在家中，会与相框说说话，母亲的脸孔对着我，她的目光好似盯着我，有无限言语要告诉我。待我再看向她时，她又定格在那一抹淡淡的微笑里，目光瞥向别处，不再看我了。

这天，与大舅又有了一点微小的不快。我想原因也在于我。

从小，我就不会做一个善于说漂亮话儿、惹人欢喜的人。

他们劝我："都三年了还不处理，早该把你妈的房间、睡的床铺、陈列摆设等，都清掉、撤掉。"语气带了些不解，也带了些不忿。

他们自然是好意，可我也是固执己见。母亲走后的那几天里，她生前盖的两床被子、常穿常用的衣裤服饰，按照他们的交代，不是都已经带去墓地差不多给烧尽了，难道我还不能留下她最后的房间吗？卧房里的其他东西，我一直保持着她生前的样子，就让我任性地守着不行吗？每逢换季或放晴，我还会把她的被褥抱到院子里晾晒一天再齐整地收叠在她的床铺，我给自己留一份念想不可以吗？

没有了母亲的孩子是孤独且生硬的。我听了他们的话，语气不太柔和地说："那就不能给我留下一点点怀念吗？"

我甚至文绉绉地跟他们理论了起来：古往今来很多人还把亲人的骨灰盒安放在自己家中呢，还有很多园林景点建筑里不都有某某故居被保留原样吗？为什么我就不能保留我妈的房间不动？而且将来，说不定我也会有个孩子，当我的孩子长大后某天问我"爸爸，我怎么没有奶奶呀"时，我可以领着孩子走进我妈的房间，温柔地对其叙述："这就是你奶奶当年住过的房间、睡过的床、生活过的地方呀。"

我描绘了一幅感人至深的画面。我将很多年后大概才会发生或者根本就不会发生的场面诉说得连我自己都感动了。但同时我也在压制着自己，不要说得太激动，他们毕竟是亲人。

我在几年之后，过去了七八年，才慢慢清空了母亲的卧房，搬离了我俩最后待过的那个家。原来只是时间早晚，只是时辰到了，我也可以做到的。做到割弃，做到丢下，做到抛舍，做到放手。只是当年，母亲才走两年，我不忍也不肯。

那天与大舅说完这番话，气氛有几秒钟凝固住了一般。我也敏感，能够感受得出亲戚们听了之后的不悦。就像我向来都不会让他们高兴一样。大舅拉下了脸，大姨从一旁用胳膊蹭了蹭他的衣角，劝他随我去罢，小舅活络起了气氛，帮我打点一些没做完的事情。

后来我们都没有再聊这个话题。毕竟他们是来帮我的，帮我来送他们的亲姐姐，这最后一程。

4

我把在巷子里买回来的包子点心热了热，四个人就着四杯热水，吃下了肚，当作早饭。上午八时许，我和大姨、大舅、小舅叫了一辆三轮车，把所有的祭祀用品都摆放上去，然后我们骑着电瓶车，跟在三轮车后面，浩浩荡荡一起去墓地。一路上的风很大，但阳光明媚，真是载着母亲春游的好时节，可母亲已经不在了。

清明当日，公墓里很是拥挤，我拎着祭祀用品在人群里跟着挤出一条挨挨挤挤的道来。人山人海、人来人往、人流如织、人潮汹涌……各种形容人多的四字成语，都一股脑儿地袭来。

陵园里的一块块墓地，就像一间间规格统一、间距隔开的店铺，摆满了后人供奉的各式各样琳琅满目的商品与祭品。

三年前，母亲已早早在为自己的安葬之处打算和筹谋。她先是在居委会主任阿姨礼貌性地上门来探望时，小心而卑微地问："不晓得咱们社区归属的公墓里头，还过有空位子呢？"

我与母亲毕竟是外来人，是后来搬住到这边的外来户，不是土生土长的居民。看着那位阿姨为难的神色，便知道她之后否定的回答，母亲心中的希望落了空。

母亲不是没有跟我聊过"合葬"的事情。合葬，意思是在她身后把她的大体运回到那个小镇、那个男人身边，在那个男人家族的祖坟旁边寻一块地，落叶归根，落土为安。虽然他与她二十多年前就早已离了婚，但总算是夫妻一场，她原本是那个家族里他的发妻。我能从母亲的语气里，依稀读出一丝盼望的恳切。

但那个我该称之为父亲的男人，当年早已另娶，有了别的妻儿，登堂入室，鸠占鹊巢。母亲与我，是早就被那个男人从家谱里抹杀和淡忘了的。若是再将母亲运转过去安葬，只怕更会受苦，我们也没有强求合葬或是替她去出头的打算，便作了罢。那个小镇、那个男人、那片祖坟，已是回不去了的。

后来母亲听说，县城东郊、西郊各有两处公家陵园，归政府经营管理，但购买公墓的价格昂贵，墓地的单价远远超过房价。母亲不许我们给她买墓地，她说那是浪费钱。趁一天母亲昏睡，大姨守着她，大舅、小舅带我去两处陵园看了看，问询了价格。陵园里有专人看管打理，墓地贵的有十万、二十万，便宜的按档次高低也要六七八万，这在当时对我与母亲的母子俩的家庭来说，是一个天价，最后与亲戚悻悻而归。那是腊月，寒风刺刮着脸，归去的途中，我迎着风刀暗下决心，如果最后无处可去，借钱也要给母亲买一块墓地。

母亲在家中等着我们回来，她虽然奄奄一息，但很清醒，也很聪明，大致能猜到我们是去给她选看墓地。她用残留的精气神颤颤巍巍地对我说："不用劳心劳力的，我走了以后，现在不都火化吗，火化以后把我的骨灰带到城东大桥下面，迎着河坡，找一棵树，趁没有人的时候把骨灰埋在那棵树底下，以后记得就去望一眼，不记得也没有什里关系，不用大张旗鼓地买墓地，我不许你花那个钱。"

我晓得她不是真的想树葬或水葬，她给我想出了这么个主意，把她的骨灰随随便便埋在人来人往的大桥底下河坡岸边，实际上是想着替我省钱。哪怕到了这个时辰，她还觉得只要给她花钱就都是浪费。幸好后来，在大舅妈熟识的人脉帮助下，我们在县城的西北郊区找到一处私人管理的小型陵园，以不到两万的价格给母亲买了一块墓地。这墓地虽不依山傍水，也荒于打理，但环境清幽，破落安宁。

安葬那天是个中午，我抱着骨灰盒，骨灰盒裹着母亲的骨灰骨骸，轻轻地放进墓穴之中，我撒入了第一块土，给这个女人。她予我生命与呼吸，让我活在了这世上。如今我送她永逝与长眠，看她亡故在了人世间。那天给墓穴阖上水泥盖封存的时候，天空飘起了片片细雨，阴阳先生说这是好兆头。然后我们握着黑伞，鞠躬拜了三拜，排着队转身离去。母亲死了，日子还是得要过下去的，这多么荒谬、薄情又寻常。她这一生如船似舟像浮萍，颠沛流离，居无定所，四处漂泊，最终长久停靠在了这一隅小小的四方水泥墓地里。

后来这些年，我渐渐把这里也当成了母亲的另一处也是最后一处家，我心中似只是与母亲分了家，我们各自分开住着。每到该祭祀的年节，过来看她，擦洗墓碑、焚烧祭品、与碑聊聊天说说话，骑着我的电瓶车过来，二十分钟路程而已。

　　思绪拉回眼前，我与亲戚们沿着拥挤的人流踩出的过道走到陵园深处，我走在前头，亲戚们走在后头，我们找到母亲的墓碑。碑上面刻着母亲的名字，我的名字，以及一列小字，写着她的生辰与死期，"一九五八年六月十五，二〇一五年正月廿二"，皆是旧历。常有旁的后人每次来到先人的墓碑前都痛哭流涕，我却觉得这是母亲的家，我也常来探望，并不觉得情绪悲伤，只觉淡然。

　　亲戚们站在我身后，我简单擦拭碑上灰尘，扔掉上回来时在花店买的一束枯了的白菊，还碑身与石基一个清净。三周年祭的程序事宜，需我作为人子亲力躬行，好在有大姨在一旁指点我如何摆放这些烦冗复杂的祭品。正中央摆放猪头，左右两侧是雄鸡、花鱼，纸帐子悬挂于墓碑上，换上塑料红花，将馒头与方糕散落在墓碑四周，摆好肉、鱼、豆腐、米粉组合的供菜与供饭，点上香、烛，口中念念有词喊着母亲的名字，说儿子来看望她，焚烧黄纸与锡箔。

　　整个过程，癫狂而浑浊，我像是傀儡匍匐前进，被牵引着摆供、放鞭炮、焚烧纸钱，直到所有的喧嚣都在熊熊烈火中烧成灰烬，再被这天的风蜷卷成黑色的火花，在半空中不停地打绕着圈圈。

　　我心中其实并不晓得，如果母亲在墓地，在地下，她会真的收到我们今天带来的这些吗？如果母亲在天空，在云上，她会不会也化作一缕风烟，无声地来望望我们，然后把我的思念也打包带走呢。

亲戚们说，心诚则灵。是啊，三周年祭祀仪式，我又何尝不知道，更多的只是我们这些留下来的活人，演一场大张旗鼓的戏。

可是除此以外，我们又还能有什么方式，与那个遥远的彼岸产生任何联结呢？只能借着这些很现实、很物质的东西，很"形而下"的举止，来传达一种"形而上"的情感与心事。我们能表达爱意、表达思念、表达伤怀的媒介，也只有这一件件实实在在的、真实可触摸的物质。人类亿万年来唯有这一条路，让自己好受一些，也让那些未曾实现的残缺的遗憾，得到一丝熨帖的抚摸，以及偿梦。

于是仪式感变得尤为重要，无论是给生者以心理安慰，还是祈念冥冥之中真的有一道幽径，能传达牵连，给我的母亲。

5

那天后来，已至晌午，我们灰头土脸地回去。我与亲戚们都满身沾染了各家的后人焚烧祭品时飘荡的烟灰尘屑。阴阳先生提前交代过我们，去的路与回的路不要走同一条，这也即是：不能回头。于是我们不走来时的路，择另一条路回家。

我们各自骑着电瓶车绕远路回去，我们衣服、头发、脸上、身上沾染的焚烧黄纸、锡箔的纸灰，以及夹杂鞭炮硫黄和锡箔铅锡合金的气味飘浮在空气中，很快被那天的风吹得干干净净，好似没有存在过一样。不晓得母亲是否也是这样，从此消了踪迹，抹了痕迹。

途中路过一座小桥，桥下流水潺潺，清冽照人。这三周年的祭祀还有最后一道程序，即是放生。我们停下电瓶车在桥边，我提着那只盛放鲜活乱跳的花鱼的红色塑料水桶，走到桥心的栏杆，俯下身子，一手握着桶口一手托着桶底，将那条活花鱼用力抛向河水中。

花鱼扑棱着身子，它大概也没想到起死回生，从被围困的水桶中重新获得朗朗天地。它重重砸入河水中，哗啦一声溅起了水花，漾起圈圈涟漪，然后在清澈可见的波纹里滑了个身子，鱼尾翘成一轮弯月，又巧妙地沉没进了河水之中，全身畅畅快快地向深处远处而去。鱼身游走，消失不见。是放生，也是告别。

我不晓得这条花鱼是不是也代表着母亲。但我很希望它是另一种母亲的意象。她一生从未如此自由自在，如此畅快过，如今终于可以心无挂碍快快活活地离去。

我在桥上，她在河中央，我们没有道别。我望着她，目送着她，她甜美地、没有丝毫留恋地远去，已是最好的告别。

到家后，亲戚们让我在门前的空地上燃放鞭炮，噼里啪啦，尘灰漫天。然后，我又给两年多来没有贴过春联的大门贴上对联和福字，预示着往后，家里又可以见红了。

中午，我招揽亲戚去了不远处的一家饭馆，几天前我在那里定了一桌家宴。亲戚们，我的表兄弟姐妹们，以及后代的孩童们，大家都笑着谈着，聊着岁月静好与现世安稳，活着是让人如此陶醉。

吃过中饭后，已是一两点钟。亲戚们与我四散去，骑车的骑车，开车的开车，抱小孩的哄着怀中的婴儿睡去，我们都各回各的家。这个清明节，母亲的三周年祭，算是就此完结。

6

这半天工夫过去，亲戚们重新散伙。留下的人、活着的人，我们每个人都有自己的日子要过。大舅没有参加这场家宴，他有别的饭局要去赴约，或是不晓得他是否仍在生我的气；小舅为这三周年祭特意从上海返回县城，这天也忙了许久，午后回家小憩片刻；我留大姨住几日，她家中有活计要忙而无法驻留，我只得和她话别，她是母亲的姐姐，眉眼很像圆润版本的母亲，望着她就像望着母亲。

这些年间，我与母亲渐行渐远，人世的亲情羁绊淡泊去了。唯有和他们待在一起时，偶尔我仍会觉得天地尚留一丝母亲的气息。

最终是我又独自一人回到家中。已是春天，庭院外的花坛里已经绽出了那些轻贱普通却恣意热烈的月季花。一株株一朵朵，红的黄的粉的，开得好快活，也开得好残忍啊。

望见芦荟也开出了花，一盏一盏的橘红色，环绕在一根粗茎上。我从不晓得芦荟竟然会开花，从前也没见过芦荟开花。为何在母亲的三周年祭这时节，花坛中的芦荟吐出了吉兆来，是否寓意了母亲也已去往安乐净土？母亲没能看见这些她从前呵护过的植物生灵开花，但我想这大概也是她留下的物件的一种念力与返照。

花坛的院子围墙，墙内墙外，在母亲生前就只是墙面，空空荡荡平平整整的。母亲走后第一年，不晓得怎的结出了藤，长出了嫩嫩的叶子，后来才晓得那是葡萄的幼苗。没有葡萄架，葡萄藤就顺着内墙外墙顽强地生长了起来。到了春夏，竟然郁郁葱葱，铺满了这整面墙，不久结出一粒粒果籽。一阵阵雨落过之后，太阳光均匀地照射下来，果实受到雨露的滋润和阳光的赡养，转眼间发绿、转红、紫透，出落成一颗又一颗晶莹剔透的大葡萄。连邻居看了都惊奇，声称："奇了，这一大片葡萄藤不晓得哪里来的，长得竟这么好。"

我在午后太阳散了去，爬上院子里的扶梯，用塑料篮子摘下一圈熟透了的葡萄，返回家中，用清水洗干净了吃。微甜，带点酸涩，但很解渴生津。虽不似市面上那些农药灌溉出来的葡萄诱人多汁，但也有另一种滋味，像人生初时的苦，结成了此刻酸甜的果。

我有些怅怅然，觉得母亲吃不到这神奇长出来的葡萄了。但转念又想，或许这正是母亲的精气魂灵——倘若这世间真有魂灵的话，是母亲用她残余的一点爱一点恨一点不舍一点想念，在家中院子的两面围墙长出了这葡萄藤、葡萄肉、葡萄墙罢。她在给我传递某种音讯，这满墙突然繁茂缀叠起来的葡萄姿态，原来都是母亲。

已是第二年春夏，葡萄墙又比去年更加葱郁了起来，想必今年的藤叶又会结出更丰盈的葡萄出来。而在花坛旁的一棵树上，每逢清明时节的春日，也常有一两只鸟雀逡巡飞来。我在屋内听着窗外，不时听见有鸟鸣，仿佛是母亲已轮转了几世，仍不忘我，仍来探我，抑或是她啾唧嘤啼着给我报春来。我走到床边，伸出手指，想逗逗鸟雀们。鸟却支棱一下子，羞怯地拍着翅膀飞走了，留下在风中颤颤巍巍摇摆的树的枝丫。已是人鸟殊途，靠近不得了。

这天我又听见鸟鸣，大概是母亲又借着别的生灵来探看我罢。我不忍打搅，轻轻打开家门。走进空空旷旷的屋子，望着已无人的桌椅、茶杯、餐具、灶台，与母亲沉默不语的遗像，原本上午还热热闹闹的场面景象都不见，我再一次觉得空荡荡的，走神发愣，怔怔了一瞬，然后悲从中来。像是大梦初醒，惊厥一般发觉原来七百多日已过去，原来她早已不在这人世间。

每一年每一次的祭祀仪式，都仿佛是我又重新经历了一次丧母，再一次给母亲送终。我想：妈妈又走了。

我又再一次失去我妈了。

三周年祭落幕了，这个清明很快也会过去了的，像以往和以后、无数个有母亲和没有母亲、无数个有我和没我的清明节一样。它只是在人类历史上，再普通再寻常不过的一天。

又半年后，我写了一本悼念母亲的书，书名里有"云"字。"云"是母亲的名字，也是母亲如今去往的方向。次年中元节，是一个烈日暴晒的夏天，我带了一本书，写着收件人，母亲的名姓，去了她墓前焚烧成黑黑灰灰的一团灰烬，飘往她的彼岸。我把我想对她说的话，写成书烧成灰，她在彼岸大概已收到了吧。

在书里，我写了一句："你去了风中，再无音讯；我留在月下，再无团圆。妈，从此你在清风，我在明月，便是清明。"后来被引用在很多处，以为雅致，其实悲凉至极。风清月明，可惜是清明。

7

告别她的过程，其实很漫长。像坐慢车，缓缓告别。

这些年世界发生了很多事，我们的平凡人生里也发生了很多事。因为她的缺席，所以她无从知晓。好的坏的，她都已不知道，也无须再知道了。所以，是留下的人比较幸运？还是，先离开的人比较庆幸？我也不知道这个问题的答案。

我也曾腹黑地想，因为她永远留在了二〇一五年的春天，所以她不用经历后来这世间的一切，更多的生离、死别、天灾、人祸、空难、疫情、病痛、动荡，是否是她另一种意义上的幸。但很快又被自己所否定，不，不是的，就像某个前人说过，生虽是在尘世受苦，但死，毕竟更是虚无啊。与其遁入虚无的空，不如活着，哪怕疼与痛。

可她只能从她的一生经过，我也只能从我的一生经过。我们重叠一段，而不能重合这一生。我们互相路过。我们重叠过的光阴在漫长宇宙星际里，短暂得可以被忽略不计。仿佛是只拥一世，只留一载，只开一季，只交会过一刻，只相逢于一瞬，只能自个儿活自个儿的。我们唯一能做的，就是在两段时空不再重合了之后，各自挥了挥手，向着前方，独自走了下去。

后来这些年我又有了哪些变化呢？大概是在后来变得更疏离和更厌世了罢。这些年没有了母亲，也更摸索出了些人性。人性永远会让你失望——唯有这一点，永远不会让你失望。也比以前更体悟到"世道艰难，人心险恶"八个字。难怪千百年来，就没有几个人感叹世道容易、人心纯良的。忘了在哪里看到这么一句："因为妈妈还在，所以觉得人间值得。"是啊，她在时的人间，才是最好的。

母亲已经死了，我却还活着。——这让我感到一种羞耻。而且这羞耻感在她走后的一年两年三年里，一再地袭来，吞没了整个我。这种感觉时而强烈，时而轻一些淡一些，却从未消失。

但活着的人，总要继续活下去啊。事实证明，我也是在活着的且活了下去，要血红着双眼，握着拳头，咬牙切齿地，带了些狼子野心、泯灭良知、苟且偷生似的，贪婪地活了下去。我一边活一边对自己说，从今往后，该将她轻轻地放在心底了。

家中日历上的数字，我仍会细数那是她已经走了的第多少天，但也不会那么频繁了，我还有漫长的人生要去消磨，要去过。鸡汤文章里安慰人的话常说："让她活在你心里。"要像一首粤语歌里唱的那样，去畅游异国，放心吃喝。——这可真让人期待，也真叫人难过啊。

尽管有时候还会梦见她，但我已打算不再给她的手机充话费了。那只手机静静搁在客厅柜子的角落，上面落满了这些年的灰尘。没有再拨打过，也没有再响起"嘟嘟嘟"来电的铃声。

男子与母亲的故事，也不过如此。我活在回忆中，我在这回忆中苟活了下去，我好像是在等她回来，我其实晓得她不会再回来。直到我终于决定了离开，离开这绵密丰厚的记忆之城。

每年的祭日、清明、中元、过冬、除夕，我照例去见母亲。清水浇灌墓碑，毛巾擦拭，点燃香与烛，焚烧黄纸与手折元宝，早已养成一套连锁的惯性动作。但祭祀的浓度似乎越来越淡，越来越稀薄了。"曾经有多用力过，后来就有多寡淡。"对人事物，对亲人朋友恋人，对亡故的人，原来都是如此。

8

从前，我是不过清明节的。

即使到了清明节，那也总是上一代人给上上一代人过的节日，虽也见母亲给祖先们烧纸，但于我这一辈，总似隔了一层。总以为来日方长，人生漫漫，距离自己过清明节还有遥遥迢迢半生。如今我却是我这一代人、这一批表兄弟姐妹当中，最早过上清明的人。

过往的二十九年里，与母亲在一起时，我记得更深切的，是我们只过中秋、除夕、春节。虽然这些节日，也就只有母子二人相依。但总归是实实在在的节日，一餐一饭两人，都觉得团圆。

母亲走后，这几年来，我再也没有好好过一次中秋、除夕、春节。仿佛那些节日都不再属于我了。我已无福消受。她在的最后一个除夕已经是很多年前的故纸堆和陈年事了。而我在春天归家又离家，都只是为了回去祭祀，我把"年"留在了很多年前。我不再过年。

我开始过清明节。给母亲过，也给我过，似乎只有清明才是我们往后的节日，只有清明才能让我们重新拥有了某一种幽微、渺茫却也理所当然的维系与牵绊，只有在清明这一天，阴与阳才是名正言顺、理直气壮地重叠着的，不那么相隔着生死的。

有时也会腹黑地羡慕和嫉妒同龄人，至少他们中的绝大多数不用早早在清明这天为亡父亡母奔走，对他们来说，这是几十年后的事。而我却得要过这个节，唯有这样的日子才是我与母亲的相逢日。

有人归家去烧纸，有人返乡赴团圆。——人生的方向，本来就是不一样的。而时间，唯有时间，是熨帖一切，最温柔的利器。

我便开始如此喜爱清明、中元，和所有可以去也必须要去祭祀的日子。唯有借此机缘，我才得见与母亲重逢的某种幽径。一期一会，如同鹊桥相会，让阴阳永诀的亲眷踏着茫茫黑夜交会相通。相信隔开我们的只是时间，也依然愿意贪信，借这一卷黄纸、一叠银箔、一对微烛、一炷焚香，我们可以抵达某种恍惚而惘然的联结。从此我们是两粒不同介质的微尘，抬眼望去依旧是同一轮圆月，若能终有一日会先后弃了这躯壳重逢，道声好久不见，亦从此是我余生之幸。

最近这三两年因为疫情，铁路停运，常常无法再返故乡。我只有在意念里完成立碑的清洗，石阶的拂尘，一炷香的燃亮。乡愁是月光，穿透这一百六十公里的距离，然后向北方。

风清月明，可惜是清明。风清月明，也幸好仍能是清明。我终究成了一个只对清明才会有知觉的，老去的年轻人。

上一代人鸟尽弓藏，下一代人烧纸焚香。好在，所有人鬼殊途的，最终也都将殊途同归。

part 2

下

篇

他的名字

1

最后一次看见他，是在小城的十字街头东边那条路上。那时候，城乡公交车还没实行统一管理，人们可以不用去车站坐车，在路边的公交站牌下面巴望着，就可以等来开往各个乡镇的汽车。他混在一群等车的男人女人中间，我忘了他穿什么衣服，大概是件深蓝色夹克衫。那天的天色有点阴，有点寒风，但没有雨雪。

母亲与我那个时候正好归家。我用电瓶车载着她，沿着路右边的牙子慢慢骑，母亲先是小声跟我确认，又像是自言自语："是他，那个是他吧，望见他了。"

我顺着母亲的视线望过去，他正偏过脸去，缩着脖子，忙不迭地返身往探头等车的人群里面躲。明显他也是看见我们了。

我本可以载着母亲从他身边就这样交错过去，但还是感到身后的力量轻了，母亲从电瓶车后座一只脚着地，让自己站起了身来。我也刹住了电瓶车，用脚滑行着，跟着母亲一起朝着那个方向过去。母亲大半辈子都不会躲，她只会迎头而上。

他也只好又从人群里将来不及塞进去的半个身子挤出来，讪笑着迎向我们。母亲劈头盖脸道："你躲什里，老远就望见你，你有什里必要躲？"不是质问或恶狠狠的语气，倒像是一个太熟悉的故人。

他有些窘，笑得比哭还难看："我不曾躲啊，我才望到你们。"

母亲没有深究："今天在这儿弄什里的？过是准备要回家去？"

他缓了缓他的心虚："嗯呐。在这儿等车子的。"

母亲淡淡问他："那过要到我那儿坐一下子？"

他当然是拒绝的："不了啊，不早了，回家去了，下次。"

母亲没有再说什么，示意我重新开起电瓶车。我也没有跟他说话，好像看了几眼，又不知道说什么好。最后我重新骑起了电瓶车，载着母亲继续晃晃悠悠向前远去，消失在十字街头东边的那条路，不知道他是不是也在等车的人群里变成一道面目模糊的深蓝色的影。

那是母亲生前倒数第二年，距今也快十年过去了。自那以后，我们再也没有见过他。

我很少写起他，也很少去回忆他，我却记得他的名字。

他是我的父亲。

2

时间线从那天再往前推，倒退个三年，他来小城看过我和母亲。

那阵子母亲在化疗，已是术后第六年，癌细胞陆陆续续转移到了骨、肝、肺，每三个星期一个疗程，得去小城唯一的那家人民医院住上一周左右。生病化疗后的母亲以摧枯拉朽般的速度衰弱了下去，但也消磨了戾气，对着他不再义愤填膺地说起从前了。

他倒也不是专程来看住院的母亲，只是来和朋友谈生意，顺道来看看我俩。记得那天，我下楼迎他进了病房来。他和朋友先是在病房和母亲不咸不淡地待了几分钟，当着母亲、我以及他那个朋友的面，从上衣内口袋搁下了几百块钱，皱皱巴巴的，似乎裹着风霜。母亲没有揭穿他的表演，也没有再拒绝，只是到了傍晚饭点，母亲还在挂点滴，出不去医院，就嘱我和他先出去吃饭。

我和他、他那个朋友找到医院门口一家脏兮兮、油腻腻的小饭店，围着一张小饭桌坐下。饭店里只有我们三个食客。他点了两个炒菜、一盆汤，有一茬没一茬地吃着饭。中间他那个朋友出去抽烟，饭菜也凉了，那盆汤的四周边缘漂着一层褐黄色的油斑。

只剩父子同桌而坐。这样的情形，在我一生之中屈指可数。我总是不知道该说些什么，母亲每况愈下的现状，我和他都明白。

"妈妈这个样子，我不晓得接下来还会发生什里，我很怕。"

"唉，这就是她的命啊。我也很想帮你，不过我已年老，身体又不好，没得本事赚钱，让你受苦了，我很着急，你要是有一个有本事的爸爸你就不会受苦了，可惜啊。"

"我不是要你有本事赚钱，我只想你能多来望望妈妈。"

"我也想来啊，家里你也晓得的，走不开。"

"难道我们不是你从前的老婆孩子吗？"

"怎么说都来不及了，各人只有自个儿照顾自个儿，我现在只能顾自个儿，只能是混一天算两个半天，你不同，你还年轻，往后你就自力更生吧，就当我早死了。"

他没有再看我，目光似乎虚焦着望向别处，我也感到冷，不知道是天气冷还是热度散去了的饭菜让人冷。我挂念母亲还一个人在病房输液无人照顾，起身要走。他叫来店家老板把剩下的菜和汤热了热，让我打包带回去给母亲吃。我们就这样吃完最后一顿饭。

拎着打包盒上楼，病房里的母亲已经在隔壁床病人家属的帮忙下唤护士换好了药水。

"他已经走了啊？"

"嗯，妈，赶快吃点饭吧。"

"放着吧，我这会儿还不想吃。"

那些打包回来的剩菜剩汤，母亲没吃几口，后来搁在病床旁边的柜子上，很快又都冷却变色，凝固了起来。

　　这应该是我在大学毕业后，跟他最后的两次见面了。自打能记事起，这二十多年里，如果把他跟我在一起相处的时间加起来，也许并不会超过十天。每一次，他趁着谈生意的空隙顺道来我和母亲所在的县城，或是我在逢年过节时短暂地去他所在的小镇，又或是我在南京念大学时，他曾路过南京看望我，每次都是短则半晌，长则也不超过一天。每一次，总是两相静默无言，多过父子热络谈天。

　　故乡的一些老人，熟识他与我的人，都说我与他有极其相似的面容。都眉毛粗浓，鼻梁高挺，有深邃的看似忧愁的眼睛。但除此之外，我们之间隔着一条迥异而陌生的河流。他不记得我的生日、我每一年所念的年级、我每学期考试的分数、我的兴趣爱好，我也从不知晓他喜欢穿哪种布料款式的衣服、爱吃哪些口味的菜、有什么生活习惯。我流淌着他的血液，却像两个过路人。尽管他本应是我在这个苍茫的人世间，最亲近的其中一个人。

　　小时候在语文课本里，读到一篇汪曾祺的《多年父子成兄弟》，一直觉得不可思议，父子，父子怎么可以做成兄弟呢？我与他的父子关系是这般稀薄，这世间的父子真的可以亲密到似兄弟一样吗？父亲两个字对我来说感到陌生。假使，他是很早过世，那么大抵我还可以怀念。但现实是，他在那么远又这么近的地方，有了别的老婆孩子，我们各自过得好与不好，早已毫不相关。

　　每一个父亲，当他带着自己的小男孩走在大街上，会让他骑坐在自己的肩上，学会站在高处看这个世界，或者带他去游泳，去澡堂子洗澡，去登山，去打猎，去探险。或者他跌倒了，磕破了手上的皮，父亲教他坚忍地站起来，擦去伤口上的血迹，不准许他哭。

或者父子二人在某个周末、某个盛夏的午后，挤坐在客厅的沙发上看一场激烈的球赛，茶几上摆放着一整扎啤酒与一碟花生米，他们为共同喜欢或各自喜欢的球员每一次进球而争执或欢呼。父亲会教他怎样手握摩托车的把手，然后狠准快地踩下油门。他会学习父亲如何像个爽朗豁达的男子那样，大声地攀谈、说笑、偶尔吹牛，讨好女生，在过节的时候逗她开心。父亲会告诫他应该阅读哪些历史书籍，学会查看地图、家用电器安装说明书，有良好的方向感与理性思维。

父亲第一次教他如何使用刮胡刀剃须。父亲也会第一次教他吸烟而不可以有烟瘾，烟会让一个男子保持警醒的头脑并学会独立思考。逢年过节时，父子二人煮一壶酒，豪饮或者小酌滋味。

他跟在父亲屁股后头去见父亲的兄弟朋友，耳濡和目染男性之间粗暴简单、血气方刚却又肝胆相照、重视义气的哥们友谊，学会日后在社会中如何与兄弟们聊天喝酒、嬉笑怒骂、团结合作、打拼奋斗、对待友情的方式。父亲塑造他的人格、品质与行为处事方式，锻造他从童年、少年到青年，一路成长为刚毅、坚强、有担当、外向、完整、内心没有阴影缺失的小男孩、小男子汉、一个男人。

但都没有。这些我臆想中奢望本应按时出现的事件与画面，不曾有任何一件发生过。在一个男孩长大的过程中极其需要一个父亲的形象来作模仿、陪伴与指引的每一个重要的场合与时刻，他不在场。像一个具名演出，却未曾露面的角色，他不在场。

我在长大以后，翻到中学时代在从前的日记本里写下的一段矫情的话，似是流露对自身这一命运不公安排的怨懑与无奈：

> 他在日后遇到的每一个年纪相仿的同性身上寻找映照，行走、站立、讲话、生气、微笑、生长的各种姿态，再东拼西凑成一个面目模糊的效颦的东施。若是一开始便能有一个父亲角色在场以作榜样，他断然不会沦落到今日这般拙劣姿态。

我的成长像一盆畸形生长的有损伤的植物，缺乏他的照耀光亮。

4

二十世纪九十年代初，他跟母亲离婚，那年我五岁。

在离异后的这二十多年里，他们彼此也各自尝尽了更多人世间的艰辛。母亲与我后来离开那个小镇，辗转来到县城，在这里生活并且再也未回去过。他则一生蜷缩在那个日渐萧条的小镇，守着最初那栋楼宅度日。父亲那边的亲戚也多冷漠，从不过问我们这对母子后来的境况，甚至我的奶奶去世时，也未曾通知我这个孙儿过去吊丧。

毕竟，他早有了新的妻儿。与母亲离异那年，他与当时的第三者，一个比他年少十四岁的第三者，为了腹中又一个胎儿而成婚。他再婚后的生活也始终不幸福。争吵，摔打，年龄悬殊带来了对婚姻的隔阂与不忠。他从一个出轨者变成一个被出轨者，像是命运的轮回与报复。但他没有像当初狠心抛下前一对妻儿那样，舍得抛下后一双妻儿，他后来说是自己老了也累了，与其扯破脸，不如得过且过，纠缠下去。他后来的生活有几年像是残碎一地的玻璃，也有想要匕首在握的悲愤残忍而又暴烈挣扎的内心。他这一生未再走出过那个小镇，他在那片我出生并成长到五岁时离开的土地上，衰老。

时光终究给了每一个人大同小异的路数，有的先苦后甜，有的先甜后苦，没有人永远顺遂，也没有人永远坎坷。有人舍得抛弃所有过往孤注一掷，然后在与时间的顽抗里一再捡起从前的玻璃残渣零星碎片。某种意义上，我们都是公平的，我们都将殊途同归。

有些时候，我也会感伤他的衰老。如果曾经，他对婚姻选择忠诚，母亲不会这般对人世诸多暴戾失望，他也不会在日后的二十年里过得激荡不平身心俱疲，我或许也会长成父母双全、结婚生子的寻常男子模样。但这个世间，有些行途既定，永远没有回程的路。

在他与后来的妻子惨烈相对的那些年，他大概是回想起了母亲与我的好来，也回过头来县城找过母亲，说想要复婚，但最终不了了之。母亲以为他想回头，浪子回头，然后却再一次被他辜负。

在我对人世和人性后来也有了诸多理解和谅解之后，我知道人对于命运的惰性和倦怠是有多么强大。"重新开始"跟"回到过去"，两者都很难。

但母亲在那些年似乎还留存着一点一滴一丝一缕希望，以为覆水还能再收，破镜还能重圆。直到他跟后来的那个女人相互撕咬拉扯着如两只困兽般又将就着把日子过了下去，母亲才断了念头。

念高中时的某一天，有一次我问过他复婚的事："你晓得，妈妈口头说恨你，其实她心里头是一直都有你的。"

他不看我，眉头惯常紧锁着望向别处，说："这我晓得，但复婚的事我不再想了，也不可能。不要想这些了，过去的已经过去了，你也长大了，我不能答应你。我跟你妈妈离了婚，既然这么多年了也就算了。我已经对不起你了，我不想再对不起跟你阿姨生的那个孩子，我不想留下更多的痛苦。不管怎样，他都是你弟弟。至于你们兄弟将来是否相处，我也不管这些。总之好心人不能做。"

"好心人"，这三个字，像一个笑话。原来复婚这件事在他看来，是在做善事。"复婚"两个字，自那以后，母亲和我再也没提起过。

再后来，母亲给我改了名字。我原先跟着他姓，如今跟着母亲的姓，原来的名也换了，从一个单字换到现在的小名用作大名。至此，我的名姓与他的名字、他的家族，不再有任何关联。

假如还要从我成长这株大树的叶脉里再辨认出一点什么我与他相处的细枝末节，是念小学、初中时，每年腊月会去"那边"一次，跟所谓父亲的人一年见一面。

"那边"是指他在的那个小镇，那栋小楼房，那个母亲和我住到我五岁就被赶出去了的家，那个后来很快住进了他新的老婆孩子的"家庭"。每一年逢除夕当天上午，母亲会叫我独自过去那边一趟，讨要一点儿生活费。我是很不想去的，毕竟那已是别人的家。但我也每一次都不会忤逆母亲的意思，我还是背着一个干瘪的破旧的背包，不情愿地挤上去小镇的中巴汽车，晃晃悠悠去见他。

见了他，只是淡淡叫一声"爸，我来了啊"，像个小乞丐似的。那个女人与我不说话，背地里没少嫌弃。倒是那个小我几岁的男孩，偶尔会与我玩起来，聊些电视里的武打招式什么的。我们同父异母，彼此之间带着一些敌意也带着一些亲近，知道对方是谁，也明白彼此共享一个爸，但每当我俩的感情稍微熟络或刚要开始升温时，我也得离开了，我不会待在"那边"过年的，这也导致我跟他没能成为朋友。尽管我跟他都是无辜的，但无论是时间的隔阂还是上一代留给我们的原罪，我想我们注定无法成为一对兄弟。

明明那个女人是第三者，是赶走了我母亲的坏女人，却不知怎的，每次我去"那边"，见了父亲，也看到他们一家三口团团圆圆的，我反倒会在心底生出巨大的羞耻来，仿佛我才是一个不速之客，一个闯入者，一个不该出现在这里的人，是要来破坏另一个家庭似的。我本该咬牙切齿、理直气壮，我却心怀愧疚。我痛恨我自己的软弱。

前几次过去，还有附近的邻居、过去与母亲关系要好的街坊远远近近来看我，他们和她们唤着我从前用过的名儿，怜爱或叹息着，或絮絮叨叨说起以前："你妈妈是一个善良而勤俭的好女人。"

而我早已不识得他们和她们是谁。但当着他和那个女人的面时，他们和她们又集体沉默不语，噤若寒蝉。嫁出去的女儿是泼出去的水，同样，离弃了、赶出去了的妻儿更是一盆陈旧的水，不值得再替他们说什么。人总是要活在当下、活在眼前、识得时务，他们和她们，毕竟还要跟他与那个女人和和气气地做街坊、处邻居、为人处世下去的。

旧时代的农村，常有大年三十这一天上门催债的故事发生。所以每年这一天我来找他，他也是知道我的用意的。我心有所求，羞涩着难以启齿。他会唤我吃饭，别的只字不提，不动声色地等我先开口。然后我会在临行前把他叫到阁楼上一处隐秘的拐角，背着那个女人和男孩，难为情地说："爸，过能给我一点儿钱回家去过年，妈妈下了岗，找不到活儿干，身体也不好，家里真的很难过日子了。"

我终于开口了。我并不喜欢这个正在讨饭的自己。

听了我的乞求，他会条件反射似的将眉头紧锁，低头沉默，或者叹气，也向我诉说起了生活的不容易："唉，今年做的生意全赔了，本钱都砸里头了，不仅没赚到钱，还在外头借了好多款没有还，爸爸心里也苦啊，这个年都不晓得怎么过。"

我静静地看着他装，不揭穿，不撕开，也不戳破，我们是一对都擅长表演的父子。演到动情处，我会哀伤得像一只楚楚可怜的、浑身的刺都簌簌掉光的小刺猬，他也会假惺惺地滴下几滴极其令人动容的浊泪来。父子做到了这厮田地，最后也只有沉默。

大巴汽车很快来门口接我回去了，我背着包要走了，女人和男孩有意不在家似的，我跟他说："爸，我走了啊。"

人与人告别的时候大抵都是能挤出一点儿真心的，所以最后他还是会塞给我两百块钱，打发小乞丐快快离去。然后，小乞丐圆满完成了任务，感激涕零，又回到了他的母亲身边过年。

这样的情形持续了好几年，后来上了高中，我长大了，母亲不再叫我去"那边"要钱了，我就再也没去过那个小镇，去过"那边"。

很多年后，母亲过世了。再之后，外婆也过世了。亲戚们须运送外婆的大体回乡安葬，会途经"那边"，那个日渐闭塞萧瑟的荒镇。

返程时，面包车轻轻驶过他的家门口，这么多年没回来过了，但我还是第一眼就能将原本属于我的童年和母亲前半生的这栋房子给认出来。他不在门前，不晓得忙着什么去了，房门虚掩，石板依旧。亲戚们也都记得这个地方，他们记得我是在这里头出生、成长、度过童年，他们沉默不语，又似有若无地在打量我的反应。

面包车从他的家门外一掠而过。我并没有刻意地撇过脸去不看，只淡淡地透过车窗望向他的家，像是在旅行途中，望着这世间每一隅寻常人家的屋梁。车窗迎着他的家门口滑过去，我似乎下意识地张望那扇门庭在哪，又似乎在冷漠地看着一户陌生人的家。

这一天距离我上一次来这里已经过了很多年。我跟他已有很多年没有见面，没有联络，没有关系了。一个声音告诉我：当然这也曾是你的家，但那都已是二十多年前的事了。于是面包车装着我和我母亲的亲戚们，悄无声息，开向远方，直到"那边"、那栋房子，以及这一辆摇晃着前行的面包车，都渐渐隐没成了一个看不清的灰点。

6

在我年幼时，依稀听大人们聊天，说他年轻的时候很风流，喜欢拉拉弹弹、写写画画、雕刻小手艺小玩意，这份文艺的心思多少遗传给了我。不同的是，他健谈，善于言辞，圆滑，会见风使舵，对人情世故精通练达。诸如这些处世方式却没有继承给我，我对于人际交往始终怀有回避、担忧与缺失，并不得修正。

但这份圆滑的处世风格也未给他带来更春风得意的人生。仅有的那几次见面，我从他眼里看出了尘埃。那种被生活的艰辛和难以言说的琐碎、奔波、悲愁累积沉淀后的尘埃。

小时候，我在另一个城镇念小学，有几次他来学校看望我。也并不是特意来看我，他当时在"那边"的那个小镇开了一家小杂货铺，以他聪明的经商头脑经营一些刻字钟表、鲜花礼品的生意。小镇本就荒芜，自然生意惨淡，但因仅此一家，反倒算得上是"垄断"了小镇这类商品的供给。他时常得在各种新年、洋节到来时，提前来县城进货，采购一些鲜花、礼品、工艺品回去，便顺道来看一眼我。现在想来，那也许是一个父亲，始终对自己的孩子怀有的关怀与温柔。

有一次，他在教室窗外一闪而过，并不敲门或是打扰课堂，只是让我知道：他来了。我从教室出来后，我跟他会一起沿着学校外墙的小径走一段路。善于言辞的他对着我却也只是问问学业。我本来就是话少的小孩，对着许久不见的父亲更是无话可说，全然没有别的小孩久别父亲重逢时的攀爬、雀跃或欢快的举动。少年时代，也许受母亲的教育与影响，我对他更多的也是质问或埋怨。

如果说人生是有派系的，人际关系是有派系的，离了婚的夫妻和分开了的父母也是有派系的。

我不晓得"父母离异"四个字对于别的小孩来说意味着什么，但对于我来说，就是爸妈被割裂成了两边，各自站在河流的两岸，分属对立的不同派系，留我独自落在河水中央左右为难，然后我必须要去选择其中的一个。我的母亲选择了我，我也选择了母亲。那么我永远只能是属于母亲这一派阵营的，我永远不能也不会让自己加入父亲那一派阵营当中去，否则就是背叛母亲了。

在那些年月的见面里，我们每每想要做出一点儿亲昵的举动，或者说一两句亲昵的话语，都会生硬、唐突、尴尬，好似稍有一丝柔和的气流，一落进空气里就触碰到了坚硬的玻璃，被凝固成了雾气。他虽是我的生父，却只是一个空空荡荡的画框而已，他并没有抚养过我。我无法对他完全交心，他也在关怀我的同时提防着我。

临走的时候，他会塞给我一双白色新球鞋、一块手表、一兜水果或一两百块零花钱。那是他对他不称职的父爱的一点儿补偿。我们给予与接受，原本就只是为了让自己的灵魂能好过一点儿。

后来，我去了南京念大学，第一次离家千里出远门。母亲那时已身体不适，查出肿瘤却瞒着不说。我说："爸，你送我去南京吧。"

那是八月酷热的夏天，两个人拖着、背着厚厚的几大包行李，乘坐一辆汽油味呛鼻、让人疲倦困乏的长途汽车抵达南京汽车站。不晓得换乘路线，在南京中央门附近打车去位于郊区的大学城，人在异乡，被黑心的的士司机漫天要价瞎宰一笔，绕了几个小时才抵达校区。

离别时，我送他出校门，走了好远才找到一家不记得名字的饭店吃饭。已经过了晚饭时间，空旷的饭店大厅里只有我们这一对食客。昏黄的一盏灯光笼罩着我们，我们坐在偏僻角落的一张圆桌旁。他点了好几道丰盛的菜肴，他没吃多少，一味地叫我多吃些，多吃些。时光在那一刻显得温柔静谧，也教我无比贪恋那一晚的父爱，如此陌生又如此熟悉，曾在梦中极尽渴望寻求而不得。

原来彼时，他的婚姻生活早已出现摔打裂痕，只是尚未碎尽。他的心中亦有苦楚而无处言说，或许回望往日路，他亦有悔意。他需要一个亲近信任的人，比如亲生的儿子，来作倾谈，以及愈合。

那一晚的亲情返照，究其缘由，实则是生活的辛酸不易占了一部分，但父子血浓于水的联结，始终占了另一部分。

那也是我与他仅有的几次平和而涉深的交谈与倾诉。大学将启，我已近成人，他亦近知天命。类似这样他将一个父亲的情感全盘托付、我将一个儿子的情感完整交出的时刻太少，这样奢侈而甜美的交付是如此弥足珍贵，并让我现在写出来时，仍会心生潮水。

四年大学很快毕业，那一年赶上全球金融危机，找工作一再失败，加之母亲在故乡小城需住院化疗，我不得不离开南京回小城。

我记得留在南京的最后那一年冬天，南京离奇大雪。腊月时分，道路已堆积厚厚几层积雪。我打包好行李做好了回到小城的打算，却早已买不到车票。无人求助，只好打电话给父亲。此时距除夕已仅剩三天，那是一个大雪夜，他叫了一辆面包车从家乡一路开到南京，到中山北路的小区楼下来接我回家。

是夜大雪纷飞，雪停后很快结冰，汽车在路上艰难地缓缓行进，开了两天一夜才抵达。车厢内寒冷难耐，他会把随身携带的衣物给我遮寒。我像贪婪的永无止境的孩童，需索着他迟来的照顾。

他送我去南京，又从南京把我接回来。倘若，他是我一直以来的父亲，我或许不觉得这有什么。但正因为他不是我一直以来的父亲，这份情意我一直记得。

亦如我也记得，母亲的亡故，他始终没有现身。

在母亲最后奄奄一息的那年春节，某一天，我们都知道覆水难收人生大限将至了似的。我问过母亲，是否要联系他来一趟。

他是我血缘上的父亲，却从不是一个合格的爸爸。我不知道怎么开口，好像踌躇了两三天，然后试探着问母亲："过要让他来？"

她晓得我说的"他"是谁，我也晓得她晓得我的意思。母子相依为命这么多年，在我们的聊天中从来不说他的名字，也不称他"父亲"或者"爸爸"，实在绕不过去了，就说"他"。

我想到了从前看过的太多影视剧里那样，男女主角经历了一生的爱恨拉扯最后到老，在一方时日无多之际，另一方前来，见人世遥迢的最后一面，说破几十年的恩怨。纵使不能够一笑泯恩仇，也可以把心中未讲完的话讲完。唯有如此，才能给对方一个机会忏悔，给自己一个机会轻省，也让彼此都有一个机会善终。

"不必了。"母亲那天轻轻说道。

然后，她又若有所思地嗫嚅着，似乎是酝酿了许久，但她犹豫着什么也没再说。

我不知道那天她犹豫着想要说却没有说出口的是什么，或许她也想他前来见最后一面，又或许她早已觉得人世两茫茫，没有什么必要再见面了。我也顾虑若是真的通知了他来，在母亲床前的两人回忆起从前的背叛怨怼暴戾激烈，是否又会发生已上演过无数遍的数落咒骂怨恨争吵，反而更让母亲虚弱的病体不适？

那些事，是几十年前发生的事，是"以前的事"，是她用后半生絮絮叨叨的事，是他很想忘掉而她永生忘不掉的事。在他们离婚分开之后的前几年，每次短暂碰面，她都会忍不住地聊起这些事，数落、埋怨、憎恨、争吵或者谩骂，伴随着惨烈回忆，她再心碎和伤痛一次，他也再度不耐烦一次。他怕她再说起从前的事。

在我成长的过程中，也听多了母亲对于父亲从前那些背叛行径的重复叙述，耳濡目染，连篇累牍。渐渐地，我也跟他一样，害怕听她再说起他的事情来。多么可怖，我并不比他善良。

于是那天以后，我竟也再未和母亲聊起这个话题，也没有去联系多年未有音信的他。我不晓得是出于庇护自我感受的自私，还是真的担忧她的病体会因为临终相见而加重。

总之他们没有再重逢。

母亲患癌十年，疾病深植的因果，我想有一部分是我终究未能令她宽慰。究其根源，也是这段仅维持了几年光景的短暂婚姻酿成她的气郁情结。过去这二三十载，她始终放不下对于这段失败婚姻而导致后来破絮般人生的怨念和对于被背叛、欺骗、辜负的不甘。她恨他，也爱过他；她原本有多柔软，后来就变得有多硬净。

在我成年以后，懂了世间许多事之后，曾有过一次劝母亲不恨。我希望她能宽宥，让她自己好过一点儿。我在一本书上看到这样一句话，说："当人们彼此的人生到了无法回头的时候，很多事情也许就变得可以原谅了。"我信以为真。所以那天我装着跟她闲闲淡淡地聊说："妈，恨一个人，说明心里头还有这个人。只有不恨了，也不爱了，才是你心里头再也没得他了。爱的反面不是恨，而是无爱无恨，这不是原谅，这是心中无他。"

现在想来我那时候还是太年轻，劝她不恨，跟劝她不爱一样难，一样虚妄。唯有依凭这爱，这恨，才支撑着她活了后半生。

而他后来的人生过得也算苟且。我明白情爱、婚姻、人生本来就是线头缠绕、无从说清对错。所以我便也真的不觉得他欠我几分。哪怕当我第一次长出胡须，第一次喉结凸起、变声变嗓、身体发生男子的嬗变，第一次从男孩长到成人……却都没有办法去对一个父亲倾诉和寻求帮助，而只能涨红着脸无比害羞地被母亲发现和安慰的时候，我也不觉得他欠我的。毕竟这么多年，我就是这么过来了，母亲也是这么过来了，我和母亲都是这样过来了。但他对母亲的亏欠，她晓得，他晓得，我也晓得。

二〇一〇年，母亲癌症复发，转移到了全身骨头和多处内脏。在一个冬天傍晚，母亲疼痛加深。我背着她，偷偷给他打过一通电话，不可免俗地质问道："你过曾真的爱过妈妈？"

话问出口，我其实就后悔了。我到底期待一个怎样的答案？他若回答没有，是否我就能心安理得地继续恨他？他若回答有，是否就能消解母亲的疼痛，让她无恙起来？不过都是我的执念，无助的执念。

电话那头沉默片刻，然后他只吐出了一个字："有。"

之后，彼此再也无言。挂了电话后，我却抑制不住地汹涌哭泣。

我不知道他在那一秒是出于真心流露，还是假意慰藉。我太像母亲，对这世间男子的感情是怀有多么深沉的失望。

母亲走了。她未能与爱恨深织了一生的男人见上此生最后一面。他未收到讣告，但人言如流水，小城早有人将母亲的死讯带给了他。他也该是听闻了的，却永远如一口沉寂的古井，无声无息。后来，我独自活了下来走了下去。我想，他也无须有所回应了。

再后来，在很多个独自守着空屋的晨昏，我依然都会有些怅惘与遗憾地想：若是在母亲走前，我擅作主张暗自联络他前来，会不会对他与她各自人生的拼凑、补缺与完整，都能稍微好一点点？

8

他人生的拼凑、补缺与完整，他已经不需要了。母亲化作黄土，她人生的拼凑、补缺与完整，其实她也不需要了。原来是我一人以为我的人生需要借由父母的"死前重逢"来完成一桩拼凑、补缺与完整，这多么可笑。我也不需要了。

整个少年时代，我似乎曾短暂地对他满心怨恨。那时候一方面是因为自身对父爱的需索不得，另一方面是因为母亲对父亲不忠行径的长年累月的念叨叙述。或许，也因为我总是记得一点往事。

那是我上幼儿园的时候，他们感情已经破裂，经常吵架。他也常殴打母亲，是一个会家暴的并不善良的丈夫和父亲。我脑海中依稀有一个画面，是我与母亲睡在家中楼上的木床上，我睡里面，她睡外边。他不知怎的，大概喝了些酒回来，与母亲又发生争执，借着酒劲冲到床边，揪起母亲的头发打骂起来。母亲自然是反抗，我也吓得哭喊。他顿时更气恼，青红着眼，抢起我过去也打了起来，边打边恶狠狠地骂道："婆娘有什里用，大不了离掉再娶！儿子又怎样，也不稀罕，我可以再生！听说过小子杀老子的，老子也能杀小子！"

母亲将我抢夺了过去，她不哭不喊也不叫，用身子护住我，替我挨下那些刀子般的巴掌和拳头，直到头发散乱，伤痕累累。

那时我三岁或是四岁，我不记得那天的狼藉混乱最后是怎样收场的，大概就是从童年起，他在我心中是一个家暴、嗜烟、酗酒的形象，这让我在往后十数年间无法驱除内心的梦魇，也暗下决心不要成为像他那样的一个男人，甚至后来矫枉过正，不碰染烟酒，也长成了如今太过于温吞、柔和与木讷的性子。

与少年时代不同，我成年之后开始尝试用另一种中和一点的方式来对待父亲，似乎找到一处可以让这段关系得以缓冲的海岸。我们都不再争执，变得平和，彼此却更客套和生分。尽管在见面时刻的气氛依然压抑或冷场，但在短信或电话里，尚可以彼此情深意切地问候，痛心疾首地诉苦，温和无痕地安慰，然后大步流星地遗忘。其实早已分不清，哪些时刻是心机算计，哪些时刻是真情实意。

到最后，他会怀疑我对他的感情。他开始憎怨我未曾赤诚待他，或我的回馈与他的付出不对等。他不再是三十出头抛妻弃子、将一切打破摔碎从头再来的男子，他选择了护全后来这一段哪怕早已破裂、但仍可苟延残喘相互虚耗着拖拉到老的婚姻，他不再与我有任何关怀或问候。他亦觉失落虚妄，他折回小镇漫无天日庸庸碌碌的生活中，安享在那些俗世的劳作与欢趣里头，他心灰但又感到安全。

在我自己也经历了诸多人事迁徙、离合无常之后，我逐渐学会用悲悯与冲淡的心境看待这世间每一件事，圆满的，遗憾的，有着疮疤的，包括人类残缺的感情，不花好月圆的感情。

有时候，会看到他后鬓的白发，还有疲惫的眼神。我知道生活总是艰辛。就像我懂得，那段陈年的失败的婚姻，已经不能也无必要，用任何泾渭分明的对或错去定义。因这世间所见感情处处，大多囹圄，将每一段铺展开来看，何尝不都是褶皱幽暗，千疮百孔。

他是如何伤害母亲，并误了她一生，让一个善良勤劳的女人，在日后的岁月里为了蹒跚活下去，为了独自抚养一个男孩子长大，她必须坚忍、强硬、饱经沧桑，从而过早丧失了一个女子天性里的温柔、对美感的追求和对人世男女感情的美好幻想。尽管我明白婚姻的诸多艰涩不可言诉，可我不会原谅他对母亲的伤害。

但我会搁浅他对我的有所欠缺，即使未能痊愈，也几乎看似复原，无伤大雅。也许是因这几近三十年里，父子间的交集毕竟太少，心中对他与我的交接关联，并无浓烈的爱或恨。除了自幼年上学到成年后工作，这漫长的过程中，每一次学校、单位、各种办事窗口要求填写无穷无尽的个人信息表格时，"父亲"那一栏都让我深感彷徨茫然和无所适从之外，其余时刻，他可以完全不存在。

就像一只兔子，假如生来就跛了一只脚，从未尝试过奔跑，未曾感知过奔跑的矫捷快乐是何种滋味，也就不会渴望如风的样子。

他是让这只兔子生来就跛了一只脚的人，我是这只生来就跛了一只脚的兔子。所以你问我，恨不恨他，很奇怪，竟然是不恨了。理应恨他的，但我对他却恨不起来了，也爱不起来了。无爱也无恨，最终走到这一境地的，不是母亲，而是我。是我对他，一个父亲，最真实的感受。不恨了，不代表原谅，只是放下了，只是算了。

9

他留给我唯一的一样东西，不是我已更改掉的名字，不是我无法替换掉的血缘，而是一枚翠玉观音。

在我念大学的四年里，还有一次，他深夜路过南京。第二天清晨，我在宿舍最早一个醒来，洗脸刷牙打开手机，看到他昨夜十一点五十七分发来的短信："我来南京了，明天你要是有空，来市区吃饭。"

然后我坐很长时间的长途公交，我知道我一定会去的。到中央门然后转车去金桥市场，下车的时候看到他远远等在路口。

我已高过他半个头，我叫了声："爸。"

他露出疲倦的微笑："到啦。"

我们始终这样，小心翼翼、浅浅淡淡地对话。

过汹涌的人行道时，他下意识地牵着我的手。明明我已经是一个十八岁的大人了，明明我小时候从来没有被他像这样牵在手心里走，此刻却显得极其自然。仿佛孩童时刻，在那一刻穿越重现。

已是中午，依旧一起安静地吃了一顿饭。始终我在用骨子里那种即使在成年后也不肯消退的冷漠来待他，他对母亲的背叛，对婚姻的不忠，对我的成长缺失。我总不肯对他再多热情一点。

吃完饭，他一支接一支不停地抽烟，咳嗽得厉害。我没抬头，说："以后少抽点。"

他把烟在桌上掐灭，笑了，说："你还关心我，我很高兴。"

临走的时候，他说给我买了个东西。他一只手从上衣外口袋搜到内口袋，又搜到裤袋，掏出一个绒面的小盒子。

打开盒子里的东西，是一枚小小的、用红线绳系着的翠玉观音。他想给我戴上，犹豫地看着我。我说："我很喜欢。"

然后我只是接过来，郑重地收好。从餐厅出来，我们一起走路去中央门候车大厅。从见面，在一起，到分离，不过四十多分钟。汽车开动时，我们隔着玻璃窗挥手，很快觉得难为情，都放下手来。

送走了他，我依旧坐很长时间的长途公交回校，窗外那天是清淡的日光。隔着公交车窗，我从衣袋里取出翠玉观音，对着天空举起来，眯着眼睛看到了它闪耀着的绿光，有某种温厚的质地。我在心里说："这个，我会戴的，爸。"

我不记得这是二〇〇七年还是二〇〇八年发生的事儿了，时间太久远，记忆太薄。毕竟十四五载都已经过去了，谁还记得那么奢侈的事情。这次南京见过面之后，我大学毕业，辗转租房、找工作、搬家、回小城照顾母亲，人生也几度转折沉浮动荡漂泊。而那块翠玉观音，也下落不明，不知所踪了。

10

母亲在七年前的正月离开了我，离开了这个世界。在母亲生前的倒数第二年，我们一家三口在小城的十字街口东边那条大街，曾短暂而尴尬地遇过最后一面，此后再无相见。

他与母亲的婚姻仅仅在二十世纪八十年代末维持了五年，然后他就抛弃了她，逃离了她，她成了一个失婚的离异女人。我与母亲的母子情分拉拉扯扯了二十九年，然后她成了一具从温热转至冰冷的大体，我觉得我也背叛了她，抛弃了她，逃离了她。

我长吁了一口气，从高三开始陪母亲抗癌，整整十年，走得坎坎坷坷的路终于结束了，不晓得当年他抛弃和逃离母亲的时候是不是也曾像这样长吁了一口气。我与他，并无两样。多么可怕又多么可笑，在这一刻我才发觉，我最终，变成了和他一样的人。

母亲走了，我没告知他，我有他的电话号码，我可怜可笑的倔强让我没有联系他；后来他知道了母亲的亡故，他晓得我与母亲的住址，他也没来，没有前来吊唁母亲，也没有来看望我一眼。毕竟，已是二十多年前就离了婚的妻儿，来了，是情分，不来，也没有什么义务。这七年时辰里，我们各自生死，没有联络，杳无音讯。

也想过那样的场景，假若他会来，我想我会对着他恸哭的吧，我会怨怼他，会责怪他，但可能也会与他紧紧抱拥在一起。他的出现会给我一丝力量与慰藉，让我知道如何度过，如何活过来，如何走下去。哪怕之后仍然不再联系，但那一刻，一个失去了母亲的孩子，是如此需要一个父亲在场。后来又过了几年，我换了新居所、新手机，也没再保存他的号码，我们在茫茫人海中永别。

有这一种感觉，即母亲在的时候，尽管他们离了婚，尽管他在我五岁时就不在我们身边，但我总感觉他是在的，在这世上某一个地方。母亲在的时候父亲也是在的，只要回过头来去寻觅，总能找得着他的。他的名字，我从没忘掉过他的名字。但现在母亲死了，好像他也跟着死了。母亲走了，我也就彻底没有父亲了，从此我正式成了孤儿。

再往后的岁月里，我再次离开小城，去陌生的城市，去他乡，去远方，越走越远，在明白没有一个人可以让自己停靠的时候，去寻找或不去寻找一个可以让自己停留的地方。

而父亲，与他所在的那个荒镇，会是我梦中永远的最初的故乡。在每一个万家灯火通明而我独自度过人间每一个节日的时候，想起他，想起他的名字，想起他所有的自私、软弱、辜负、补偿、残暴、温柔、无可奈何，想起他也不过是个平庸的男人。他与母亲终究是我在这苍茫的人世间最亲近的人，只不过他们都与我永诀了而已。

倘若有幸，多年后我还能再见到他最后一面的话，我假想过那样的画面。譬如我也活到半老中年尚在人世间，承蒙神灵垂佑或庇怜，某天听到晚风遥遥传来了讯息，是他的讣告，我想我是会去见他的。

　　那一天我会风尘仆仆地赶去，出席他的葬礼，在他的灵前点一根烟或燃一炷香，望着那烟或香一寸寸一口口烧成灰，熄灭。然后我转身离开，像数十年前的某天他离开母亲和我一样。

如珍似宝

1

我的外婆，出生于二十世纪三十年代，具体是一九三几年，我记不大清了。她是我唯一的感情深厚的上上代的亲人，因外公早逝，而我的爷爷奶奶又自我出生不久就与母亲和我形同陌路，故而我只有一个老人，那便是外婆。她先后经历中华民国、新中国成立、"文革"、改革开放、新千禧年、二十一世纪，见证过战争年代与和平年代。

她叫朱兆珍，一个很温良恭俭让的名字。

兆，似乎预兆着她该有好的一生；珍，富贵荣华，想这一生该有人待她如珍似宝。我不知道那个男人——我的外公，待她好或不好，但那个年代的女人总是对丈夫很好的，一生不离不弃，包容下了一个丈夫所有的得失。外婆也是如此。

少女朱兆珍并不是一个面朝黄土的农村女娃，似乎从我有了记忆开始，从长辈们有意无意的闲聊中听起过，隐隐约约透露出她应该出生在一个家中成分不差的家族。她能读书，会认字，自幼裹小脚，即使不算书香门第，也算家境殷实。故而这一生，她就算不曾是养尊处优，但也不曾忙过农活、下过农田、做过农妇。

我不晓得她跟外公是怎么走到一起的，外公是个木匠，是个粗人，自然不懂得多么温柔地对待妻子，在二十世纪的苏北农村里，外婆当时多少有些下嫁的意思。但外婆却很听外公的话，即使受困于传统婚姻之中，也觉得理所当然。我在长大的过程中，依稀听过大人们说外公在农村时婚后与隔壁的女人也关系过密了一段时日，以及说他曾从床上发起火来将外婆推到地上伤了腿，这些印记像浅浅淡淡的瓦片痕迹，封存在我的记忆匣子里。

然而，我和其他晚辈们后来从未从外婆口中听她讲过半句外公的坏话，即使是在外公早已过世多年之后，外婆也总念叨着他的好，在家中案台常年摆放着一幅外公的黑白遗像。

两个相差甚远的人，拉拉扯扯过了大半生。我唯一记得的，能在外公和外婆身上看见的共同点，是他们俩都很爱抽烟。当我还是孩童时，就记得他俩手中一人一柄旱烟筒，闲暇时他与她也总是烟筒不离手。那种烤烟叶的气味，至今还能萦绕我的鼻端。想来这是他们唯一的共同爱好了，或许也是初时他们的婚姻维持之道吧。

2

外公与外婆的家，坐落在小小的乡村里。

村子东头，三间小小的瓦盖的平房，家中的地面是被扫帚和簸箕早已磨平了千万次的泥土地。中间那间屋子是中堂，也是吃饭待客的主厅，四方桌加长条凳，一尊观音像，悬梁上是几根大柱子，安装着一只黑色广播。东屋是外公外婆的房间，一张棕黑色的老式雕花镂空大床。西屋是儿女们的房间，也堆放了一些杂物，我的大姨、母亲、大舅、小舅先后都睡过这个房间。

从东屋的后门走出去，是一条青石砖铺就的曲折蜿蜒的路，伸向两间茅草屋，那是厨房和茅房。屋前是两块农田，篱笆围着四季。从农田再往前走，才是外面的泥土路，泥土路的对面是一条很小的几乎可以忽略不计的河流，反正我是没有见过夏天河水上涨的时刻。

不过，到了春水润泽的季节，长长的河岸斜面上倒是长满一簇簇青灰色的毛茸茸的茅针。我和表弟表妹们稚子顽趣，若是在春天时节被大人们从各自的小城小镇上带去看望外公外婆，孩子们总喜欢一起在河岸满坡跑，争先恐后地拔茅针吃。

在新中国成立之后的某一年，外婆嫁给外公，在农村这里安家。先后生下两个女儿、两个儿子。大女儿，我的大姨，是第一个出生的孩子，自然宝贝些，得到外公外婆短暂的疼爱；二女儿，我的母亲，可惜又是一个女孩，从一生下来就命贱了不少，外公不喜欢二女儿，唯有外婆偶尔关心一点点，毕竟是怀胎十月；老三老四是儿子，格外金贵，圆了外公外婆生男娃的心愿。

　　膝下育有四个儿女，那时也是一个家庭人丁兴旺的标准配置了。四个儿女，名字都是"必"字辈，必兰、必云、必华、必荣。当然我后来总是习惯将母亲的名字写作"碧云"的，我写在纸上给母亲看，故意写成"碧绿"的"碧"，母亲也喜欢。四个姊妹兄弟之间，巧的是几乎每两个的年龄差都维持在四五岁。外公外婆似乎算准了似的，每隔四五年生一胎，在十七八年内完成了生育大计。

　　农村生下来的娃，除了大名，总要再起个小名。在乡下风俗中，给刚出生的孩子起一个依凭普通寻常物件而来的小名，就能避开牛鬼蛇神，少病少灾，健康平安，容易养活。母亲的乳名，叫"萍儿"，是外婆依据"瓶子"的音义唤的"萍儿"。无论是一个瓶子还是一缕浮萍，不那么金贵，命贱一些，也就都能扎根于泥土大地。

　　外公外婆在农村的这三间房居住了三十多年。三十多年里，养大了四个儿女，也送他们一一离家，嫁人的嫁人，工作的工作，去城里的去城里，出人头地的去飞黄腾达。

　　那些年岁里，大姨嫁去海边，母亲嫁去小镇，大舅进了城过生活，小舅辍学后外出打工，两个老人与农村里的三间瓦房目送着诸儿女们各自离去。直到我也上了小学，那是二十世纪九十年代初，大舅在城里买了房，把外公外婆接到城里去，并给他们寻了一处城里的废弃厂房的住处，他们才搬离出去，告别了农村。

　　农村的老房子，很快卖了出去，换了别家的主人。很多年以后，长辈们带我们去农村乡下扫墓，还特意去看望先前的老房子，老房子早已被修葺翻新，又是另一番模样了。

我们站在田埂上，稀稀疏疏站成一排遥遥望去，心中微微怅惘。每一个人，我们来到一处，留下一些什么，然后又飘飘远着向前去。无论是房屋，还是人的命，都是如此。

3

假如要给外婆的性子找来一个形容词来描述，那便是"细致"，细致得要命。这里的细致，既不是褒义也不是贬义，就是一种活法。这种细致的活法，体现在对待世间事物上，外婆显得过分讲究秩序。她的吃穿用度，她每天几点起身，几点抽旱烟，几点做什么事，她的衣物每件怎么折叠，怎么摆放，怎么储存，她的箱子柜子里的东西，每个角落怎么安排布置，她都有一套自己的规则秩序。

外婆可以吃过饭后一整天啥也不干，就弓着腰蹲守在自己的房间里头，把箱子里自己的衣物布料书籍啥的一一腾挪出来，仔仔细细地重新折叠一遍，再整整齐齐重新摆进去，哪怕这些东西本来放在箱子里头也是好好的，她仍要这么腾挪出来，再摆进去一遍。

直到日暮西沉，她才满意地起了身，将箱子合上盖子，第二天再打开来整理一遍。虽然这个习惯后来被儿女们嫌恶和诟病了很多年，但她仍就是这样度过了好多年。

倘若谁，无论是丈夫或儿女，动了她的东西，被她发现位置错了或角度不对，她准要生气恼火，张口谩骂。后来大姨与母亲曾笑说："她的东西谁也不得碰，碰了就放不到原来的位置了，差了一点点，她一整天都要跟你怄气的。"

很多年后，外婆腿疾加重，瘫痪在床，生活无法自理，更加变成一个老小孩，脾气任性、偏执，说话也不管不顾地伤人。每当大姨或母亲或保姆帮她收拾整理晾晒的衣服、被褥时，若摆放收纳得不合她心意，她便会躺在床上絮絮叨叨地数落，指点个不停。这样的"细致"着实让她身边的人有些嫌弃。

但外婆无论是已久卧在床或是皮囊枯老，她每天醒来后第一件事，都是唤保姆端来水盆牙刷毛巾，细细替自己梳洗干净。我印象中的外婆，到了人生晚年，即使无法下床、出门和行走，每天仍是梳着一头整顺的齐耳白发，像一块包裹住时间流动的灰白苍褐的毛绒毯。这是她无声地对抗人生枯槁的最后一份体面。

而我却对外婆衣服箱子的某个小角落很感兴趣，因为那里头装放着满满几摞小人书。在我童年时，每当母亲带我去乡下探望外婆，我可开心了。见外婆倒是其次，能偷看这些小人书才是我第一兴奋的。外婆珍藏的这小半箱小人书，都用手帕包裹着，每一本都是手掌大小，除了封面是水彩绘印，里面全是黑白的。什么《宝莲灯》《西厢记》《红楼梦》《牡丹亭》《珍珠塔》《杜十娘》啦，应有尽有。

但外婆从不肯借给我们这些晚辈们看，怕被我们弄脏弄破，她可爱惜这些宝贝啦。我就趁着大人们聊天谈话的工夫，悄悄翻箱倒柜，拿出几本躲到角落里看，像打开了另一个神奇的新世界。在我们家族的三代人里头，外婆爱书，大舅爱书，我也爱书，我对书籍的迷恋，大概可以追溯到最早的遗传是来自外婆。

后来我长大了，才懂得外婆为什么偷偷珍藏这小半箱子书，又为什么如此珍爱这些书。她本是家境殷实人家的女儿，读过书，自然爱书，而在中国那十年浩劫里，这类书是"毒草"，是被搜刮、被禁闭、被焚毁的，所以她当然珍爱这小半箱子被她偷偷藏了大半生的书。

记得有一次，母亲探望完外婆，要带我返回小镇。我正躲在屋后角落看一本《西游记》，还没看完，恋恋不舍，便偷偷捎了本带回来。回得来家中，我可以毫无顾忌地看个够了。我却又嫌外婆珍藏的小人书里的黑白画风不好看，就用蜡笔、水彩笔给唐僧师徒四人都细致地美滋滋地涂上颜色，果然，一下子精美多了。

可我才刚涂色了两三页，没过几天就被母亲发觉了。这可糟了，这可是外婆的头等宝贝哇，连母亲都不敢碰动。她大惊，连忙以一个飞身将小人书抽收了回去，说等下次再给外婆妥妥地送还过去。

很多年过去了，我那细致的外婆老了，走了，离开了这个世界。我不知道那只衣服箱子，和箱子里的那几摞手帕包裹着的精彩无比、珍贵非常的小人书，后来遗失到哪里去了。

4

少女时期的母亲给家族里充当了很长一段时间的劳力。外婆本就不是会去农田劳作的那种面朝黄土的女人，加上她在原本正当青年的三十多岁时就有了腿疾，这二女儿便给她当起了脚夫。

那时候的农村，每逢年节村口有集市，或是大队上放电影，外婆总会唤母亲骑上家里一辆褪了油漆的铁皮男式脚踏车，载着她前去。我想母亲在年轻时是有过一些埋怨的，学业被中断，整天被父母当劳力使唤，她本是心有灵性的少女，自然要压抑和湮灭自我的许多心性。母亲若是在少年时能被给予好好念书的机会，或许会过另一番人生。

像这世上大多数不被重视、待见、欢喜的二女儿一样，母亲也是一个"被忽视的老二"，在由一个姐姐、两个弟弟组成的姐弟四人当中，排行老二的她在父母的眼中轻贱得不过是一个草芥。

她断断续续地念着小学，她为自己的女儿身而感到羞耻和愧疚，她用自己的劳力来拼命表现出自己是一个有用的人，她在讨好父母，想讨得一点儿我的外公、外婆的欢心。但即便如此，她的求学生涯还是很快被掐断、中止，直至终止。多数时候，她都被滞留在家中劳作。尚是一个蓬勃少女的母亲自此永远失去了念书的权利，困在尘烟之中忙田、挑猪草、挑水做饭、踩脚踏车载外婆出门。瘦瘦小小的身子，在农村曲折蜿蜒的小路上颤颤巍巍地吃力地向前荡去。

后来母亲长成二十出头，这般无望的人生初景刺激了她，她实在不愿就这么浑浑噩噩地虚耗掉自己的光阴。她听说村里有小姐妹去跟邻村的一位裁缝老师傅学了不少手艺，便也动了心。

她想："没得学历，没得家境，要是有一门手艺也是好的，有了手艺就不怕活不下去。"

她把想法跟父母说了，我的外公外婆自然是极力反对。母亲回忆说，外公当时就翻了脸，冲她吼道："你只顾去学手艺，既要花钱，家里又有这么多活计，你让哪个去干？让你两个弟弟去干吗？你妈妈要出门，怎么个弄法？就指望着你载她！你决不允许去！"

　　外婆在一旁听着，也拉下脸来，很不高兴，她担忧家中劳力流失，也向往女儿载她看的花花世界，她也是坚决反对的态度。

　　但母亲到底还是留了心眼，她活了二十多岁，像每个有长远打算的少女一样，她自己是每年一点一滴一分一厘攒了些零花钱、私房钱的，便在某天毅然跑出去。她怀里揣着这些钱，悄悄出了门去，拜了邻村那位老裁缝做师傅，交了学费，一学就是两三个月。在那个时代，这是母亲的叛逆、果敢与魄力。

　　母亲笑道："说是当学徒，其实不过是换了一个地方、一个人家，继续给别人当劳力使唤罢了，到了那个老师傅家里，哪个晓得我还要给他家忙田、挑猪草、挑水做饭？"

　　当时农村里学手艺的师徒之间，都有这个不成文的规定。但母亲都忍受下来了，毕竟那位裁缝老师傅在闲暇之余，是实打实地真真正正地给母亲传授了些有用的裁缝本事、缝纫技术的。母亲也聪慧，后来很快学成归家，外公外婆虽心有愠怒，可看女儿有了一技之长，不愁以后给家里增些收益，也就不再说什么了。

　　此后这么多年，母亲的缝纫手艺果然源源不断地造福于我的外公外婆、大姨舅舅和我，给我们缝制了很多年很多件经久耐用的衣物，也正是因为她掌握了缝纫这一门手艺在身，她之后才能跳离农村，才能在每一段艰难岁月里养活她自己，也养活我。

"我命由我不由天"，母亲用自己双手的力量，多多少少改变了她和我的人生。

但母亲却无法改变自己的婚嫁命运。

那个年代，在农村，婚姻大事只有父母说了算。眼看着母亲过了二十五岁仍未婚嫁，这在当时的农村里已是老姑娘了，会被左右邻居在背后指指点点戳脊梁骨的。当时，母亲有一个先前经媒人说媒相亲认识、家住小镇上的男人，两人自二十出头起见过一两次面，此后，一年见这么一两回，总不咸不淡不冷不热地交往着。

母亲觉得与他之间好似还差了些什么，不想就这么草率地定了。她后来在回忆这段悲剧的婚姻时，郁郁地叹气说："我那时候就觉出他对待感情、对待婚姻、对待我，都三心二意的。"

可外婆很恼火："你瞧瞧你都多大岁数了，还不嫁人？！别人在背后说你是不要紧，说我我可丢不起这个脸！这人家里头在小镇上，你早点嫁给他有什里不好的，你再这样下去就别认我们当爹妈了！"

外婆觉得女儿与这男人也断断续续谈了这么多年，没有不嫁过去的道理，更重要的是，她觉得女儿已过了正常婚嫁年纪，丢人。

学缝纫手艺可以自己独当一面跑出去，但婚嫁的人生大事，母亲无法违抗父母强硬的催婚逼婚，最终她还是在二十七岁"高龄"之际嫁给了那个男人。那个男人，是我的生父。

嫁过去之后，母亲以她中国式淳朴女性的深情性子，全心全意地爱他、护他、帮衬他，操持着家，也周全着这个家，可他却不值得被托付。现在回头看，嫁给了他果然是一桩错误的决断，也拉开了母亲这一生悲惨的序幕。但在那个时代，在外婆的一心严令督促下，母亲没有别的路可以走了。

5

婚后第二年，母亲在小镇的医院里生下了我。我是外公外婆膝下第一个出生的下下一代的男娃娃，可惜是个外孙，给他们带来的喜悦并不长久。婚后第三年，那个男人还是改不了安逸享乐的风流性子，不肯收敛些心性，常常夜不归宿，吃喝玩乐、出轨、家暴，与母亲的感情破裂，打架斗殴是常有的事。母亲性子刚烈，被他揪着头发打到墙角里，额角鼻孔流着血，也不肯服软。

外婆想到自己的婚姻与男人、大女儿的婚姻与男人，都相类似，如今便以自身的经验劝二女儿忍气吞声："男人嘛，你忍忍就是了，哪还能真的分了不成，忍着忍着就过了一辈子了。"

婚后第六年，两人还是离了婚，那一年我五岁。

离了婚的母亲，成了外公外婆的奇耻大辱。她被赶出了小镇上与那个男人一起白手起家建造起来的三层小楼房，她带着我无处可去，不得不先回了娘家。农村就巴掌点大，很快，村子里就纷纷议论起了这桩离婚丑闻："丁家的二姑娘离了婚啦，被赶了出来，现在带着个男娃，又回来住在妈妈家里头啦。"

外公外婆的脸上挂不住，在祖籍上，这是他们家族第一个离了婚的女人，很不光彩。离婚这桩事在当时即便是男方的错，也只会觉得让女人低人一等。所以外婆哪怕曾被外公粗暴对待，她也忍受过来了；大姨也曾想逃离她嫁到海边的那个男人，也还是忍受下来了。如今我的母亲是离经叛道的那一个，是女人命运中的最不光彩的那一种叛逃，她在外公外婆面前更抬不起头来了。

　　可就算心里苦，娘家人也是此刻唯一可以依靠的了。母亲晓得自己离婚给他们丢脸了，所以白天很少在乡下家里待着，以减少邻里间的闲话，她凭借着自身的缝纫手艺不断外出，找临时的活计，加上她成为一个单亲妈妈后，也迫切需要找份工作赚钱养活我，不能整日陪我。那一段时间，她把我寄养在乡村的外婆家。

　　那段寄居在外公外婆家的日子现在看来其实很短暂，不过大半年光景，母亲就把我接走了。可是在我当时看来却很漫长。外公是经常不在家的，也不大理会我。只有外婆跟我说话，但也管束得很严苛，那是我第一次尝到寄人篱下的滋味。

　　在乡下的方言里，外孙这辈是叫外公"爹爹"，叫外婆"婆婆"。如今想起来，仍记得外公外婆手里两柄气味浓烈的旱烟筒"咕咚咕咚"冒着烟火丝儿，和每天清晨在房梁上准点报时响起的、又伴我到寂静星夜里的广播声，"这里是中央人民广播电视台……"

　　白天，母亲早早出了门去，去偏远的服装厂上班；晚上，她踩着夜色才回来；时常得要加夜班，太晚了她就睡在宿舍。她除了找工作，也在努力找住处，想早一些把我从外婆家接走。

　　因为总要隔好多天才能见到母亲，我无聊时就在乡村的小河边拔鲜嫩的茅针吃，追着油菜花田里成群的白色飞蝶玩得入神，或一个人小小的个头绕到篱笆围着的田地四周边，摘下大棵的美人蕉、小朵的一串红，吮吸那些甘甜的花露。等着盼着母亲哪天能早早下班来接我，是那时候一个孩子最快乐的事。

6

很多很多年以后，我长大了，与母亲在家中的客厅闲坐着，聊到从前在外婆家寄住的那段时日，也忆起一件很小的事儿。

那天，外婆照例做好了中饭，外公难得在家，跟外婆、我一道围着一张小桌吃饭。外婆特意给做完木匠活儿归来的外公备了一碟清蒸鲳鳊鱼，扁扁的鱼身上撒着葱姜丝，浇着热腾腾的酱油，香气沁鼻。旁边是一碟炒青菜。我闻着鱼香，觉得口水涌到了喉咙里。我在当时并不晓得这是什么鱼，猜想应该是远嫁海边的大姨托车子给外公外婆捎带过来的，在那时候可是稀罕物。

外婆特意交代我说："这个鱼啊，小孩儿是不能吃的，吃了不好，只有大人才能吃。乖乖，多吃点儿青菜，来。"

我没见过也没吃过鲳鳊鱼，信以为真，于是打消了馋念，安心地和外婆就着糙米饭吃起了青菜。那碟鲳鳊鱼，外公一言不发地吃光，没有留给外婆吃，也没有夹给我吃。这让外婆觉得是理所应当的事情，那个年代男人好像是天，女人和孩子太轻，也不重要。

母亲这天听我说完，苦涩地笑："过是的啊，以前也不曾听你说，原来那时候还发生了这种事儿。"

我和母亲都是那种把别人对我们的好当作太重的情意，而却把别人对我们的不好早已看惯也看淡了的人吧。母亲也回忆说：

"那个时候你爹爹婆婆是偏心，我也晓得，后来家里又有了亲孙子亲孙女，就更不怎么疼外孙子外孙女了。"

她也给我讲了一件我早已忘了的事。说是后来母亲她们姊妹兄弟四人带家人去乡下与父母团圆，大姨大舅小舅都各是一家子人，唯有母亲是一个人牵着我过去，自然又受了不少外公外婆的脸色。前去的路上，我被母亲一路教导着怎么叫人怎么开口怎么说吉祥话漂亮话，纵使家境不好，仍要做个懂礼貌的孩子。

到了乡下，我们几个小孩喊了外公外婆。外公背着我悄悄给表弟表妹们都塞了红包压岁钱，唯独没有给我。我看见了，就跑过去挨着母亲小声地告密。母亲脸上爬上一层难掩的忧伤神色。

外婆想要打圆场或是安慰我，抓了几颗糖递来给我吃。表妹当时顽皮，扑上来与我争抢，我也性子拗，像母亲，不肯让给表妹，两个小孩子为了糖果闹了起来。等大人们从旁边屋里听到声音，我已抢了糖果在手，生气地甩起一只胳膊，狠狠扔进了屋前那一大片正生长得恣意旺盛的青菜田里，最后谁也没吃着。嫉妒心，孩童的嫉妒心，并不比成年人少，反而正因不会像大人们掩藏和矫饰，而显得比成年人更加炽盛。母亲与亲戚们闻讯纷纷围了过来，我激动又委屈，跟母亲哭诉说："妈妈，我们走吧，我想回家去，这儿没得人喜欢我们，婆婆跟爹爹也不喜欢我，我不想待在这儿了。"

那天回去的路上，母亲虽然心疼我，但也严厉批评了我，说这样的做法很不大度。得不到的糖果，就让给表妹好了，何必让两个人都吃不到。我虽委屈于外公的偏心，却也觉得自己脾气太过怪僻。

很多年后，我在母亲爱的润泽下，逐渐变成一个温和的平淡的也对很多事心怀谅解与悲慈的人，不会再做出孩童时那般"我得不到的东西，别人谁也别想得到"的乖戾行径。我想，是母亲，她在往后这么多年里，用她的宽厚心性无声地消融了我的戾气。

外公走的那一年，我还在念小学。或许是人走到了世间这旅程的终段，不单单只是晓得珍惜从前待之好的人，对从前有所亏欠的人也想要变得温柔一些吧。那时外公已经食道癌复发，尚算轻微，他趁身子骨还硬朗，精气神还矍铄之时，想去四散在各个小城小镇的儿女家里分别再住上一个星期，大抵像是一种告别。外婆已需靠拄拐子行走，出行不便，这最后一次出行便是外公一人独行。外公来当时我与母亲所在的小镇上过了三两日，那大概是他唯一一次来看二女儿与外孙。

恰逢那时学校单休变双休，我有周六周日两天假期，难得祖孙二人好好相处了几日。外公变得慈祥、温厚与平和，母亲安排妥当他的衣食住行，亦是用心。我仍记得是在一个暖和日子的上午，外公与我坐在一起玩扑克牌。一张靠背椅子，是我们的桌面；两把小凳子，我们对面坐着，玩一种在小城方言里叫"递龟"的扑克牌游戏。一副扑克牌，抽调走一张盖过去压着不看，剩下的两两大致均分，互相抽对方手里的牌，抽到数字相同的牌就自动抵消，当彼此手中的牌越来越少，最后谁手里还剩下一张与抽调走的那张牌数字一样的，就为"龟"。很幼稚也很简单的玩法，却在当时的小学生堆里很是风靡，难得外公这么大的人那天还陪我玩了好几轮。

我自以为聪明，那天玩到中段便已猜出了哪张牌是"龟"，当我将牌背到身后洗牌时，偷偷地将那张牌折出一道痕或撕掉一个边角。这样一来，若是接下来被外公抽了去，我就暗自得意；而我抽外公的牌时，我就晓得避开这张牌了；那几轮下来，外公都是"龟"。那天外公一直笑呵呵的，陪我玩陪我消磨光阴。如今想来，对于我这样的小聪明、小伎俩，或许他早就是识破的，但仍心甘情愿地佯装不知，在他生命的最后光阴里，想要让我这个外孙开心。

一年后，烛火灭，外公病逝。母亲与我或许记得外公千千万万个不好，但只要最后这一小段他的好，便足够了，就永远忘不掉。很多年前母亲出嫁，身为木匠的外公给母亲亲手打的小椅子、小凳子这些嫁妆，母亲后来一直用得爱惜，陪着她辗转多个小城小镇四处搬家，直到外公故去、母亲故去、外婆故去，它们都还无声地存活着。

7

外公过世后，外婆更加成了孤家寡人。大舅先是安排外婆住在他单位宿舍大院里的一间西晒房。其时我正念初中，和母亲租住在一间收不到有线电视信号的狭仄小屋。母亲带我去看望外婆，她们在楼下谈话，我会悄悄溜进二楼临窗的外婆卧室，偷偷看一小段外婆家的电视，在无数个频道中间眼花缭乱。直到暮色渐沉，母亲站在楼道上唤我回家，我才忙不迭地逃下楼去。

后来单位宿舍大院被拆迁，大舅也搬进新小区，小区楼下是各家各户的车库，也有十来个平方。大舅就将车库改建成一间小卧房，把外婆接了过去，楼上楼下更方便照应。

过了两年，母亲也在大舅这个小区里不远处的一排附属平房买了两间房，这么一来，大舅、外婆与我母亲就挨得更紧密了。大舅妈与外婆难免有些微婆媳矛盾，大姨又远在海边，幸好有母亲这个二女儿，时常还能去对外婆嘘寒问暖。母亲常歇下了手头的活计，走个一百米就到了外婆门口；外婆也会趁天气晴暖时分，拄着拐杖或撑着轮椅，缓缓蹒行十多分钟来看看母亲。

母亲喜欢吃油炸食物，如炸肉丸子、炸年糕、炸馒头、炸春卷，外婆也爱吃，这大概是一个家族遗传下来的嗜好。

外婆偶尔跟母亲抱怨说大舅妈从楼上端下来的饭菜都凉了，吃着不太舒服。母亲就心里惦念着，家里做了什么吃的，第一时间趁热给外婆送一碗去。我若在家，也会帮忙递送。

春节时家家户户炸肉圆，刚出锅的第一盆肉圆，外酥里嫩，肉香扑鼻，金黄诱人，母亲会赶紧叫我先趁热吃几个，剩下的催我给外婆端过去，让她也尝个新鲜尝个热乎。或是煮好了亲手包的饺子，母亲也会让我给外婆赶紧端一碗过去。母亲说："你帮我跑一趟好不好，叫你婆婆现在就赶快趁热吃，冷了就不好吃了。"

无论什么时候，食物最能果腹，也最能让人安心。母亲用这样最淳朴的方式，表达她身为一个女儿，对她的母亲的关切与爱意。

但她们又是一对相爱相杀、恩仇分明的母女。

我曾见过她们隔着一扇家门彼此激烈地谩骂，哪怕那已是很多年后，我都已念了大学。那一次，外婆又撑着轮椅蹚步来到母亲家门前，不知道她们说了些什么，话不投机就吵了起来。我见到一个七十多岁的年迈的外婆，与一个年过五旬的老去的母亲，不惜露出彼此的丑陋面目，用最狠最恶毒的词句来相互攻击、羞辱、折磨，似要将五十年爱恨交织的情分都杀戮殆尽。

或许是母亲想到了自己这一生所承载的苦楚与委屈，她被迫中断的学业，负荷深重的乡村劳作，遭到阻拦的学手艺，遇人不淑的婚嫁，颠沛流离的奔波，坎坷苦难的一生，都源于外公外婆最初的不善待。

或许也是外婆觉得，母亲一生至此仍叛逆刚烈，失婚离异，始终都是家族唯一一桩也是最大的一桩耻辱。如此种种，积压太久，她们总要寻得一个出口，痛痛快快坦坦荡荡地爆发出来。

隔了几日，母亲又低下头来，但她不好意思去跟外婆和好，便又唤我去给外婆送饭送菜。外婆拐弯抹角地跟我打听母亲这几天怎么样，母亲待我回家后也迫不及待问我外婆这几天可还好。她俩明明是相互牵挂和关心着的，我成了她们之间爱的传声筒。

又过几日，母亲终究会讪讪然去到外婆家里，两人开始还生硬着不冷不热、不软不硬地聊几句，很快又和睦了起来。她们可真是一对既相爱又斗气的母女啊。感情好，置气深，彼此怜恤，也相互埋怨，一碗刚出锅的热腾腾、香喷喷的炸肉圆，几句激烈的谩骂，都是她们在这个世界上鲜活地存在过的明证。这世上还有无数的母亲与女儿们，大抵都是这么过来的吧。

如今母亲、外婆都已先后故去，去往天国。她们这一对生前爱恨交织、吵吵骂骂但也关怀着彼此的中国式母女，如今到了天上，也早已团聚了吧。我想，她俩在天上肯定把话都说清了，心里的结也解开了，剩下来的，全是爱意。偶尔她俩也会望着她们留在尘世间的儿女们，然后放心地在云上继续拌拌嘴、吵吵架，继续又哭又笑、闹闹哄哄地相亲相爱、亲密下去了吧。

8

母亲走的那一年，外婆也完全瘫痪在床，无法下地走动，大姨和舅舅们不想让外婆听到噩耗，伤心过度，瞒着不说。加上那时候我与母亲已搬离小区一年多，在别处买了一栋老房子，与外婆家隔得远了，外婆没有听到音讯。直到母亲逝世后的第三日，要落土为安了，他们才一点点告知了外婆：二姑娘去世了。

那几日我守在母亲的灵前，后来听说外婆也在床上躺着，无声地泪如泉涌，那天硬是一口饭都没吃下。白发人送黑发人，母亲是外婆第一个永远失去的孩儿，就算四个儿女里头，最不疼爱的就是二女儿，可毕竟是外婆自己怀胎十月的骨血肉胎。

从此以后，这个世界上再也没有二女儿了。

我料理完了母亲的后事，过了几天后去探望外婆。从前是母亲与我一道前来，如今是我独自来了。

深秋的气息越来越浓，那天早晨，我买了些包子之类的早点去看外婆。外婆躺在床上，我坐在床头的椅子上，我们有一茬没一茬地聊着天，聊到母亲，我们说着说着都哭了。外婆说，她现在偶尔还会梦到母亲，她还说："你们以前住的南边小屋现在住了别人，每天早晨，我都听到开门时吱呀的声音。"

这样的声响让外婆想念起了她的女儿。从前每当我与母亲的小平房铁门开合时，都会随着门轴的转动而发出一声沉重、粗钝的嘶响。

外婆又说："现在每次听到这样的声音，我都迷迷糊糊觉得是你妈妈又匆匆忙忙走过来望我了。"

我与外婆，一个失去了母亲，一个失去了女儿，两个都已失去了亲人的残缺的人，开始缅怀往日时光。

她说："那个时候，你妈妈奔波劳碌，既要照顾你，还要时不时来看望我，她忙得顾不上好好坐在桌边上吃饭，常常围着围裙，一手端着粥锅子，一手抓着勺子随便往嘴里舀着稀粥，大快步地走过来问我想吃什里，过要给我送些饭菜。"

我在外婆的追忆中也想起了那些日子，那样一个风尘仆仆、不言疲累的母亲的身影。仿佛言犹在耳，仿佛身影还在屋前屋后，仿佛我伸手就能抱到母亲，仿佛那样的"吱呀吱呀"声又飘进耳膜里。

外婆还跟我说起别的我不晓得的事。我在外念大学的那些年，母亲一个人过着日子。有一年八月中秋，我已在省城的校园，中秋假太短，回不去。舅舅喊母亲过去一起吃晚餐，母亲虽顾念姐弟情意，但硬气的她自然是婉拒了不会去的。

那天晚上，外婆吃完饭又推着轮椅来瞧她，看到母亲在吃一个人的中秋晚餐：小桌子上摆放着一碗开水泡饭，一碟凉拌萝卜丝，一罐咸菜。母亲就这样，心甘情愿地嚼着无味的晚餐，无论当时窗外是否升起别人家团圆的月色。

外婆顿了顿，又心疼地回忆道，还有一回，母亲想炸肉圆吃，就买了碎豆腐回来捣成渣，再打几个鸡蛋进去，把鸡蛋壳内壁上黏附着的一点鸡蛋清都用手指细致地刮干净，滴淌进碗里，最后兑匀面粉、葱花一并搅拌成了糊糊儿，一颗一颗在掌心捏握成椭圆形状，放进了油锅里头炸成没有肉的"肉圆"，给自己解馋。就这样，她配搭着吃白米饭，白天上班深夜下班，一个人连着吃好几顿好多天。

那时候的母亲，心中有我，有一份记挂和盼念。她以为她只要将所有的苦果咽下，就可以等来一个更长稳、更甘甜的将来。像是所有的否极泰来、苦尽甘来、好日子总会被盼来——却，没有了将来。

我与外婆追忆着母亲身前的点点滴滴，说到动情处，外婆无声地淌泪，我也背过身去拭泪，不想让外婆看到我同样已暗自泪如雨下。直到夜色深了，泪痕干却，我才别了外婆而去。我回到母亲不在了的一个人的屋子，外婆也在一个人的车库房里伤怀入眠。

9

母亲临终前，我偎依在她身边。那半日她跟我说了许多话，她虽断断续续口齿不清，但有一条，是关于外婆。

她气若悬丝，紧紧地扣着我的手，缓缓地交代给我遗言："以后你自个儿要照顾好自个儿，你的吃穿我不再照会你了。"

她又深吸了一口气，颇为吃力地对我说："我走了以后，你要是能有得，吃的什里也好，别忘了对你姨妈、婆婆好点儿。"

我一一点头，应声答允。

除了记挂我，这世上与母亲最亲近、能说说知心话的是她远嫁的姐姐、我的大姨；而母亲与我的外婆，这对母女她们彼此就这样埋怨、斗气、拌嘴、折磨、记挂、心疼、依赖、不舍、记恨、深爱了一辈子。

母亲始终念着自己是她的女儿，生前她不辞辛苦地去料理半瘫的她，如今女儿走了，没有完成的事情，母亲也留给了我，我替母亲去看望外婆。这是母亲的遗言，是母亲的"托孤"，是母亲对自己在这世上留下的老母亲在往后残生的担忧、不舍与爱意。

我记着母亲对我的交代，遂有时在上班前、下班后，骑着电瓶车拐过去看一会儿外婆。从前我也是这样，骑着电瓶车，载着母亲来看外婆。我也会记得半路绕道去小摊点，给外婆买一点她爱吃的麻团、油条、油饼、豆腐干，坐在外婆的床沿递到卧榻的她手中，叮嘱她："婆婆，来，小心烫，赶快趁热吃啊。"

这样的时刻，我变成了我的母亲。

母亲走后第二年，某个半夜，我在睡梦中被手机持续的铃声唤醒。原来是外婆半夜起身小解，再次一人在家跌倒在地上。

那段日子，外婆总是时不时摔倒在地，医生说是小脑萎缩，血管老化，有脑中风的征兆，只能吃药缓解，没有更好的法子。那几天，大舅又出差在外，大舅妈去了省城给表妹带孩子，而保姆只是在白天过来，晚上也是回家睡的。外婆半夜实在憋不住尿意，一个人在床上挪身一个小时，刚下得床来想触碰到床前的便桶，却一个躬身向前，俯趴在地，匍匐爬动想要支起身来，却再也挪不动身子。她无人可以求援，只好费力地摸索到床边的电话机，给她同留在小城的外孙打了电话过来，语气哀求般问我能不能过去一下。

这架电话机，是母亲生前坚决给外婆安装的。当时大舅和大舅妈还不太高兴，觉得外婆就住他们楼下，给她安装电话实在是没有必要。母亲解围道："没得事没得事，电话费不用你们操心。"

母亲是晓得外婆寂寞，她是需要给母亲和大姨两个女儿，以及她远方的一个亲姐姐、我的姨婆婆，这些同为女性的亲人们打打电话、聊聊家常的。后来母亲走了，我按时给外婆交电话费。外婆也节省着打电话，克制自己每个月都不让电话费超过二十块。大舅说了好几次要把这一笔电话费给我，我执意不肯要，这是母亲的心意，也是我的心意，如今是我继承了母亲的一点微不足道的心意。如今看来，倒也真的幸亏有这架电话机，让外婆在孤零零的深夜能找到亲人。

那夜搁下电话，我连忙起身，穿上外套，骑着电瓶车赶过去，从外婆屋外的窗户隔层里取出钥匙开了门，见到狼狈的一幕，无比心疼。我将外婆从地上用力抱起了身，让她坐到便桶上，尿完后背过身去，细致地擦干净，我再扶她上床边，给她换了衣物，她挪动半晌才躺进被窝。从前那个事无巨细、细致讲究的外婆啊，如今却活到这般景象。是否人的一生，总是这样晚景艰难？

地上很冰凉，外婆肯定受冻许久，我给她灌了热水袋，用微波炉加热了一杯温牛奶，看她无恙，这才悄声离去。回到家已是凌晨四点，再无睡意。外婆的儿女们，以及我的同辈们，都去往了热闹而缤纷的外乡世界。留下两个孤独的人，被独自遗弃在了这小城里，她是空巢老人，我是空巢青年。在这个深冬夜晚，在这个外婆只能找到我搭救的时刻，仿佛是母亲也回到了我的身体。

母亲走后，外婆和大姨比以前格外惦记和关照我。每次见面聊到母亲时，外婆都会垂泪，或是在每个星期，外婆都会与我通一次电话。外婆放心不下母亲走后独自一个人生活的我。从前母亲常唠叨我的婚娶，如今是换了外婆来催我婚娶了。她打电话絮絮叨叨地叮咛我："你一个人吃饭怎弄法，要好好吃饭呐，自个儿学着烧点菜或去买现成的饭菜，你别太节约，要舍得花钱吃穿啊""你也要着急着急你的终身大事呀，你母亲在那边，也会不安心的"。

外婆记得从前母亲在世时，每逢过年，都会买鸡腿回来，腌制了红烧给我吃。于是她也总记着我是爱吃鸡腿的。外婆走的那年，在她走前一个多月，已是深冬，她托大舅给她请的那位保姆阿姨帮忙买了两串腌制好的生鲜鸡腿，给我送了过来。

没有完成的事情，母亲留给了我，让我替母亲去看望外婆；没有来得及更疼二女儿一些，外婆也将这份疼爱转嫁给了我，每次关心我就像是在关心女儿一样。那天保姆说："你婆婆拿自个儿的私房钱给你买的鸡腿子，还叫我不要告诉你的大舅舅听，叫你记得晾晒，风干以后存进冰箱里头能放好久，下了班回家来自个儿要记得烧了吃。"

那时候，外婆留在人世的日子其实已经不久了，或许冥冥之中有什么感应似的。这两串鸡腿，是她对我，人世间这孤苦无依的外孙，最深的、最爱的、最后的牵挂。

10

母亲走后第四年，外婆也走了。

某个白日上午，车库房里头，保姆正在一旁给她热饭，她却一个不慎，再一次身子压制不住地向前倾，摔倒在地，随即昏迷，就再也没有醒过来。是严重脑溢血。医生说外婆大脑中有了淤血肿块，就算手术开刀，年近八旬的老人家风险也很大，不建议这么做，只能等待奇迹看外婆能不能缓过来，醒过来。

那几日大舅小舅大姨还有我，以及我的表弟表妹们，陆续赶回来守着家族里这最后一位老人。大舅单位请了假，大姨忧心忡忡，小舅时不时跟昏迷着的外婆喊话，想把她唤醒，不晓得她能不能听得见。我们几个晚辈们也试着俯下身来跟外婆说话。她仍有体温，以及发出微弱而间断的呼吸。我轻声唤着"婆婆"，她并没有反应。

比起母亲临终前的痛苦，外婆安详得如同沉睡。但外婆还是没能醒过来，昏睡了一天一夜之后，呼吸停了，外婆去了。

料理外婆的丧葬那几日，因为母亲的故去，其角色的缺席，由我完成。我一会儿是我自己，一会儿又扮演母亲的二女儿角色。

站位送行时，我是"二姑娘"，阴阳先生让我站在代表了母亲的位置；磕头时，我是外孙，给外婆叩拜最后一程；花圈肃立时，我又再次幻化成"二姑娘"，替代母亲原本应完成的使命。

我在外婆的二女儿、外孙两个身份角色之间来回切换、穿梭转圜。某一部分的我自己与我的母亲已融合为一体，不可分辨。真好，这是我又一次与母亲最贴紧和最靠近的时刻。

依照外婆几年前的遗言，她是决意不在这座小城落土的。她说要回到乡下安葬，回到农村的祖坟，永远安葬在外公身边。

出殡日，小巴车随外婆的大体返故里。乡下农田的青幽深处，那一座陷在山坳高处、长满荒芜杂草的土丘，从此长眠着外公与外婆的大体。她与他于此合葬，这一生盖棺封存。

小巴车在凌晨三四点黑黢黢的腊月街道上逡巡而行，只有熹微的路灯被寒湿露重之气包裹得朦胧且模糊，像一盏静谧的幽红色鬼火，蜿蜿蜒蜒曲曲折折地向着前方飘远。

11

外婆生于二十世纪三十年代，故去于二〇一八年。她一九五八年生下我母亲，我母亲在八十年代后期生下我。三代母女、母子的根，加起来见证了近百年的一个世纪，之后绵延至此，这一脉也算是断了来路，只剩归途。如今，外婆、大姨、母亲她们老的老，死的死，去的去，接下去就到了我了。

外婆一生细致、拧巴、不厌其烦、事事太讲究；母亲一生硬净、节制、有骨气、活得有秩序，也爱干净到极致；而到我呢，日常习惯也有轻微洁癖。我想，这大概也算是三代人的传承。

我只是仍觉得遗憾，许多事情还不曾来得及问外婆，她便走了。如果有可能，我好想听外婆讲讲她的故事，她走过的横跨两个世纪的风雨历程里，肯定藏着许多宝藏故事。那些疼痛的、甜美的，一定都在最后凝结成了颗颗琥珀，粒粒珍珠。

外婆啊，你出生在什么样的地方，成长在一个怎样的家庭，你的父母是做什么的，你可有亲疏远近的兄弟姐妹几人，你在中国历史上那些几经起落的战乱年代里是怎么活了下来，你与外公是怎样相识并结婚在一起的，你这一生是否真的有人如同你的名字"兆珍"一般地待你如珍似宝，你刚生下我母亲时是什么样的情形，我的母亲童年和少女时期发生过哪些趣闻旧事，等等往昔，诸如此类。

很多故事还来不及问，来不及说，就随着上一代人的故去，永生永世消逝在了风尘、黄土与烟云里，它们再也没有机会被后人聆听或记住了。

外婆的彩色遗像，如今终于也可以摆放在外公的那一幅黑白遗像旁边了。死去原来不是分别，而是团圆。

与亲戚们轮流给外婆守灵的那个夜晚，我跪在外婆大体前，给她烧黄纸。厅堂并不幽暗，被烛火照耀得光明亮堂，如同每个人的未来。

我一边烧着黄纸一边念念叨叨，我晓得这是我今生今世最后一次跟我的外婆说话了，我说："婆婆，你走了，以后你是去了天上了，好好地跟我妈妈在一起啊。先走掉的人，先有福，你们这对母女呀，如今也终于团圆了呢。"

海边的兰

1

以前听人家讲"树倒猢狲散"。一个家族里，倘若有老人在世，儿女们即使各自成家立业，相隔在天涯，逢年过节也总是有一份回家团圆的念想。一旦老人离世了，根没有了，家族的凝聚力就从一种实体的存在变成一道虚无的内心力量，这些剩下的活到中年的儿女们也就淡了、散了，还一起团聚的奔头也就没有那么强烈了。

我的外公外婆一生共育有两儿两女，其中两个姐姐、两个弟弟。我的母亲排行老二。我念初中时外公病逝，七年前母亲过世，五年前外婆过世，我作为家族里的第三代人，便也见着上一代人聚少离多，不再似从前每逢年节那般，总要轮番到各家吃顿饭的。

"树倒猢狲散"，至此也算是亲身感受到了。但这句话倒也不是贬义，而是一种人生、生命、家族的常态罢了。

现在偶尔，逢年过节，我与大姨、大舅、小舅四家人虽然四散，但碰了面聚了首，哪怕聚不齐，还是会两家或三家人招揽着一起吃饭的。大姨家三口人，大舅家六口人，小舅家五口人，我家就我一个人。大家聊的也多是下一代人，即第四代的婴孩们了。

我不禁想起我们80后这一代人，小时候最快乐的，莫过于是在寒暑假集体"走亲戚"了。大姨家的儿子宏生、大舅家的女儿兰兰、小舅家的儿子小宇，以及我，一到暑假仿佛就组成一个四人小分队，四个孩子轮流被大人们带去亲戚家玩。大人们只有周末闲暇，往往只待个两三天就得回去上班，等大人们回去了，我们还可以逗留在那位亲戚家，吃吃喝喝住上十天半个月。亲戚们有的住在城市，有的住在乡村，有的住在海边，也乐得轮流来"接盘"，照顾我们这些小的。表兄弟姐妹们的感情倒也浓厚。

十数载匆匆过，我们这一代人都长大了，表兄弟姐妹们各自成家立业，有了小孩，却不再有带着第四代人走亲戚的习惯了。山高水远，天高海阔，有微信，有家族群，但见个面要坐火车、坐高铁，故一年也见不上一面。越亲的越远，越远的越亲。

当我也活成一个三十好几的中年人，回头看看童年那些夏天里的"走亲戚"时光，真是美好。走到了这个年纪，我母亲的姊妹兄弟，也是我在这世上仅有的亲人们了。

2

似乎我跟女性亲戚的感情总是更亲密一些，不晓得这是我由母亲抚养长大的缘故，还是女性天生就比男性更擅长表达情感。所以我对外公、舅舅总觉得有些疏离，而对外婆、大姨感觉更亲切。

大姨的名字叫"兰"，母亲的名字叫"云"，她们这对姐妹都有最朴实、纯秀的名字，性格秉性也相近，在四个儿女里很是投契。

年轻时候两姐妹长得倒不一样，大姨体胖、丰腴，我母亲体瘦、单薄，但随着年岁越老，我在大姨、母亲脸上看到越来越相似的眼窝、眼神、鼻孔、嘴巴、笑容、皱纹、白发，她们都越活越像她们的母亲、我的外婆。她们在人生饱经风霜、中年黄昏之后越来越像。

我依稀还能记得些微母亲青年时代的模样，但大姨留给我的似乎这么多年都只是一个样子：微胖、弓着腰身、奔波、土气、善良。

我在她身上能看见外婆和母亲的影子，那些扎根大地、怀拥大地的让人内心安定踏实的质地。

当大姨还是少女兰的时候，就远嫁了。告别村庄里的外公外婆，舍下亲密的弟弟妹妹们，随男人嫁去了海边，这样一去，就是一生。从村庄去海边坐汽车要两个小时左右的车程，嫁出去的女儿望故乡、思家乡，但从此也就只有逢年过节时才能见上一面。

姨爸是一个在船上随行做各种海产品捕捞的男人，两侧脸腮常年有无法剃干净的坚硬胡茬儿，粗糙、直率、粗鲁，但也真诚。

少女兰嫁过去之后很久才吃惯海鱼海虾这些海鲜，后来她笑说："以前在老家，吃河鱼都觉得腥，如今做了海边的媳妇，天天每顿饭都必须得吃海鱼海虾，倒不觉得什里了。"

女人的韧性总是最深沉。不光如此，她还能时不时给娘家人带些海产品尝尝。每当姨爸的大船又扬帆入海，随着海风吹拂进少女兰的身体，她的一生似乎也就望到了头。

大姨远嫁后，村庄里所有的家务劳作都落到二女儿、我的母亲、少女云的肩上。少女云底下还有两个弟弟，不得不扛起了家族的苦。但她倒没觉得那些公社、生产大队里的活儿有多么难挨，她只是觉得从此好像失去了最知心体己的姐姐，心里话也不晓得跟谁说了。

两姐妹从前住在乡村里，天天一个屋子待着，难免打过、闹过、置气过，但更多的是挤在一起好得跟天下所有亲密无间的姐妹似的，如今一个去了海边，一个免不了孤愁。

3

很多年以后母亲还会笑着回忆起她与大姨少女时代的趣事。

她坐在客厅沙发上，晨昏的柔光打在她脸颊上。她眯着眼睛无限向往地絮絮叨叨："我跟你姨小时候啊，一起偷过家里的饼壳儿吃，互相编头发，去树上掏鸟蛋，到河边耍子，还翻开你外婆的箱子挨在一起偷看她藏的几百本连环画，感情好得不得命。

"你姨小时候啊，成绩很差，从小就不爱学习，上学时老跑出去玩，我学习很好，有一天老师让我出去找她，我找来找去，后来一看，她那天躲在桥洞底下耍子呢！哪有女孩子不上学躲在桥底下耍子的，后来我没告诉老师也没告诉你婆婆。

"还有一次，我跟你姨各骑了一辆脚踏车在乡下小路上，下一座大桥，前头远远看见一个放牛的人牵着牛回家去，你姨没来得及刹车，连人带车一起撞到那牛屁股上去了……哈哈，骑脚踏车的笑话不少呢，还有一次也是我跟你姨在一条很窄的小路上骑，她车头没抓稳，前轮向右边拐，她也就顺拐着跌进人家家里去了，后来来不及起来，脸通红的，着急推着车逃走了，把我在后面笑得……"

当母亲带着笑意回忆她与大姨一起的日子，我知道她是想她了。

大姨嫁到海边，母亲嫁到小镇。母亲后来经历了更多的苦，是这人世间更难挨的苦。但在往后数十年里，只要这一对人到青年、中年的亲姐妹每次隔山隔水地一见面，立刻就又有怎么都诉不尽的女性间的悄悄话，生活也顿时甜美、光洁了起来。

母亲那时学着小镇上时髦的妇女，也跟着去理发店烫了个头，她半长的发梢垂下来，奋拉在两肩，像波浪一样打着卷儿。母亲问大姨"好不好看"，还怂恿她也去烫头。大姨性子本分守旧，一辈子都是扎着老式辫子，笑着说什么也不肯。

大姨手勤，也总习惯了出手阔气，她平时做饭就喜欢大锅大盆、大鱼大肉，她是嫁到海边的一位美食家。她会带来她亲手做的肉圆、春卷、藕饼、包子、香肠、腊肉和必然会出现的各类海产品，分送给她的弟妹们，自然也少不了母亲和我的那一份。母亲这时候都会极力挽留她吃饭、住上两三日，陪母亲在家过段日子。

因为大姨做的包子、肉圆都很大颗，一个的个头就能抵俩。母亲和大姨也都习惯用大碗吃饭，她俩吐槽道：

"我看城里人吃饭都用酒盅那么大的小碗，也太精细了。"

"就是就是，那碗还没有手巴掌心大，不晓得他们哪里吃得饱。"

"但城里人不这么想，他们看我们用大碗，觉得我们土哩。"

"吃饱肚子最紧要，管他呢。"

"就是的哎，我这么些年还是习惯用老家的大碗。"

……

在母亲与我漂泊起伏辗转租房子住的十多年里，只要母亲每租了一处地方，生活稍微安定了下来，与大姨又联络上了，大姨都会遥遥迢迢地赶过来看望我们。白天，母亲开缝纫摊子做服装活儿，大姨在一旁帮她拣线头，或者一起晾晒衣物、择菜做饭，说不完的话；晚上，她俩挤在一张窄床、一条被子里睡觉，仿若少女时代同床一般。我都已睡着了，她们还挤在一张床上叽叽喳喳絮絮叨叨地聊到凌晨。每当母亲和大姨待在一起时，我能感觉得出她们是真的快活。

有一年冬天——现在想起来那时真的是无忧无虑的漫长的冬天，母亲带我去海边的大姨家住了两个礼拜。每天晚上，她们会早早地在八点电视剧开播前吃好饭、刷好碗、洗好身子、盘坐在床头，享受这一天下来最舒适惬意的追剧时光。记得那一晚电视台要开始放映《武则天》，母亲和大姨都很期待，相互提醒着、谈论着、招呼着："快，快，《武则天》要开始了。"

我稚子无知，不晓得她们在说什么，只好因循着这听来的读音，依葫芦画瓢地学舌道："妈妈，妈妈，什里'五十天'呀？你们要看什里'五十天'呀？"

母亲笑了："对呀，我们要看'五十天'。"

我自以为聪明，又问道："过是这个电视剧拍了五十天啊？"

"哈哈对哩！"母亲将我也抱了坐在床沿上。她和大姨的笑声在那个寒冬裹上了一层暖融融的雾气，仿佛这笑声也被留在时间跌宕的潮汐里，封存成了甘甜的果。

4

大姨和姨爸生了两个孩子。其中一个表姐叫燕子，大我们好多岁，嫁人后早早去了南方生活，与大姨和姨爸心存怨怼，与大姨断了音讯。我一直记得燕子表姐房间里贴满的港台明星挂画，那是我最早的追星启蒙。虽然大姨后来口口声声数落她的薄情，但我晓得，毕竟是亲生骨肉，有再多的不是，大姨还是记挂着燕子表姐的。

我还有一个表弟宏生。大姨难免有重男轻女的思想，比起燕子，她将更多的溺爱给了宏生。宏生与我年岁相仿，我们两家常走亲戚。念小学时候，某年暑假，我在大姨家过了两个礼拜，海风给我最大的感受，就是餐桌上吃不完的海鱼，热的、冻的，顿顿都有。

每到黄昏时，我与大姨一家三口坐在露天的树荫下吃晚饭，桌上一碟醉泥螺，表弟早已吃惯了，我却不会用舌尖褪壳，每每吃得一嘴都是泥，只好吐掉。大姨笑，一边往我碗里舀了一大勺红烧肉，一边说："吃不起来没得事，多吃肉。"

姨爸粗枝大叶，咋咋呼呼道："来来，我褪给你吃。"

然后他用嘴把壳和泥褪干净，好心地把泥螺肉吐出来，再挑到我碗里。那时我已有了清洁意识，隐约觉得这不太卫生，但更多的是被一个年长的父辈照料、呵护和疼爱的幸福感。

海边的人靠海营生，家家户户都发展大小作坊的海产品养殖业，有一项叫"养毛鱼虾"，当时很是赚钱。

记得大姨家有一间偏房，长椅上用水桶养着两条细细小小的泥鳅鱼苗。我看着可爱，很想喂食，看见旁边有一彩色塑料袋，里面装着圆圆的白色小颗粒，以为是鱼粮，倒了很多进去，才过去一会儿工夫，那鱼崽就都死了。后来才知道塑料袋里装的是洗衣粉。

我晓得自己闯了祸，就躲进屋后茅草盖的厕所里死活不肯出来，说什么也要回家去，想逃之夭夭。后来大姨和姨爸连哄带骗哭笑不得地把我哄了出来，都没怪罪我。

那时候的乡下海边，常有挑货郎中挨家挨户叫唤着上门收杂货，收到的杂货可以换钱，也可以换得等量的几大块牛轧糖给自家孩子吃。那次我也赶上了，大姨换回来两大块又厚又圆的乳白色牛轧糖，给了我和表弟一人一块，像两只大饼摊在巴掌心。

表弟很快吃光，我还在小口小口地嚼呗，回味它的甜腻融化在口腔里的美妙感觉。大姨见我吃得太慢，以为我不爱吃，又不好意思丢掉，便说："吃不掉没得事，吃不掉的就扔到田里去。"

其时我已是单亲家庭的孩子，既自卑又自尊，多少有些好面子，不想被大姨一家笑话我贪吃、好吃，便不情愿地把剩下的大半块牛轧糖远远抛进了屋前的田地里。现在想来真是可惜呀。

盛夏的蝉鸣和热浪渐渐褪去，秋学期即将开始，我也要回去小镇上学了。大姨打电话让母亲不要来接我，她托与姨爸熟识的一位中巴汽车司机，把我安安全全送回小镇去。

那年夏天的"走亲戚"时光到此结束，我忘了有没有和大姨一家说再见，只记得一个人登上中巴汽车，回到母亲身边。

回来的那天，我身上穿的是一件大姨给我做的绿底白圆点衬衫。提前接到大姨电话的母亲在家中等我，她本来就是做裁缝的，一看就笑了，大声笑道："这是哪家的农村小媳妇回来了呀？"

我照镜子一看，果然，在海边大姨家住了半个月，被海风吹黑了不说，再穿上这件绿花衬衫，又黑又土，脱下来再也没肯穿上过。

5

很多年过去了，后来母亲走了，外婆走了，与我亲缘关系亲密的女性亲戚之中，只剩大姨了。

母亲临终那段日子，大姨从海边赶过来小镇，为母亲的葬礼忙前忙后，我只有在亲戚散去，与大姨独处时才能卸下伪装的坚强，显露原本的悲伤。大姨也教我如何烧纸、祭祀、过各种七。

大姨不止一次怅怅然地对我说："要是你妈妈还在就好了，要是她还在那块儿，我俩肯定总偎依着靠在一处，有说不完的话。唉，现在有时梦到她，她总还跟从前一模一样，我们还是像以前那样聊家常、说悄悄话，只能在梦里见到了。"

大姨说完就哭，我也哭，然后还是要继续活下去。

母亲走后那数月，我时常觉得人生大梦，不过如斯，找不到人生的意义。我也不晓得跟谁倾诉。大舅、小舅是男子，自然不懂得这些惆怅哀婉的话题，聊不出口；外婆又是瘫躺在床，正需要人照料着；亲人里头，唯有大姨让我觉得亲近。

有一次大姨打来电话，我在电话里忍不住忧愁惆然，倾诉了自己对人生的无望情绪。大姨听了，原本语气一贯温柔的她提高了音量，大声责备我说："哪能说这样的话！你妈妈活了五十多年，这一辈子为了你吃了多少苦，她就是为你而活着的，你要是不好好地活下去，她一生的苦不就白白受了吗！"

大姨的话，醍醐灌顶。

她又语气缓了下来，劝慰我道："人总要死的。所以你不要瞎想什里人生没得意义的话，你好好地活着，就是最大的意义。"

我失去母亲时是二十九岁。料理完母亲后事之后，又过了大半年，我三十了。本来只想着悄无声息地让它过去，但大姨记着我的生日。她召集起了大舅、小舅，说："要是二妹还在，肯定会操办一番的，毕竟人的三十岁是个大日子。我们来给办这个生日吧。"

生日这天，大姨领着大舅、小舅，和舅妈们，在我家热热闹闹地忙了一桌饭菜。他们像是在替母亲完成一桩未完成的仪式似的，想让我这个生日过得不那么冷清寡淡。这天我还得上班，待下了班晚上回到家中，已望见满桌子的佳肴冒着热气，岁月静好地候着我。

这是亲人们的心意。人世间唯有此刻，才让你觉得活着也没那么难挨。我感激亲戚们的记挂照顾，但也不晓得说什么好，唯有借几杯水酒，清清冽冽地映照着我们从尘世风尘里安顿下来的脸。

大家落座之后，我又起身从柜子深处取出了母亲惯常用的碗筷，摆放在了母亲从前坐的位置上，又点燃一炷香，在她的遗像前。也便好似母亲与她留下的儿子、与她的姐姐兄弟们，今晚一同在场了。

亲戚们懂我的心意，没有人说什么，默许了我因执念而刻意为之的"团圆"。我与他们围着家中的餐桌而坐，平和舒心地吃完了这顿世间亲人间的饭。这样的时刻也让我恍惚间生出了一种错觉，仿佛是母亲化身成了我，又仿佛是我化身成了母亲。

大姨、大舅、小舅，以及母亲空空的碗筷，他们四个亲姊妹兄弟，各自尝尽了生活的苦楚与甘甜，也分别经历过了人生的残缺、希望、孱弱与鲜活，大半生都在离合聚散，颠沛流离，忧苦欢愁，生离死别。如今在这一刻，也都团聚在了人世间这一盏酒水里头了。

6

母亲走后第二年，一场车祸在海边的乡村带走了姨爸。那个给我褪壳吃泥螺、不责怪我用洗衣粉喂泥鳅的姨爸。

那是个初春，天空凝结着阴厚的云，像有什么苦楚要降落到人世似的。那天姨爸从海船上捕捞海产品回来，在海边的村子里跟弟兄们喝了不少酒，喝到下午才醉醺醺地走回家，边走边打电话给大姨说："过会子就回家去啊，想吃你做的红烧肉了，多烧点肉，我回家去吃。"

男人的话就是天，大姨搁下电话，转身一头扎进灶台，做完一桌红烧肉，却怎么都等不到姨爸回来，预感似的，心里开始惴惴不安。她给姨爸打电话，也无人接听。

直到天黑了好久，她等来村派出所的电话。已是噩耗。一辆疾驰而过的摩托车撞翻了醉酒后横穿马路的姨爸，他再也没有醒过来。

家中饭桌上的那盆红烧肉，冷却凝固，成了暗红色的肉块，就像姨爸躺在村头路口的那条小路上一样，也是铺满暗红色血迹的石头。他没有吃到那盆红烧肉。

我是隔天才听舅舅们说了这个噩耗，电话问我上班忙不忙，能否请到假，说可能要去海边两三天。隔天上午，我们这些表兄弟姐妹们，从上海，从南京，从外面的世界再一次齐聚海边的大姨家，帮着父母长辈料理琐事，像很多年前我们也曾四个表兄弟姐妹一起"走亲戚"那样。只是这一回，再也不是走亲戚了。

大舅一家六口，小舅一家五口，还有一个孤零零的我，陆陆续续到了，我们差不多在同一时间抵达大姨家。表姐燕子也一个人从南方赶了回来，拜了拜躺在冰棺中姨爸的遗体，送灵之后，再度离去。

我在那三四年里，不知怎的，总是经历和见到人的遗体，母亲的，姨爸的，外婆的。人生原来是告别，人生一直在送别。

在海边的那几日，我像一年前大姨帮我料理母亲的葬礼一样，也帮着大姨打下手，做一些姨爸葬礼上的细碎活儿。我与大姨此刻都成了各自失去至亲的人，某些感受似乎只有我们才更能懂得。

空闲时，我就坐在长桶前，陪着大姨一起给姨爸折元宝。旁边有不认识的大姨的街坊邻居，她看我折出来的元宝形状端正，夸赞道："你折的元宝还真不丑哩。"

我心中戚戚然，但还是挤出礼貌的微笑，不再言语。

是啊，因为我在小城的家中也是这样一个人亲手给母亲折了两年的锡箔，在每个清明、中元、过冬、除夕的时候，早就折习惯了，也折顺手了，可是——我比我的同龄人们都更会折元宝——这能有什么值得骄傲的呢？如果我的母亲，或者大姨的丈夫，都还好好地活着，谁又愿意当一个很擅长于折叠元宝的人呢？

在表弟宏生的帮扶下，大姨比我预想中要平静，淡淡的、从容的，没有恸哭，也没有哭喊。这个一生依附在丈夫身后的普通女人，此刻不得不站了起来应酬两家的亲戚们前来吊丧。

但我能想象接到噩耗的那一刻，她是怎样哭喊着，奔跑着，踉跄着，仓皇着，破碎着，去直面那一道血淋淋的真相。所以我晓得这种平静的背后面目，这不仅仅是我们对着人生的巨恸已经有些麻木了，也是因为那些最难过的和最难挨的，我们永远不会在人前显露。

7

姨爸的后事都料理完了之后，有过短暂的小半年，大姨来小城里暂居。她收拾了简单的行当，紧紧锁上海边村庄那个姨爸不在了的、空荡荡的家，领着宏生和孙子，登上宏生常年开的一辆破旧的面包车，来投奔小城。小城里有她的老母亲和两个弟弟，她最后的也是仅有的亲人们。这也是她自少女时远嫁海边以来，第一次出门远行。

她来的那天，我留她在家里吃了中饭。那时候我已经开始一个人生活，家里也是空空旷旷，冷清得很，除了上班下班吃饭睡觉，家中没有烟火气，大姨一家的到来反倒添了一丝生气。母亲的房间、床榻被褥，我还保留着原样，我心里想着，如果大姨找不到住处，住过来也是无碍的。但大姨跟母亲一样也是硬气的性子，哪怕是再血浓于水的亲戚们，也不是用来消耗这份情意的，所以她只是给我做了顿饭，就早早找到了小城远郊某工地一处简易搭建的平房，租了下来。

她说："这些菜我冷冻在冰箱里，你每天中午下了班回家来拿一份出来，热了吃。你妈妈不在了，你吃饭也要自个儿照顾自个儿。"

"姨，你住我这边也是好的，何必再去租房子。你在，我还觉得家里有些人气，你在就等同于妈妈在。要是妈妈还在，她肯定也会叫你住在家里的。"

"我晓得的，我晓得的，我会常来望你的。"

大姨还是执意带着孙子住到了搭建房里。

那段日子，白天，宏生有会开车的本事，每天出去打工。大姨也不让自己闲着，想要在小城里谋一份活计。但她没办法撇下孙子，她到哪里，小孙子也就必须像个小尾巴似的跟到哪里。所以那时候，大姨每天骑着一辆小电瓶车，车座上总有小孙子，找活儿也不方便。

她看我家旁边有一条卖菜的小巷子，每天早上，都人来人往络绎不绝，便想着在巷子里也能摆个摊。卖什么好呢？卖海鱼。她毕竟在海边生活了这么多年，对海鱼海虾比较熟悉，让宏生每天从海边运载来新鲜的海货也比较方便，加上小城里的人还有专门跑去海边村庄吃海鲜的，觉得海产品是稀罕物，多数都爱吃。

念头一起，很快行动了起来。大姨找到巷子里一处无人争抢的、偏僻的角落，几天后开始蹲在清晨的风尘里叫卖起了海鱼。我从家里搬过去了小桌子、小椅子和水桶、面盆，给大姨使用；当天没卖出去的海鱼海虾，也叫宏生寄存在我家的冰柜里；每天中午我下了班，会过去看看大姨怎么吃中饭，有时她太累，我也太忙，下午还要赶着去继续上班，来不及做饭，就点三份盒饭，我、大姨、小孙子就在路边匆匆吃完。日子看似平稳地往下流动着。

可后来城管来了，说要迎接新一轮文明城市检查，取缔这一片的流动摊点，加上巷子里常有本地人也卖海鱼海虾，没少欺负大姨这个突然冒出来摆摊的外地女人，卖海货的生计看似难以维持。大姨想过找大舅帮忙，有头有脸的大舅说不定多少能帮着大姨在别处找个什么卖海鱼的固定摊点，但想想还是罢了："算了，总不能事事都去求你大舅舅，他也怕烦的，我还是不卖了吧。"

虽是投奔小城，但每个人都有自己的日子要过，自己的坎坷要去磨。

大舅与大舅妈每天仍上班，也顾不上大姨太多，只是偶尔叫她带孙子来吃饭，大姨自然是觉得去别人家吃饭多少受拘束，去了两次她就感谢好意不肯再去了。小舅一家常年在上海，也帮衬不到大姨什么。倒是大姨还惦记着我和外婆，每每下了班，就骑着她那辆小电瓶车，载着小孙子，来看看我，或是去看看住在大舅楼下车库里的外婆。外婆腿脚多年难以行走，近年来更是瘫痪在床，虽请了白天伺候的保姆，但难免不用心。我的母亲已经不在了，大姨作为如今唯一的女儿，便时常过去帮外婆擦洗、翻身、晾晒和做饭。平日里两位舅妈待外婆也已足够好了，但比起大姨来，还是亲生女儿让外婆更舒心和称意。

后来她在小城一家纺织厂找了一份剪线头的临时工活儿，每天她带着孙子去上班，下了班再一道回到租屋里。一个女人，丈夫过世，离乡背井，日子过得清苦，有几分似从前的母亲与我。我去租屋探望过大姨两次，那间小小的租屋被大姨收拾得方正稳妥，柴米油盐锅碗瓢盆桌椅床褥一应俱全，隐约有些家的温馨。

眼看着小孙子到了入学年纪，要上小学了，可是没有城镇户口，一般情况下都得回海边村子里去上，除非能找到人，托些关系。我在小城里这些年来疏于人际社交，认识不了什么人，帮不上忙。大舅虽然能说上话，但也多是与他单位相关的政府机关人物，与小城教育行业手握大权的那批人只能算是点头的泛泛之交，况且求人办事本就是让大舅觉得为难的事情，小孙子的入学一事迟迟没有定下来。

舅舅们仍主张让小孙子回海边原籍所在地念书，大姨也熄了这股折腾的气力，不想麻烦弟弟们太多事，为了孙子的上学，最后她决定辞去纺织厂的活计，回到海边去。

那天她去外婆家，跟外婆唠了会儿家常，女儿再次告别母亲。然后我送大姨和小孙子去坐返回海边的中巴汽车。我给大姨拎了桶食用油和几套小孙子上学要用到的文具、簿本，目送大姨离去。

大姨讪然，喃喃感慨说道："人呐，还是得自个儿靠自个儿，得自个儿活出来个样子，靠别人，是谁也靠不住的。"

我不晓得大姨这天是不是有在心里隐隐约约地微微抱怨过她的兄弟，没有在她遭难的逆境之时再用力捞她一把，就像也没有尽全力去挽救过我的母亲一样。但我丝毫没有任何立场去说任何话来回应，因为连我也没有什么力量再帮扶大姨一点点。

就这样，大姨带着一些不舍，一些傲骨，也带着一些无可奈何的失望与伤悲，结束了她短暂的小城生活，回到了最包容她的海边村庄。从那以后，大姨就很少再离开海边了。她心中曾有一团火焰，在小城短暂绽放，又迅疾熄灭，隐入海边的荒凉里头去了。

8

又过了一年，外婆在昏迷中去世。短短几年，大姨接连失去了她的妹妹、丈夫和母亲，她秋风扫落叶一般迅疾地老了，皱纹和褐斑爬上了她的脸颊。更让我震惊的是，当我隔了很久，某天再次见到她时，她已双鬓生出密密的白发。我的母亲没能活到白发苍苍的年岁，而现在我却在大姨身上看见"一夜白头"这四个字残酷的力量。

她们这一辈人，家族里的两儿两女，就都这么尘埃落定了。两个弟弟人丁兴旺，家庭圆满，三代同堂。两个姐姐分崩离析，家庭破碎，一个离婚，带着儿子当了二十多年的单亲妈妈，最后死于癌症复发，一个中年丧夫，心力交瘁，带着孙子继续缝缝补补余生。

大时代里的小人物，男人还是更容易一些，女性还是更难一些，男人比女人好命，女人比男人命歹。

在这些年里，我跟大姨断断续续也见了两三次，在大舅家第二个孙女的百日宴时，在小舅家的小孙子喝满月酒时，我和大姨作为娘家亲戚，肯定都是要出席场合的。

那些用来替别人庆祝的夜晚，大姨望着我，我也望着大姨，我们关心地问候着对方，彼此看起来都已愈合了不少。两个破碎的家庭，两个破碎的代表，两个破碎的幸存者，在他人的圆满的人生里，挨坐一起分一杯羹，便也觉得世事没那么苦了。

那个时候，我正在断断续续写一本怀念母亲的散文集，大姨则又经历了儿子宏生与儿媳的婚变。离婚官司拉拉扯扯地打了好久，那个不安分的儿媳最终带着与上一任丈夫生的孩子离去，同意将她与宏生所生的这第二个孩子留下来。

留下了孙子，是宏生的心愿，更是大姨的心愿。姨爸、宏生、孙子，三代男丁，只要绵延不息，香火就不会断。这是她最深的执念，无关对错，只不过是一个女人，她人生全部的路以及选择。

宏生很快外出做工，大姨从此安心在家中带孙子。从前她是为了丈夫而活，男人的话就是天，是圣旨，是命运；后来她是为了宏生而活，儿子哪怕再有不上进的地方，那也是每个母亲心尖上的那块肉；如今她是为了小孙子而活，她到哪小孙子就到哪，只需一辆电瓶车，一个白发老人就能牵扯着一个男童走天下。

我想她是心甘情愿也甘之若饴的，就像在她们那个年代，外婆、大姨、我的母亲，还有千千万万的女人，她们都选择了像大地和泥土一样活着。她们这一生，是再也没有办法去为自己而活了，但我希望大姨真的有开心过。

后来我离开了小城，离开了与母亲最后一同生活的那栋房子，也与大姨在地理位置上更远了。但好在有手机，加了微信好友。

是在大舅家的宴请上，我坐在大姨身边，像从前教我的母亲使用手机发短信那样，教大姨怎样用微信发语音消息。

大姨说："宏生都没得空教我这些，还好有你。那以后我怎样子在微信里找到你嘞？"

我接过她的手机，把我的对话框设置成了置顶："姨，你这样子以后直接点开这个对话框，就能发消息给我了。"

"哦哦，是嘛，太好了，那太好了。"

再后来，我隔段时日就会收到大姨发来的语音消息，关心我有没有吃饱，有没有穿暖，一个人在外面过得好不好。

她不会输入文字，每次都是发语音。那些亲切的乡音，每每将我唤回到与她，与母亲，与外婆的温柔里去。再后来，看到她微信换了头像，不再是一个灰色的正方形，而是一张她笑得很开心的半身照，穿着一件褐绿色的棉衣，系着围裙，手里握一只黑色保温杯，照片里看起来是真的高兴。

人生的苦痛，这么重这么长，可我们还是要咬牙切齿地活着，然后找到点缀其中的一丝微甜。

9

离开小城后，我已有好几年没回老家过年了。一直到去年春节，我很想回去看看大姨，于是腊月里我又去了一趟海边村庄。

两个小时的中巴汽车摇摇晃晃，想起我童年时的暑假也是这样，坐着车摇摇晃晃，来回"走亲戚"。已四五年没见到大姨，我只觉得她更老了，又觉得大姨眉眼之间比上次更像母亲、外婆了。原来世上的女儿们老了之后，都会像自己的母亲。她守着海边的屋宅，还好有孙儿陪她度日。有事情做，有孩子要照料，日子总不会太难过。

她扶着电瓶车，站在海边的村子口等我。我拎着一些过年的礼盒刚走下中巴车，远远就望见她缓缓骑着车过来了。我们在桥上碰面，一碰面，都挤出了真心喜悦的神色。

我想接过车把手："姨，我来载你。"

她让我坐到后座："不用，不用，你哪认得路啊。"

果然，这四五年海边村庄的变化还是挺大的，原先路头那幢可以沿着它拐弯的平房民宅早已经被征用，改建成了一座有着宽大的水泥广场的礼堂，要是不给大姨提前打电话，我肯定会迷了路。

到了大姨家门口，我亲昵地抱了抱小孙子，大姨让他喊我"老师爸爸"，我早已是当上了姨爸和舅舅的人。

大姨早麻利地做出了一桌中饭，宏生白天上班中午是不回来的，便是我、大姨和她的小孙子静静吃完了很多年后的这顿饭。

是一桌寻常却精心烹饪的家常菜，承载着盛情。大姨与母亲她们那一辈人不晓得如何表达爱意，唯有食物，人世间的食物，每每被她们淋漓酣畅地大肆炒啊烧啊煮过后，端给亲人爱人们吃，才能作为她们赤诚的心意，最佳的表达方式。

大姨晓得我常年在外，吃不到家里的味道，故而海鱼只有一盘，其余都像母亲从前烧给我吃的菜的口味。母亲身后这七八年来，这是我第一次吃到最像母亲的手艺。有某种久违的熟稔的况味，从饭菜的香气里拂面而来，填入了心里的乡音、甜美与哀愁。

饭桌上，大姨还是像从前那样，往我碗里舀了一大勺红烧肉，这是她和我的母亲都相同的一条待客之礼。于是又很自然地想到母亲，说到母亲。大姨说，前段日子她还和宏生聊起我的母亲。那天宏生说："以前去小姨家，吃饭时她总要拼命往我碗里舀好大一勺红烧肉。"大姨说："现在你再去小姨家，看还会不会给你啻肉了。"

人不在了，剩下回忆留了下来。大姨说完，我听了这话，与大姨一同怅惘起来。那些离去了的人与事，都成了我们心里暗红的疤痕，愈合了不少，但还是会疼。只有隔了一代亲的小孙子坐在餐桌一旁贪玩，他对故去的三个长辈印象稀薄，天真烂漫不知人间愁苦。

吃过饭后，我想帮大姨收拾碗筷，大姨拉我出了厨房让我去歇息。小孙子中午是不睡午觉的，孩童总有无限的精力。而我与大姨午后总觉有些困顿，一起在客房小憩。但其实是睡不着的，大姨坐在躺椅上，我坐在床边，又闲闲适适聊了一些从前的事和后来的事。再过两年，大姨也七十岁了，时间啊，真是可怖。

我望着她的白鬓，说到我将母亲的一生写成了一本书，还被拍成电视剧，还说剧中也有大姨。她的眼睛亮了："是吗，还有我们哩。"

"嗯呢，但在剧里头，姨你的角色叫霞，云霞云霞嘛，就像你们这一对姊妹永远都不分开一样。"

大姨也很想看看这部剧，可惜家中只有一台老式的电视机，没有安装数字电视或网络机顶盒，总搜不到。

我说："姨，等孩子放了暑假，我来接你，你带孙子一块儿到省城玩玩耍耍逛逛，待个三五天，也出去散散心。"

我想到以前的岁月，从未带母亲出去旅行过，那也成为让我至今难以弥补的遗憾。

大姨眼里闪过一丝迅疾熄灭的光："我哪里走得开啊，宏生天天下班回家来要吃饭，我得做饭；孙子又要上学，暑假还要补课，哪可能出去哇；再说现在我出门坐什里车子都不行，身子早就吃不消啦。"

我劝她："你带着孩子去小城，有火车直达省城，方便得很。"

大姨笑："罢啦，罢了，你一个人在外头要照顾好自个儿，吃的穿的，自个儿要注意。我们谁也顾不上你，也就只能说说好话罢了。"

我便也不再强求。大姨的心已不再沸腾，她只想待在这座海边的村庄里，等着，守着，留着，永远老去了。

不过这一栋姨爸留给大姨的老楼房，也住不长久了。

大姨说，前段日子接到了村委会的通知，说这一片区的房屋要被征收拆迁了，大姨家的房子也在区域内。有不舍，毕竟是姨爸留下来的财产，以及有两个人大半辈子的回忆。

但也有幸运，大姨笑着说，村里的家家户户都盼着自己家的房屋被征收，能拿到好大一笔拆迁款呢，没想到被自己给碰上了。

福祸相依相倚，有的人福分在前头，有的人在后头。对大姨来说，丈夫、妹妹、母亲，她的亲人们都已经不在了，若真能赔一笔拆迁款，让她的晚年舒坦一些，那也真的是好的。

大姨又说到这些年来她做过的梦，在梦中梦到我的母亲、姨爸和外婆，那些远去了的人啊，还仿佛昨日。"梦到你妈的时候，我跟她两个人，每回还跟以前一样的，总偎依着靠在一处，有说不掉的话。"

梦境，是上天留给活人最后的也是最大的恩赐。

下午的苍空中如天气预报的那样，开始窸窸窣窣地飘起了碎雪，我得赶在暴雪来临前回去。大姨执意挽留我过年："好不容易来一趟，过完年再走吧。"

我心中不舍，但也知晓人世早晚总要别离。我已经没有母亲陪伴着过年了，在哪里过年还有什么区别呢？与其留在过去的回忆里，不如早早一个人归去。

我说我可以自己去街上坐车，大姨执意要送我走。她手脚麻利地从冰箱里搬出冷冻好的肉圆、春卷、包子、年糕和一些海产品，都是她亲手做的，装进塑料袋里给我带回去过年。我晓得这不是年货，不是食物，而是她的一片心，我便也不好再推辞，唯有接了过来。只能趁她不注意时，在她枕头下悄悄塞了几百块钱。

小孙子在房间里玩着手机里的游戏，依旧是大姨骑着电瓶车载我去小小的中巴汽车站。那天后来，天空飘的雪片子越发厚重了起来，下一次不晓得什么时候再过来看她了。

我与大姨隔着车窗挥了挥手，彼此都喊了句什么，但对方都没有听清。车已慢慢悠悠荡荡开去，只得就此别过。

我晓得，大姨与母亲，这对人世间的姐妹俩，轻微得不过是两粒尘埃，像这世上千千万万面目模糊、命如草芥的女人一样，没有什么值得歌功颂德的壮举，但我告诉自己，我要用力记得她们。

妹妹叫云，姐姐叫兰。那个叫云的少女，最后真的成了一朵云,远远遥遥地去了天上;那个叫兰的少女,也永远扎根在了大地,故乡回不去,此生安处即是故乡。

于是我再次告别了大姨,我余生里最亲的、最后一位的女性长辈亲戚。她穿着雨衣,鬓角的白发被雨雪濡湿,在冬天的下午,在那个有些冷的汽车广场上,站成了一株永生扎根在海边的兰。

家族之树

1

　　汉语文化里头，有好些个将舅舅和外甥凑到一块儿的歇后语，像是"外甥提灯笼——照旧""外甥跟舅舅下棋——讲究"，舅舅和外甥的关系，似乎是中国人的亲缘关系里比较绵密深厚的一支。好也好得天经地义，哪怕不那么好，也有母亲这份血缘存在维系着。

　　我有两个舅舅，大舅小母亲五岁，小舅则再小大舅五岁。在外公外婆那个年代，育有四子，两儿两女，大抵是很圆满的后代组合了。大姨是第一个出生的孩子，自然看重些，得到外公外婆最初的关怀；母亲是第二个出生的，又是个女孩，在重男轻女的时代，难免被看轻和亏欠，像这世上所有的"二女儿"，多多少少都是被辜负的；两个后来出生的男娃娃，是外公外婆的心肝儿，得到了他们最多的疼爱，之后的人生际遇、命运脉络也都好过两个姐姐太多。

大舅叫"华"，小舅叫"荣"。荣华富贵，或许本就比"兰"和"云"好命，少了一些草根漂泊之感，多了端正圆整之意。

因着父亲角色在我成长过程中的缺席，父亲那边的亲戚们也从不过问我与母亲这对被抛弃了的亲人的命运，谁生谁死互不知晓，生疏得跟彼此不存在似的，所以我迄今对父辈那边的亲戚关系陌生得很，也浑然拎不清世间父辈那边叔伯姑姑间的线头关系与正确称呼。

幸好我有两个舅舅存在。他们在一个男孩的成长岁月里，承担了仅有的却很重要的男性角色的映照与指引。或许些微，即使清浅，但也滴滴点点填补了一些父亲角色的空白。

在男性气质的塑造上，我想我是得到过两个舅舅的影响的。

2

大舅生性敦厚、平稳，年纪轻轻就进了机关部门工作，为人行事有一种正派气。

小时候我看电视剧，剧里总有正直角色，常常觉得一个叫赵文卓的演员与大舅的眉眼、身形颇有几分相似，加之他又多演大侠角色，移情似的，更衬得大舅身上也同样存在着一股浩然正气。

我们这些晚辈总不敢太接近大舅，倒不是隔阂，而是不约而同都觉得他身上有一种所谓的"气场"吧。

相反，大舅妈很活络、很热情，上上下下都能打点得游刃有余。大舅是典型的知识分子，身上带有文人隐含在骨子里的棱角与姿态，许多事是不屑去做也不适合去做的。在这些时候，大舅身边就多亏有大舅妈，能在人前人后替他去打点一些女人家更好周旋的事情，帮助大舅来做缓冲与调和。他与她一刚一柔，这样的配搭很是合衬。

尽管在很多年后，大舅妈若聊起大舅来，也是一脸嫌弃与埋怨："他啊，越老越糊涂了。"但这就是多年夫妻风雨同路才有的爱与憎吧。其实人到中年时，他们也曾有过分开的打算，像一支离弦的箭，就差要去办手续了。母亲听说了，那段时间每天往返大舅家，以自身的婚姻失败经验和给儿女带来的影响为例，说和、劝解了数次，加上他们的人生已过半，再去谈什么情情爱爱太别扭，儿女才是最重要的，便都将就着、委屈着过了下去，反倒恢复了往日的和谐恩爱。

最好的，最不好的，都全盘掏出来给你看过，才是家人。

我依稀记得母亲跟我说起大舅和大舅妈年轻时的爱恋缘起。母亲笑说："本来你大舅和你大舅母都是在一个厂子单位的，有一天他们在一条路上遇到了，面对面骑车子过来，就这么看对眼了，一个瞅着另一个看，另一个也打量着前一个，身子都擦过去了还扭过头来看，缘分就这么开始的。"

我不知道这样听起来很像三流言情小说的男女相遇桥段，是母亲根据真实版本添油加醋的二次创作，还是母亲对于自身没有遇到良人以及美好感情产生的落差之后，对他人爱恋故事的某种动人投射。但我知道这个爱恋故事的开头很美，它让母亲念念不忘，也在幼小的我心中投影下了某些梦幻的彩色涟漪。

后来有次跟表妹兰兰，即大舅家的女儿闲聊时，我说起这个爱恋故事的缘起，表妹不可置信，睁圆了眼睛："过是的啊，过是的啊，我不曾听我爸妈说起过，我才不信呢，哈哈哈……"

我俩都笑了，也都觉得那或许真的就只是故事吧。

3

我们几个表兄弟姐妹，小时候轮番"走亲戚"，我记得大舅家是唯一有书房的。虽然那看起来也就是个储藏室、杂物间再加一面靠墙的书柜，但放在二十世纪九十年代鲜少有书香门第人家的小城镇来看，这是让我觉得别致之处。

大舅是那个年代的读书人，姊妹兄弟四人当中他学识最高；我是后代当中唯一还做着与书本最亲近的工作的晚辈，也算是写过了一点东西，故而不得不信人家说"外甥像舅舅"是有些道理的。

那时候，大舅是家族里第一个也是唯一一个参加考试、通过笔试面试走入社会、拥有一份光鲜职业的男丁。这让靠劳力吃了一辈子饭的外公外婆、两个姐姐都觉得很是骄傲，脸上有光。

大姨小时候懒得学习，我的母亲小时候学习却是很好的，在她被家族剥夺了继续升学念书的权利之后，她是羡慕大舅的。

母亲笑说，那时候在乡下，她每天挑了猪草回去，看弟弟在自己房间里背英语单词，她都很想凑上去，看看瞧瞧，偶尔也会问他一句"过要吃什里、喝什里"时，还会被他凶狠狠地吼一句"别来烦我""我在忙得很"，她只好蹑手蹑脚地悄悄走出房门去。

哪有姐姐是不爱弟弟的，她也不恼，只觉得弟弟有出息。在后来的很多年里，我常听母亲苦口婆心地劝我要好好学习："你看你大舅舅，就是当初有学习的好机会，自个儿也肯吃苦，下功夫，如今才过得比我们都好，你也要努力好好学习，过晓得啊？"

母亲将她求学未遂的心愿，和对大舅学业有成、改变人生的渴慕，多多少少寄望在了我身上。

甚至，母亲还记得大舅做过的考题——我念书时，有一天被母亲叫过去，不无骄傲地跟我讲述了一则大舅当初的"神奇往事"。她说："当年有次考试，最后一题，是问：'一座大桥上走过来很多人，他们都是谁，是哪些人？'这道题目，当时就只有你大舅一个人答对了，你晓得答案是什里？"

我摇摇头，对这个很没由头的考题一头雾水。

母亲先卖了个关子，然后才神秘地一眨眼，微笑着揭晓谜底说："答案是五个字——'工农兵学商'。大桥上的人，不就可以划分为这五种嘛，工人、农民、士兵、学生、商人。"

我恍然大悟，原来是一道"时代特色"考题。母亲又补充道："你看你大舅多厉害。你以后可要记着了这个答案。"

啊哈，母亲大概是觉得我以后也会考到这同一道题目吧。

学习、考试改变了大舅的命运，他成了文化人。我唯一一次见到大舅跟人打架，是为了我母亲。

在父亲与母亲离婚后的某个夜晚，父亲那边的亲戚与母亲这边的亲戚在外婆家谈判一些财产分割问题，饭桌上没聊妥，作为娘家人帮衬的大舅与父亲那边的人发生口角，进而产生肢体冲突，场面混乱。那时候我四五岁，回想起来，已记不清细节，只是愣愣地站在一旁看大人们面目狰狞。现在唯一记起的是有个人站在门板上擦拭额头鲜红的血，不记得是大舅还是小舅，还是悲怆的母亲。

4

在童年"走亲戚"的那些岁月里，有一年暑假，母亲给我报了少年宫的水墨画学习班。少年宫坐落在小城，大舅家就住小城，而我与母亲所在的小镇是没有兴趣班的，我便住在了大舅家好几个星期。白天，我和表妹一起去少年宫学画，晚上，我跟大舅一道睡，表妹和大舅妈一道睡。

那个年代少有空调，家家户户还用电扇、蒲扇。夏天的夜晚，在支棱起的蚊帐里，表妹和我先后洗过了澡，爬上凉席吹风扇。这时，大舅不忘给我俩拿来几份当天的报刊，给我们阅读。我和表妹尽拣报纸上的漫画板块来看，小孩子嘛，总是更容易被图画吸引的。

大舅于是来了兴致，指着其中一幅漫画考我们，让我们说说其中有什么寓意。我和表妹诚惶诚恐：好端端的，怎么还要考起学问来了？便各自囫囵吞枣、云里雾里地说了一通，结果大舅说："兰兰，你看哥哥说得还是比较合理的，他能看出来个一二来。"

大舅表扬我的这句话，让我自豪了许久。

升上初中，我很快偏科。语文、英语都在班上遥遥领先，数学却一塌糊涂。有一回大舅来小镇看望母亲，她说到我的学习："唉，这孩子数学成绩怎么个弄法呢，数学就是学不好，脑筋大概没得人家的孩子精明，愁煞人了。"

大舅那天找来纸和笔，挥挥洒洒，不一会儿给我出了四五道数学题，我记得全是奥数题，什么"根据动物脚的数量算出笼子中有多少只鸡和鸭"，什么"一个进水口一个排水口多久能把水池装满"，我一道都没算出来，只记得大舅的字苍劲有力，颇有风骨。

再过了几年，大概母亲与大舅都放弃了我在理科学习上的进步空间，认可我专心钻研文学了。母亲同意了我在文理分班时进文科班，某天她更拿出两本厚厚的《新概念作文大赛获奖作品选》给了我，说："这是你大舅买给你的，对你学写作文有好处。"

这两本作文集陪伴了我很多年。再后来，大舅还时不时从单位给我带一两本《读者》回来，他话不多，只是扔给我看，就匆匆走了，总是很匆忙的样子。听说我要给杂志社投稿，可那时家里没有电脑，他就在周末带我去了他的单位，开了一台办公电脑让我打印文章。

从前，我以为自己走上写作这条路，得益于母亲对文学喜爱的遗传和她对我写作的鼓励与纵容，现在想来，也离不开大舅。

我人生中的第一次出门旅行，是在高考前。大舅一家去连云港，爬花果山。大舅妈提议说，带上我一起去。母亲当时见我复习熬夜苦，也建议我跟他们一道去散散心。那天爬至花果山的半山腰，有耍猴人在山路旁表演，游客还可以花钱跟猴子合照。大舅给我拍了一张照片，是那只猴子乖顺地站在我的手掌心，我对着镜头笑得无比开心。大概那是母亲身体初恙、我高考疲累的灰暗日子里，一点点光亮。

高三最后半年，母亲与我租住在一户人家的偏房，日子过得清苦，母亲供我吃穿已心力交瘁。记得是大舅妈给我订了半年的牛奶，每天清晨开门，就有一只玻璃瓶装的牛奶稳稳放在门口小槽里等着我。她对母亲说："这半年至关重要，学习苦，营养一定要跟上。"

这是大舅和大舅妈对我的怜恤，母亲后来一直念叨着这件事，也要我记得他们的善意。当生身父亲早对我们这对母子的死活不管不顾之时，亲人还在，这多好。

5

高考那年夏天，我考上了省城的大学，即将出门读书。母亲觉得我们租了这么久的房子，寄人篱下这么多年，实在是没有归属感，若以后我寒暑假放假，还要回到这别人家的租屋里来，很不合适。哪怕能有一处十来平方米的、属于自己的家，也是好的。

刚好那时大舅所住的小区有一排附属平房放出来低价出售，母亲就拿出了手头仅有的几万块钱积蓄买了两间房，而这排平房离舅舅家住的套房相距很近，不过一百来米。远香近臭，用在天底下所有关系当中皆可成立。大舅毕竟是在地方上有头有脸的人物，如今同一小区搬进来一对穷苦的娘儿俩，哪怕是自己的亲姐姐和外甥，多少也有些面子上挂不住，难免偶尔会流露出一丝嫌隙脸色。不晓得是不是自此以后，我跟大舅的相处也渐渐有些微妙了起来。

这平房里没有电视信号，我又在外读书四年，母亲一个人住着，没人陪伴也没人说话，肯定觉得苦闷。我主张给家里装上数字电视，也好给母亲晚上能看看电视解解闷。大舅听了，皱了皱眉头，不耐烦说："就一个人住，有个什里必要还装数字电视啊。"

母亲喏嚅着没有回应，也不敢再有说话的意思。我站在一旁听了，没来由地替母亲觉得委屈，嘟囔说："一个人不也是个人。"

话甫一出口，我就被母亲拉了拉衣服袖子，她替我打圆场解了围，请大舅别怪我"顶嘴"，事情就过去了。

过了几天，趁我开学前夕，我还是带母亲去了小城的广电大厦，给家里装了数字电视，才踏上了驶往省城的火车。但这桩顶撞事件，似乎在我与大舅的心里给彼此留下了一道轻轻浅浅的痕。

那时候母亲没有工作，又手术化疗了几个疗程，加上我刚去外地念书需要钱，她走投无路求助于大舅，拜托他在小城帮她找个活儿，再苦再累都不怕，只要有微薄的收入，这娘儿俩的家就能支撑下去。

大舅多方打听，先想办法让母亲加入了小城的城管队干了半年，后来城管内部风气恶劣、欺压严重，大舅又想办法给母亲找了一份在医院做保洁的活儿，这份清洁工的工作来之不易，虽苦虽累，母亲很是珍惜，干了好多年，直到她癌症复发，才不得不辞去。

无论是干城管还是做保洁，大舅都事先隐隐约约跟母亲传达一个意思：在外人跟前，尽量不要透露他是她的弟弟，她是他的姐姐。

母亲心领神会。谁愿意承认有这样一个凄惨的亲姐姐呢？母亲便咬紧牙关，从未对旁人吐露半个字，没给他丢面子。

母亲说："你大舅能帮我找工作就已经很感激他了，别的不要再指望什里，换了是我，也不想被外头人晓得自个儿有这么个穷亲戚，你以后也要记得你大舅的好。"

四年匆匆，那是最后的读书生涯，也是最快乐无忧的日子。大学毕业那年，受全球金融危机影响，我在省城求职，找工作艰难，加上母亲病况恶化，癌症复发，我得回去照料，便告别省城回了小城。

虽然学了四年师范专业，我却对教书不感兴趣，仍想要像在省城时那样，进报社或杂志社，当记者或编辑，做媒体写文章。小城只有一家公办的日报社，正招聘两名新闻记者，大舅把这个消息告诉我，我积极复习备考，应试那天笔试第一、面试第三，总分跌出前两名，与前两名无缘，而另一个在报社实习的高中女同学考进去了。

报社公布结果那天，母亲、大舅在家中等着我。母亲觉得遗憾，但别的也没说什么。大舅帮我分析，笃定地说："你一直口才不行，跟人也不会说话，我问过了，说是你面试时答辩没有答好，可惜了，你要是口才能好点，就不会被刷掉了。"

我当下觉得委屈，觉得那天面试时，面对那几位面试官抛出来的问题，我思路清晰，答得既有条理，也很入情入理，竟然只得第三名，颇为不解，但面对大舅"口才不行"的盖棺定论，也只是低头默认，不敢表达自己的想法，多少觉得自责。

几年以后，一次我与那位高中女同学重逢，闲聊时她无意中跟我说起："哎，那次你不是也报考《××日报》的记者嘛，其实那天你明明是能进的，你面试的成绩不差，好像是第一还是第二，但你也晓得，小城市嘛，靠的从来不是你有没有才华，看的是你有没有关系、人脉和后台，那个考进来第一名当记者的男孩，他家里就跟局长认识，他早就内定好了的，名额肯定会有他的。"

原来如此，输给的永远是这片土地上的世故人情。

"口才不好"四个字是大舅给我的评价。精准，但也莽撞粗暴。在所有与亲戚朋友的社交场合，我的确不善言辞，不乐于高谈阔论，喜欢安静聆听，加上性子孤僻乖戾，不会想出什么急口令、漂亮话来客套寒暄。但只要站上了舞台去展示自我，或在公开场合发表演讲、答辩，或在工作当中展示专业素养，往往都能从容不迫、游刃有余。——大概就是那种社交能力差，却具有舞台表达能力的古怪之人吧。只是当时大舅认为，一个不擅长在生活中寒暄客套的人，也就不会在重要或专业的场合去表达自己，至今他仍觉得我是输在了口才上。

而我这一生也与记者行当就此别过，再也没有走上那条路。

人与人之间的误解，似鸿沟，即使是在亲戚、亲人之间也难免。

孩童时，我去大舅家走亲戚。与大舅一家人围着吃饭时，我心里记着母亲交代过我的："去了人家吃饭，要注意礼数，可别吃得太多、太急、太穷酸相。"

我便小口小口地吃，也不添饭。当大舅和大舅妈招呼着吃菜时，我推让着，找理由说："舅舅，这个我不高兴吃。"

大舅嫌弃我客气，觉得是我不见世面、不够大方、小家子气，他半起身给我夹了一筷子菜。我端着碗避让，笑说："我嫌你筷子脏，我不用你搛，我自个儿来。"

只算是童言童语，大舅却记了一辈子。后来我长大了，成年了，每逢亲戚间再在一起吃饭，席间有长辈召唤晚辈多吃饭或夹菜的亲密场面，大舅每见此情景，轮到我时也总要讽刺着揶揄我一句："过是嫌我们筷子脏啊，嫌脏我们不给你搛菜，你自己搛哎。"

已是二三十岁的年纪，我哪还有那些童年时期的毛病？人与水流一样，不都是在成长和变化之中的吗？我讪笑着，也不解释。只怕解释了，又是另一重误解了。无论是"口才不好"还是"嫌他人搛菜的筷子脏"，就让它们都卑微地蜷缩在时空的莽原里罢了。

6

母亲这一生一直珍藏着一串水晶项链。在她青年时，我似乎见到她在夏天戴上过几次，更多时候都用一块布囊爱惜地包裹着，搁放在她的红色衣箱里。母亲格外珍爱，她总记念着说："这条水晶项链，是你大舅刚工作那年，发了第一笔工资，给我买的呢。"

纵使后来大舅脾气越来越坏，母亲也一直记挂着他的善待。母亲走后，有天大舅和大舅妈晚间散步，来我家看望我。我聊起这条项链，也是感恩大舅对母亲初时的爱护，大舅却不记得这条项链的存在了。人世沧桑多变，母亲记得那些温柔，就足够了。

我说我给母亲做了一本实体相册，把手机里关于她的照片、视频都导了出来，留作了纪念。大舅沉吟，然后无限留念地说："过两天我带个 U 盘来，也给我拷一份吧。"

大舅就是这样的人，即使心中偶尔也惦记和怀念，但他面上和口中从不肯流露悲伤。中国式的男人大多如此。

母亲过身那一年，小城的墓地已价格飞涨。母亲生前已不想我为她的墓地浪费钱，嘱咐我把她的骨灰随随便便撒在河边的绿化丛里。我没有遵循母亲的意思，而是想买块墓地。最后幸得大舅妈的人脉，帮我争取到了小城一家小小的普通陵园中的一块墓地，并且价钱合理公道，没有贵得离谱，环境也算静谧安宁。

多亏了大舅妈的帮助，才让母亲的骨灰得以顺顺当当地安息。到头来，还是要感慨"人情世故"的重要性。人的一生，生老病死，竟然都逃不开这四个字。

母亲的告别丧宴，后来也是大舅和大舅妈帮我操办。母亲娘家的几位亲戚，寥寥几位母亲生前的邻居亲友，我的几位同事领导，一起为母亲送行。丧宴本就是伤心的人伤心，客人来出席已是情意，想要他人感同身受从来都是奢求。当宾客们谈笑风生地说着笑着时，我却始终面容悲苦。大舅觉得我有些不合时宜，当着同事领导的面，总该"活"一些，他小声劝我说："人都已经走了，日子还是要过的。你别总挂着个脸，一会儿还要去敬酒的。"

我做不到似世间大多数男子般薄寡乐天的心性，大舅虽恼我，但还是陪我向宾客敬酒："感谢大家到来，我外甥从小就性格内向，也不太会说话，以后啊，还得麻烦在座的诸位多多关照啦。"

大舅这一番话，不只是在帮我说，也是在帮我母亲说；他不单单是在帮我料理我的母亲的后事，他也是在替他的亲姐姐，完成未完成的事。我晓得，此时此刻的大舅，宛如我的父亲。

7

我用了三年左右的光阴才从失去母亲的伤恸里走出来，大舅和大舅妈虽偶尔来探我，也未能改变我多少。在这三年里，我在起初也曾悲观厌世，脾气恶劣，喜怒无常，甚至怀疑人世。

母亲生前睡过的床，坐过的椅子凳子，穿过的衣物，用过的碗筷，大多数我也不舍得清空抛弃，想要留作一份念想，以为可以陪伴着我到老到死。这让大舅很不赞同，也不理解，他屡次劝说无效，渐渐也怪起我来，觉得我过于沉溺，实在不像话。

那些年月我在文字里找到了慰藉，开始写一本怀念母亲的书。但写文字的人，心多少是清冷的，必须与人群里的热闹疏离，才能写出心里的东西。与文字的亲近与日俱增，我孤独的性子也愈发深重。

在高考过后，在大学四年间，在毕业找工作时，在母亲故去后，在三十而立之际，大舅不止一次地好心劝告我说："一个男人，在这社会上想要混出头来，学识、才华是其次，最顶要的是要有交际能力，也要会抽些烟喝点酒，最好是这样，才能混得开过得好，你自个儿过得好，才能让家人也过得好。"

　　道理我是懂的，也是对的，他这么说也是完全真心地为了我好。千百年来，所有中国社会所谓的"成功男性"哪个不是如此？正因为他是我亲人，把我当亲外甥来疼，才会以他人生的经验教导我，给我说这一番掏心窝子的话。可惜我没选择走一条最常规、最正常的道路，像个"正常人"那样去学会应酬、说漂亮话，学会处事圆滑、左右逢源，反而任由自己孤僻乖戾起来，走的路都是不识时务的，与世间价值观所追求的进取人生之模式相悖的。我想，这也是后来大舅与我关系越来越疏远的缘由吧。

　　母亲走后第二年，某一日，大舅像往常一样，晚饭后散步来看看我。我们坐在客厅沙发上聊了几句，大舅看我总是一个人过着日子，又不肯将母亲生前的卧室清理了腾空出来，心里着急，数落起我来："你看你这样像什里样子，一个大男孩，整天沉陷在过去里，有什里意义？别让自个儿越来越古怪，一点儿也不合群！"

　　母亲的遗物，我后来过了六七年才整理收纳妥当，但当时母亲才走两年，我哪里肯舍得放手？毕竟每个人接受创伤和走出悲恸的时间本来就不一样。那天大舅很不认同我的生活方式，不知怎的，我也一时情绪上来，吼了他一句："我晓得啊！妈妈的房间就先放着，我碍着谁了？谁要想住进来，我收拾收拾给他住就是了！我怎么活，这是我自个儿的事，不用别人管！"

很久以后我读到心理学的书，说人在面对至亲死亡时，会经历五个哀悼的阶段：否认、愤怒、讨价还价、抑郁、接受。大概我当时正处于第二个阶段——愤怒，愤怒自己没有照顾好母亲，愤怒大舅和其他亲戚们没有更努力地帮我留住母亲，愤怒这世道对母亲的不公。这种种的愤怒，不同的愤怒，更多的愤怒，在那一晚像膨胀的气球，被积聚和点燃，让我变得不那么友善，让我急于向这残暴的人生显示自我同样残暴的那一面，并索性对着亲人放心而愤怒地吼了出来。

那天晚上说完这话，我也愣了。我们两个人讪讪地僵了一小会儿，很快大舅起身，冷冷地小声道："我走了。"

"嗯……"我小声嗫嚅着，也跟着起身，送大舅走到门外。大舅头也不回地离去，那晚的夜色如灰，有些冷。

回到屋里我觉得过意不去，自责语气太坏，给大舅发了条短信："舅，刚刚我情绪太激动了，是我自己可能还没完全走出来，情绪没管理好，请您别放在心上。"

过了许久，他回复过来三个字："没关系。"

想来，那便是他最后一次去我家探看我了。大概这世上只有至亲才有可能会和解，比如母亲与我，大姨与她的儿子宏生、女儿燕子，大舅与他的女儿兰兰。无论后者们犯了怎样的过错，前者们早晚都是会宽宥、会包容的，毕竟那是血亲。儿女最终是好的亲的，亲戚永远是坏的远的。所以亲人是亲人，亲戚是亲戚。亲人与亲戚是不同的，亲戚有能轻易和解的，也有不那么能轻易和解的。

母亲走后的这些年，每年大年初一一早，我还是会像往常一样给大姨、大舅、小舅等亲戚们分别发一条拜年短信。这是家族里的习俗，即使不能见到面，在手机里拜个年也是尽到了礼数的。后来这两年，我给大舅发的微信拜年消息，他再也没有回复过。

我与大舅是如此相像，被别人伤了，那份属于知识分子骨子里的自尊与清高就会格外地升腾起来，升腾到高高的半空之中不肯轻易地弯下腰身来。更何况这不是别人，是一个外甥对一个舅舅的不礼貌。如同罅隙一旦产生，这一只原本盛放着舅舅与外甥的亲伦关系之碗，尽管看上去还是完好，但细辨早已有了裂纹。

8

后来表妹兰兰的女娃过百天，大舅一家在小城摆设百日宴，邀约亲戚朋友，我尚在戴孝的三年期之内，犹豫踟蹰若是赴约，是否妥当。我以为当天我会与大姨一家、小舅一家坐在一起，娘家人刚好一桌。但原来是我多虑，我本已挨着大姨落座，才被告知座位是划分好了的。我被安排坐在离主客桌很远的一张桌子，与两个落单的陌生人和几个素不相识的老婆婆坐在阴影里，望着人类的悲欢迥异上演。

再后来，去大舅家吃过几次饭，往往是春节初三初四，因外婆仍在，总有亲戚们聚餐的习惯。每次都是由大舅妈张罗，给小舅一家、大姨一家以及我，分别打电话约时间，说过去聚一聚。我若不去更是不尽礼数，便每次都会去。只是独自夹在大舅、小舅、大姨另外三家其乐融融人丁兴旺的氛围里，总显得有些尴尬，活络不起来。

大家有时会把话题抛转给我，问我关于工作上的事情，我与表弟表妹们聊得多些，只是长辈们免不了拿我们的工资与晋升来做攀比，又说到各家孩子的婚嫁与生育后代，聊的都是一些现世安稳的东西。

这样的场合我每每寡言。有一次忘记了是聊到什么，我也回应了一句，当时并不觉得有什么不妥，大舅听了，在饭桌上当着所有长辈晚辈的面，瞥了我一眼，不满地嫌弃道："你在外头跟人说话也这么文绉绉的吗，讲话这么不中听、不圆滑的吗？"

大舅的语气听来，似在打量和观望一个什么怪胎或怪人似的，我在饭桌上顿觉十分尴尬。想来一个将自己的时间、精力过多地去用来读书写字、关注内心世界的人，的确是与主流语境格格不入，也不会说话了的，只是当时自己尚未发觉怪诞。也晓得了，原来"文绉绉"是缺点，是让人不喜欢的东西，是让大舅嫌弃我的一部分。

那次以后，在大舅面前，在每一次亲戚们的聚餐场合时刻，我便刻意地让自己更少去说话了，人与人的关系愈发淡漠起来。

又过了一年，表妹兰兰生了二胎。除了年节，平日里亲戚们聚少离多，我也是从大姨打来的电话里才得知这个讯息的。按照规矩，我是要给大舅家包个红包的。

那天下了班我去大舅家，敲了许久门，家中无人。外婆腿脚不好，住在大舅楼下的车库房里，我便去找外婆。她说："人家喊你大舅舅出去吃晚饭了，不晓得什里时候才回家来呢。"

我等了一会儿，想着回家还有事，得起身走了。白天我与大舅都要上班，晚上下班后又不一定能碰上，便只好把自己那份心意放在外婆那里。因为大舅每天无论多晚回来，都要顺道来看一眼外婆的，我请她转达便是了。只是出来匆匆，身边没找到红色纸包，我便将钱用一只牛皮信封包妥，请外婆帮我转交给大舅，回了家去。

第二天晚上我在家中，听见咚咚咚一阵急促的敲门声。打开门，是大舅。他说来将红包退还给我，我们客套地推让了一番，我执意让他收下了。他这才语气带了些责备地说："哪有人给人家送红包是用信封包的？不都应该用红纸壳子包吗？以后你给人家红包用信封装，人家怕得要生气。我是不在意，但你跟人家怕得要注意啊。"

我顿时羞愧了起来，目送大舅离去。关了门良久，还是觉得这事的确是自己不妥，礼仪没有尽到。

该怎么说话，该怎么为人处世，该怎么与人打交道，母亲从前也苦口婆心教导过我不少，只是我从来都没有记挂心上。如今我在人情世故里屡屡犯错和碰壁，大舅虽方式生硬，但也在无形中担任了一个父亲般教育我的角色，换了旁人，只怕真的会语态更恶劣吧。

9

我的大舅，他的一生，是中国千百年来社会中最典型、最标准的成功男人式的人生哲学。他和他的关系阶层里，自有一套严格来要求子女的成长轨迹，那便是：要进取晋升、加官进爵、成家立室、生儿育女、齐整周全。除此之外，没有别的正确选项，只有按照这一模式活着，才是唯一的成功学，也才是亘古不变的"英雄主义"。

他对自己的女儿兰兰，对大姨家的儿子宏生、小舅家的儿子小宇，以及对我，都是这样的评价标准，谁做到了谁就是出色的，谁没有按照这一轨迹走，谁就是失败者。

我显然是离经叛道的那一个，也对任何职场中的进取掠夺、游戏规则不感兴趣，在这个讲究圆滑世故、游刃有余的世情大地上活得像一个怪人。无论我怎么证明自己，我写作，认真地活，去规划未来，摸寻在这人世间的位置，依靠着自己努力地走下去，都没有用。他们只会说你没有结婚生子，没有成家立室，就是错的。

我有想过试图对他们说，人的一生是多样的，不是每个人都只有同一种活法，我可以选择不一样的生活方式。但，个体观念根深蒂固，想要让他人认同，很难。最终还是作罢。

前年清明回故乡小城祭祖，火车和汽车因为疫情而停运，于是我搭载兰兰的顺风车往返。一路上，我们这对表兄妹俩聊到家人，聊到家族里的人，也自然就聊到了大舅。兰兰吐槽道："小时候我爸管我管得太严了，小姑也是，记得当时管你也管得挺严的。"

我笑："是啊，现在看来，倒是对的，正因他们管我们管得严，如今我们也才能有了一份看似体面的工作生活着。"

"但我有时候也觉得，好像亏欠了自己的人生似的。"

"是哎，小时候就老见你报各种兴趣班，学这个学那个，好像你从来都不喜欢看电视，也不喜欢听流行音乐、追星的。"

"都是被逼的啊，我爸只许我看《新闻联播》，别的同学都在看仙侠剧、偶像剧啦，我都不被允许看，跟同龄人完全没得话题，每天饭后准点被逼着看《新闻联播》，哎，我当时才是小学生哎——"

"哈哈，大舅对我也是啊，你还记不记得，高中时大舅给我俩看那本叫《求是》的杂志，说对我们以后求职笔试考公务员有好处。"

"对对对，结果我俩都没走上他那样的道路，一个搞起了文学，一个钻研起了气象学哈哈。"

……

兰兰是女孩，大舅虽寄予厚望，但最后还是任由她自由生长了；剩下的我、宏生、小宇是三个家族里的男孩，我想大舅是对我投注了最多也最深的期待的，他希望我也走上机关党政的生涯道路来，可惜我背道而驰，也不求进取，让他的期待落了空。

若是我能像大舅期许的那样，走上跟他一样的路，或许能多少给母亲的晚年带来一点什么好命，大舅也是这样暗暗设想过的吧。大抵寒门家的子女，唯有考公务员，坐到了什么位子，有了什么职权在身，才能改变命运。其实大舅是为了我、我母亲、这个家庭好。

我在母亲走后的第五年，也离开了与母亲最后朝夕相伴的小城，去了别的城市工作，重新开始生活。在人生过了三十岁之后，辞职、清零、出发、重来，我以为是我自己最后尚存的果敢与勇气。

但大舅听闻了并不高兴，他对大舅妈吐槽说："以为他是辞职了去考公务员呢，原来不是的，那他这样子折腾，辞职、换工作，还有什里价值、什里意义？"

在他看来，三十岁还这么自私和任性，是不够成熟。只是我需要这场"出走"。从前我没想着给母亲带来些什么，后来也没按照大舅的期许而活下去，我在"文绉绉"的窄道上一去不返了。

这些年我走南闯北，四处漂泊，去了许多地方。当一个人没有了母亲，也就没有了故乡。没有了故乡，他乡皆是故乡。

每到一处地方，都能时不时接到大姨和小舅的电话或微信，问我现在在哪里，吃穿有没有照顾好，我这边疫情怎么样。我本就性子淡，话少，大舅也是不擅长在言行里管我们这些晚辈的死活的。渐渐地，跟大姨、小舅联络尚多，跟大舅的联络越来越少了。

我晓得大舅心中待我是"恨铁不成钢"，到最后，连这"恨"也没有了。如今我与他的微信除了拜年消息以外几乎不再联系，唯有偶尔刷到他的朋友圈，看到他转发的都是各种时事政治新闻评论，夹杂一些真真假假的养生讯息。

母亲在临终那段日子，有一天把我支开，当着大舅、小舅、大姨的面"托孤"，把我往后的人生托付给他们。其时我早已经是一个二十九岁的大人了，母亲却仍放心不下我的工作以及婚娶大事，她求他们说："这孩子从小跟着我，吃过不少苦，养成冷漠的性子，见人不会说话也不会圆滑做事，以后要麻烦你们帮扶着了。他的人生我是顾不到了，求姐姐，还有弟弟们，以后得让你们费心了。"

后来我也没有让亲戚们太费心，试着靠自己去走出自己的路来。母亲的一生不也是自己走出来的吗？她在三十岁出头就离了婚带着我走天涯，那么如今，我也可以在同样的年纪走出自己的人生来。

大姨与小舅的关爱，是人世间残留的温柔与羁绊；大舅的冷淡，何尝不是在催促我上路，刚毅坚强地活下去，过好我自己的一生。

10

去年冬天，我回小城过了几日，在除夕这天，给母亲上坟祭祀。我回到与母亲最后待过的屋子，也回到伴随一个人终生的乡音与气息里头去。是淡淡的，没什么大的波澜。加之那几日感冒，人恹恹的，这种"淡"的感觉似乎又加重，笼了一层轻雾般。

其实随着这些年来，外公、外婆、母亲等亲人的先后故去，根源的意识亦会淡薄。大楼坍圮，亲戚四散，都聚拢不到一处了。有些人生来就是亲缘淡薄罢。从前两个人吃年夜饭，已是团圆；现在一个人来与去，也是寻常。目之所至，胸中所想，左右不过一个字：空。

一定有些东西是不可爱的。比如小城街巷随处可见的烟头、鞭炮残骸，比如大街上的争吵与随地吐痰，比如人情世故的种种社会习俗，比如街坊邻居热爱探听八卦的神色。也一定有些东西是可爱的。比如骑一辆电瓶车就能穿梭一整片新旧夹杂的喧嚣的主城，比如还能找到一个两个从前的朋友一起喝碗鱼汤面，比如母亲从前种在花坛里早已无人打理的植物又悄无声息更替了几轮新绿。终于，我也明白了那个道理——"只有离开故乡，才能获得故乡"。

大舅妈从表妹兰兰那里听说我回了小城，就喊我过年前去吃饭。这些年大舅家宴请，统统是大舅妈逐个电话、微信邀约，再负责买菜做饭，大舅是不参与这些琐事的；小舅家则相反，是小舅妈隐身在了厨房忙菜，小舅一个一个去打电话。

接到大舅妈的电话，我本想找借口推托。恰好小舅一家也从外地回来了，大舅妈说正好喊上一起聚餐。自从外婆过世，几家子亲戚们聚在一起的机会就更少了，我便觉得还是要去一下才好的。

去晚了不好，好像让一群人都在等我似的；去早了也不好，好像是急急地赶着来吃饭似的。我也终于懂得了一点人情世故了。我于是估算着，在大舅妈约好的原定时间过了一阵后，才敲响了大舅家的门，却还是早到了，小舅一家几口人还没出门。

在等待小舅一家时，大舅妈在厨房忙菜，我便和大舅两人尴尬地坐在腊月的客厅里。如今我与大舅分别在两地，一年也见不到一面，彼此都平和了许多，也生分了不少。

大舅低头刷着手机，看着时事政治新闻，或浏览网络连载小说，我尝试找出了一两个话题与大舅聊。我们起初彼此应和了几句，很快就又陷入沉默，最后连"天气"这种两个陌生人之间惯常用的话题都不再提起。只听见阖上了门的厨房里头，依稀传来大舅妈正在与油锅孤身奋战的嗞嗞声。厨房那一扇薄薄的透明的玻璃门，像是隔绝开了两个天地，那厢是大舅妈一个人的喧嚣热闹，这厢是大舅与我两个人的冷清孤寂，整个客厅被笼罩在一团静谧之中。我们就陷在这静谧中沉默地坐着，月深年久，漫长无言，最终都放弃了。

我晓得我的成长过程中大概是出了错，我也让大舅失望了。大舅从对我寄予厚望，到放任不管，他也是觉得无奈的。我晓得他的失望，或许他也晓得我晓得他对我的失望。我似乎总是在男性话事的世界、与人打交道的社会上一再失意，无论是自幼与生身父亲的疏离，还是念书时与关系要好的同学友人断了音信，又或是如今与大舅的隔阂。尽管这沿途中也有过几次努力，想要去修复，却还是无济于事。

11

外公外婆，是家族的根；而大舅，是这个家族的树。回望母亲的娘家一族，能有大舅存在，的确是一件幸事。虽姊妹兄弟四人，如果说要在母亲娘家这个大家族里找到一个可谓是"主心骨"的人出来，那绝对是大舅。无论是作为男丁，作为长子，作为兄长，还是在四个儿女当中，他都是学业成绩最出色、社会地位最高的那一个。大舅在某种意义上，出人头地，并光耀了外公一族的氏族门楣。

这一道光耀，延续到后来很久很久。当外公去世的时候，当外婆瘫痪在床的时候，当母亲下岗困苦于找活计的时候，当大姨料理姨爸后事的时候，当下一辈人在人生里遇到难过的坎的时候，当其他一众远亲近邻登门拜访请大舅出面帮忙的时候，当很多家族的里里外外的事都发生在中国这样一片过分讲究人情社会的土地上的时候，是大舅帮衬了大家很多忙，我们都曾受到过大舅很多的恩。

这，是一个家族的幸。同时，也成了大舅一生的负累。

由于大舅工作性质的关系，常年下来，养成了与人说话语气生硬的个性。他不会表达爱意，大舅妈总嫌他讲话态度太"臭"，我也在很多次见到他对两个亲姐姐说话时语气极为"冲"，小舅说"他就是那样的人"。我想我懂，正如我们家族里的每一个亲戚都懂，大舅是没有坏心思的，毕竟他为这个家族付出了更多。

很多忙，他是不情愿去帮的。很多事，他是不得不去打理周旋的。很多远近关系找来开口求助，他是勉强自己站起身、站出来，靠自己这张脸面挺出去，去承担和接受的，只因他是家族里头最有出息的那一个。或许是我自幼敏感，能很精准地察觉到他人的情绪，所以在我的成长过程中，其实常常感受到大舅的一些疲与累。

说大舅是家族之树，他又何尝不是家族之苦，背负着整个家族的兴衰荣辱、门楣脸面。在他们那一代，出生于中国二十世纪六十年代的男人身上，这样的先天使命无法逃脱，只能顺着这命运的河流，淌着走下去。他也一定会有心里觉得苦涩的时刻吧。

所以我们这一批生于八九十年代的人某些方面还是幸运的，虽然也被上一代催着结婚生子庸庸碌碌老去，但亦多多少少还能按照自己的念头自私地活下去，没有那么沉重的时代与家族之枷锁。

如今我也三十有五，活到一个中年人的岁数了。对大舅这样一位典型中国男人式的一生，又多了更深的体谅。

大舅今年刚过了六十岁。如今只有在对着表妹兰兰后来生的两个婴孩时，他才会久违地露出笑容。是那种疼爱的，难得一见的，眼角皱纹都幸福得散开的，让人觉得暖的笑容。大舅当上外公后，锋利的时间之刃让他成了一个年过花甲依然健硕的老人，闲暇时乐衷于找人打牌、钓鱼和含饴弄孙，他应该也会觉得岁月静好吧。

回想最初的姊弟四人，有人在海边乡村老成白头，有人早已去往天国，有人三代同堂颐养天年。人生的际遇啊，本就是个谜。

从前有人说，整个家族里最像大舅的就是我。毕竟他是上一代的姊妹兄弟里，唯一的文化人；而我是下一代几个孩子当中，读书最多的一个晚辈。现在想来，其实最像，也最不像。如两棵树，开头以为茎蕊仿似，形状类同，最后实则一个端庄雅正，另一个却旁逸斜出，走出了殊途。大舅是枝叶繁茂的家族里，功劳最大的一个孝子。而我，终究成了世情人烟里的那个逆子。

烛若有光

1

如果说大舅在我的成长过程中或多或少担任了一个类似父亲的角色，那小舅则更像是一个兄长、一个哥哥。

我们这一代人全部都是独生子女，能有哥哥陪着长大的男孩子，十分惹人羡慕。虽然跟小舅也没有长时间待在一起过，但每想到那些短暂片刻，都很珍贵，也很难得。

小舅与大舅虽是亲兄弟，却很不一样。大舅身形高大，也是一张标准国字脸，很有正气，小舅稍矮、瘦一点，浓眉笑目，生得机灵而俊美；大舅沉稳敦厚、不苟言笑，小舅则性格灵活、嬉笑玩闹；大舅似一面笼着寒光的镜子，让人不敢轻易接近，小舅却似烛火，气息里散发出热量，让我们觉得很有亲近感；大舅一生接触的是上层关系，小舅一生积累的是底层人脉；大舅善读书，后来走入机关事业单位，吃的是公家的粮，小舅贪玩、不那么爱读书，靠手艺吃饭，自己闯出一条后来发达发迹的路。但相同的是，两个舅舅都在男娃时期，得到过外公外婆无尽的偏心与宠爱。

大姨和我的母亲，都疼两个弟弟；两个弟弟也关心两个姐姐。但不同的是，大舅对姐姐们的关爱是压抑着的，羞于流露和表达式的；小舅是当时全家六口人里最小的一个，肆无忌惮，无所顾忌，跟外公外婆两个姐姐都亲近得很，无论在哪里，无论长到多少岁，都会直接地表达对亲人们的关心，这么多年来也一直念着姐姐们的好。

小舅学习成绩不佳，念完高中就进电子厂做工，结交一群朋友，讲义气，也积累了社会上的人脉关系。后来厂子倒闭，他也懒得继续待在乡村里，出去打工，搞建筑业。这些年来他在上海走出一片天，有自己的事业经营，手头宽裕之后，没有飘飘然起来，不忘关怀家里和姐姐们，算得上是"浪子回头金不换"的励志表率。

2

母亲生得模样端正，面容姣好，但左脸颊一直有一道浅浅的沟印，远看不易察觉，近看有些明显，这与小舅有一些渊源。

尚在农村时期，少女时代的母亲是家中的唯一劳力。当时，农村公社要求每家每户派出一个劳力参加集体劳动。外公忙于他的木匠活儿，外婆有腿疾行动不善，大姨已远嫁，大舅成天待在屋里勤奋苦读备战高考，小舅尚在襁褓中。母亲只得首当其冲，参加公社劳作。

母亲说，那时是按劳力记工分，挣的工分多少，直接决定着全家口粮的多少。她便不得不起早贪黑扛起生产大队指派的各项重活儿，每天跟在一群粗汉身后，明明干的是一样的活计，记的工分却比那些男人们少很多。母亲要强，不甘落后，但因为没有背景的家庭出身，往往做得越吃重，所得却越稀薄。

下了工回来，母亲还要赶紧烧水煮饭，顺带照料摇篮中活泼好动的小舅。母亲后来云淡风轻地对我回忆说，有一次，她正在灶台上烧全家人要吃的晚饭，没留神盯紧着小舅，一不留神，我那年幼的小舅爬出摇篮，跌到地上，刚好被返回家来的外公看到这一幕。

外公又心疼又愤怒，不问青红皂白，扬起巴掌来，狠狠甩了母亲一记重重的耳光："让你不用心照看着，就这么点儿事你都做不好，敢让你弟弟摔着！"

母亲被外公一个巴掌震晕，摔倒在地，鼻血当时就流了出来。

母亲讪讪笑道："那天啊，我也扬起头冲你爹爹喊叫：你要打，就把我打死吧！"

她越是不受大人们看重，越是性格暴烈、刚硬。

正是那一摔，她的左脸蹭到了椅子脚，割破了一道深深的口子，之后结了痂，疤痕蜕去，却留下这道浅浅的沟印了。

这在一个少女的豆蔻年华里，叫"破相"，是天大的事。但母亲不怪任何人，不怪外公，也不怪小舅，要怪，或许是怪那个时代。

3

小舅稚子无知，应该是从不晓得二姐脸上这道沟印的来历，后来他长大后，母亲也没有告诉他事情的真相。本来就不是小舅的错，更何况是亲姐弟。再后来母亲离婚，小舅也是出力帮忙不少。

当时父亲铁了心要跟母亲离婚，吵骂、家暴、逼迫、锁门，各种手段轮番上演。母亲眼看覆水难收，不得不为自己谋后路，必须得把被他锁在门里的自己的嫁妆、一点首饰和婚内跟他白手起家打拼下来所得的那部分自己的积蓄带走。

一个女人，领着一个四五岁、毫无助益的我，束手无策。是小舅喊来他的兄弟，骑着摩托车，帮忙把母亲的缝纫机、拷边机、桌凳、衣服箱子等一路搬运走，稳稳当当运回了娘家。

后来那天晚上，父亲那边的亲戚与母亲这边的亲戚在外婆家谈判财产分割，没有谈妥，小舅也是没少在那场亲人的流血斗殴里出力。当曾经的夫妻恶语相向，如野兽一般面目狰狞，丑陋地拉扯撕咬时，我的两个舅舅是那时母亲唯一的依靠。

那之后，我与母亲寄住在外公外婆家一段日子。白天，小舅去学校念书，母亲去纺织厂里打工，我整天与患腿疾的外婆待在乡下的三间屋子里，实在是无聊得很。幸好小舅偶尔放学回来早，逗我玩。

乡下那时家家户户都在屋顶的悬梁上安装了广播，从四四方方的黑匣子里常有字正腔圆的男人女人的朗读声飘出来——"这里是中央人民广播电视台，下面播送一则广播……"我还在学大人说话，不懂得"广播"的意思，只听得来半个谐音，就老是把"广播"说成"花猫"，小舅后来一直拿来说笑逗趣。

又有一回，小舅出去了好几天，甫一回来就在外婆家屋后的石板路上看到我，笑嘻嘻地拦住我，陪我玩。他站定、俯身，把我抱起来转了半个圈，轻轻抛到半空中，又稳稳接住。我方才惊魂未定，但又觉得新奇刺激，只盼小舅再带我玩一轮"飞天游戏"，我明明害怕，却很有安全感。小舅哈哈大笑，继续跟我闹着玩一阵子。

在一个男孩的、缺失父亲角色来作陪伴成长的童年岁月里，小舅如兄长般的存在，真是一道照亮灰暗的光。

4

我长到七八岁，母亲在小镇上租了房，带我离开外婆家。大舅去城里单位上班，小舅去厂里打工，也都离开了乡下。四个姊妹兄弟们长大后都展开鸟翼四散出去，外公外婆的那间老宅，冷清了不少。

再后来小舅认识了一个姑娘，也是后来我的小舅妈。小舅妈那时是纱厂的一名女工，勤劳、淳朴、不似大舅妈那么强悍能干，但踏实沉稳，她与小舅都是普通人家的儿女，身份地位都相当，也很投缘，婚后生了我的表弟小宇，这么多年一直恩爱如初。小舅妈比起小舅来，身形、脸盘大了一点儿，倒显得小舅更加年轻了。

等我再长大了些，被大人们带去小舅家"走亲戚"。在小舅房间门后的一只内嵌式书架上看到好几本武侠小说，金庸古龙梁羽生。我本来就话少，便寻得小舅家阳台一处安静的角落，那几日痴痴入迷地在他家翻看，想来那是我第一次接触到武侠世界吧。

还有一次，小舅来小镇探望母亲与我。那时我念小学，而那几天母亲刚好外出，去南方城市采购缝纫店所需的布料，留我一人在家。她提前给我炖好了一锅肉，嘱咐我每天中午煮饭时，用小碗盛一勺子肉放在电饭锅上面的蒸笼里一起加热了吃。

那天中午，小舅到来时，我留小舅吃饭，却来不及再多煮些饭、多添些菜。小舅便与我两个人挤在小小的桌子上，就着一盆里头实际没什么肉的油腻腻的肉汤吃了两小碗白饭。小舅也不计较，只是关切地问询我的学业和家中的近况。下午我还要赶去学校继续上课，小舅吃过不算中饭的中饭后也就走了。

很多年后，我当着母亲、小舅的面聊起当年这桩自己"不懂事"的举动，说："那天我应该跑出去买些现成的饭菜也好。"母亲也嗔怪我："是啊，怎么能让小舅就吃那么寒酸的一点饭一点汤呢？"

小舅却在一旁笑着说道："是吗，我老早就不记得有这个事啦，这算什里，这没个啥，哈哈。"

我高考前一年，母亲诊断出癌症，她拖着挨着，一点儿没告诉我。等到距离我高考日还有小半年，她的病情恶化，才不得不住院手术、化疗，但所有人还是都瞒着我，不说是癌症，只说："你妈妈身体有一点不舒服，去医院住几天院，过几天就回来了。"

母亲与亲戚们都交代我好好念书备考，也不让我去医院探望她。学校里高考前的一模、二模、三模轮流着来，我便自私地以为，母亲的病大概没那么严重，就跟感冒发烧一样，过几日就会好的，哪晓得那天她正躺在冷冰冰的手术台上，而她唯一的至亲、她的亲生儿子却连一日都没去看望过，这让我后来每每想起都觉得抱憾。

过了几日，听说母亲要回来。那天晌午，我在家中等着，远远地望见大舅、小舅抬着一只担架，匆匆地往我这边过来。担架上是术后身子很虚弱的母亲，缩在一床苍白的被褥里。大舅和小舅一路从医院抬着母亲走回来，我这才晓得母亲原来是患了癌，是开刀去了。母亲见了我，仰着脸挤出一个苍白的笑来，即便是此时此刻，她还是想着安慰我，可别让我觉得这是什么严重的事。

我在外念书四年，大舅、小舅时常会替我去看望拖着病体在家中劳作的母亲。母亲在世的最后两年，我们搬了新家，家中没有热水器，我生活技能欠缺，不晓得该去哪里找工人上门来安装，也是小舅张罗请他熟识的师傅朋友给安装了一台电热水器。这台热水器，虽然母亲只来得及用过两次就走了，却陪着我度过了好几季寒来暑往。

其实能念上大学，也与小舅的鼓励有些关联。

刚拿到省城的大学录取通知书，我陷入了两难。那时候新闻里开始有家庭月收入这个说法，我与母亲的这样一个单亲家庭里，家庭月收入不足一千元。这样艰难的家境，与母亲千疮百孔的病体，无力承受我的大学开销，倘若还去念大学，是我的自私与不孝；可我又爱读书，学业成绩也不差，要是就此放弃大学的名额，将人生改写，走上另一条道路，又怕一生都觉得不甘与可惜。

母亲是主张我去念大学的，她晓得我想继续读书，也不想我重走她没念上书的老路，吃她受过的苦。她咬着牙对我说："不管怎样，大学你还是要去上的，妈妈没得事，不要担心，我能照顾好自个儿，就算是捡垃圾捡废品卖，我也能供你上大学。"

我劝慰她："妈，你看很多大学生他们大学毕业了也是要找工作，甚至还找不到好工作，我与其浪费时间去上四年大学，不如早点儿学一门手艺，还能早点儿赚钱、改善家里的生活。"

高考后的那个夏天，我悄悄去了小城大桥下面的那一家技校，向车间老板打听，哪个专业手艺以后就业前景比较好。老板给我推荐了"数控机床"，领我去机床车间看了看。我看到许多跟我年纪相仿的小伙子都在学这门手艺，便暗暗决定放弃上大学，秋季就来读技校。

后来，小舅听说了这个事，他在八月天过来找我，那时距离大学开学还剩下十来天。他扶着我的肩说："这事儿你得听小舅的劝，你必须去上大学。小舅是过来人，学的、干的就是技术活，年轻时吃了多少苦你是不晓得，你学了手艺就算做到了天，你这一生走的路也就看到头了。你看你大舅，他念大学、进机关，工作多好，人生活得也不一样。你无论如何，都得去念这个大学。"

见我忧心忡忡，他顿了顿又说："你妈妈的身体现在这个样子，从长远来看，也只有你念了大学，才能改变她的命运，改变你家的命运，最重要的是改变你自个儿的命运。至于学费什么的，你不用愁，我，还有你大舅，我们也都商量好了，我们可以供你上学，要是怕你妈固执不肯要，就当是我借你的，你一定要去上大学啊。"

小舅的话像一盏烛火，点燃了我心中"改变母亲命运"这六个字的希望。后来我真的去念了大学，而没去成为一名数控机床工人。

大学报名那天，校园教学楼偏僻一角开辟了贫困学生绿色通道，我低着头排在零零星星几个学生的队伍后面，打开行李包，掏出里头一早在老家小城开好的"贫困证明"、写好的"贷款申请"，早早地去申请了四年的助学贷款，学费暂时有了着落。

后来大学毕业，那年母亲癌症复发转移，几年后离开了人世，我没能改变她的命运，但小舅极力建议我念大学的举动却改变了我的命运，也影响了我的一生。四年大学所带给我的视野、学识、境界上的改变，或许在当时我并未察觉，却在往后走上社会、参加工作后，一再显山露水地透出其好处来。而母亲临终前，看到我能有一份稳定、体面的工作在身，多多少少也让她走得不那么担忧了吧。

5

小舅与大舅走的也是两条不同的路。血气方刚、年轻一些的时候，他们兄弟俩大概也是有些暗暗较劲儿的。大舅是文化人，工作体面，也得到家族内外众人的尊重；小舅靠手艺和体力干活儿，心里多少会有些不舒服，两人似乎是有过短暂的摩擦与抗衡的。但在外公外婆面前，大舅小舅两兄弟也得团结一致地处着，亲兄弟哪有隔夜仇。

小舅是有傲气的。家里的长子、我的大舅做出了最优秀的表率，小舅不想活在他的光环比衬之下，一咬牙就决定走出去，闯荡一番。他先后去昆山、上海，靠自己的双手打拼出一条路来，也站稳了脚。他在之后的人生渐渐富足和发达了起来，并不比大舅混得差。

如果说大舅是一早就定了人生的路，也走上了事业的巅峰，此后一直在平稳地前行着。那小舅则是运气来得比大舅晚，但也持续得比大舅长，在上海买了房、买了车，有自己的事业与团队。人生的路，本来就是各自有各自的功课吧。

或许是因为大舅小舅都已迈入中年，这些年两人愈发和睦起来，大舅与小舅、大舅妈与小舅妈，两家人越来越亲密，关系胜似以往。家里的事，亲兄弟也一起商量与承担，特别是在外公、外婆先后故去之后，他们两人就是这家族里头唯一的主心骨了。

所以大舅是先天得益，而小舅是大器晚成。这晚成的因素里，有两个词，傲气与傲骨，是让小舅不甘人后、出人头地的动力。若是说外甥多少都有点像舅舅，那我像小舅的这一部分大概是我身上也有些傲气与傲骨。我算出身寒门，成长在这样一个"孤儿寡母"的环境里，但晓得不看轻自己，而是要靠自己的努力做出一点什么。

念大学时，学费可以有助学贷款，但生活费却是得由家庭支撑。父亲早已有别的妻儿，待我是不闻不问的，唯有母亲一人留在小城靠一天打几份杂工来攒钱。她不去医院化疗，拖了好几个化疗疗程，就为了省下钱来，然后每个月固定打到我的银行卡上。

大学头两年，我不晓得怎样赚生活费，时常面对不知下一个月的生活费从何而来、不得不向母亲张口要钱的困境，直到念大三，我才摸索到了一些门路。那段时间，除了上课和泡图书馆，其余时间打过很多份工。其中有学校的学生会安排的勤工俭学，也有自己在外面找的兼职、寒暑假工，像是去地铁口发广告、去商场出口发促销传单、送盒饭、做家教、在图书馆搬运书架。也吃过一些亏、一些苦，好在大多都已忘怀。后来有了人生第一台笔记本电脑，在网上写文章，先是给一个电影媒体人当枪手，之后自己写出风格来，渐渐有杂志社、报社约稿。就这样，大三大四两年，我给自己赚上了生活费。

还记得领到打工赚来的第一桶金那天，我便打电话回去，激动而兴奋地对母亲说："妈，你不用这么辛苦，我能自个儿赚生活费了，从下个月开始，你记得不要再给我打钱啦。"

逢年过节回家，亲戚们照例聚餐。每到这样几家子聚在一起吃饭的时刻，母亲大多都是不去的，一来是她常年身体抱恙，觉得自己是癌症病人，去多了不好，别人不嫌弃，她自己先格外自觉；二是总归是母子相依为命的破碎家庭，清清寡寡的，这些喜庆场合、庆祝时刻，能少参与则少一些，以免扫大家的兴。我能理解母亲，她固然是看重姊妹兄弟间的情意，但也有她的傲气与傲骨。

不过母亲恪守亲人间的礼数以及应该要尽到的本分，于是几乎每次她都会派我作为"代表"，过去参加大舅、小舅家的宴请。

宴席上，长辈们聊到现在大学生的生活费话题，当时表妹兰兰也念了大学，表弟小宇马上也要准备念高三了，这个话题看似很有共鸣。轮到我了，我很不好意思，小声说，我给自己定的伙食费，是每个月三百块。我上大学那会儿是二〇〇五年至二〇〇九年，我没有诉苦般告诉他们，我总是坐在学校食堂的角落位置，吃着最便宜的一饭一菜外加免费汤。这个数字让大舅、小舅他们很是惊讶。折算下来，每天吃三顿饭才控制在十块钱以内，这让他们着实觉得不可思议。

小舅后来私下悄悄给我塞了两千块钱。他用牛皮信封装着，塞给我说："你就当是舅舅借给你的，你留着，应急用。"

我心中感激。但直到大学毕业，这笔钱也没打开来用，毕业后，我完完整整还给了小舅。这是我从母亲与小舅身上学来的一点傲骨，大概也是种执拗吧。人生啊，有时恰是需要一点执拗才能活下去的。

6

母亲一生从未出门旅行。唯一一次去上海，是二〇一一年冬天，她癌症复发，骨转移，我陪她去上海看病，有了一次依然不是旅行的上海之行。那几天里，都是身在上海的小舅安排食宿和作陪。

小舅提前好几天就给母亲预约了医院的专家号，算好我和母亲从小城去上海的汽车班次，接我们借宿于他在浦东租的一间员工宿舍房。那是在莲安路莲东街，上海郊区典型的狭小巷道弄堂，几户人家共用一个水龙头，衣裤全晾在过道的头顶。我跟母亲听不懂街坊邻居们的方言，多亏有小舅陪着我们各处奔波。

第二天是平安夜，大街上满满都是圣诞喜庆的气象，可我们全无心思。舅舅和我带着母亲去找专家医师问诊、做骨扫描，兜转了几家医院。我们坐地铁，乘公交，过天桥，走斑马线，去医院，等报告，去餐馆，回租屋。母亲小心翼翼地跟在我们身后，像个怯懦的小孩。那几天，她心里很忧伤，以为转移严重、时日无多，却不忧形于色。以往话多的她格外沉默，总是低着头默默走路，躺坐，洗脸，吃饭，起床，睡觉，收拾，还有聆听。

舅舅安慰她说："姐，你别太紧张，上海这边的医生都很专业，没得事的。"但也背地里对我说："你妈妈这次的情况可能不乐观，你要好好开解她，多陪陪她，让她宽慰，心情也很重要。"

天黑了，我们在外面的小饭馆吃饭，然后小舅回去另外的住处，我和母亲则回莲安路莲东街的小租屋。那两晚我与母亲挤在小床上，听着她的呼吸均匀而安详，我心中有踏实感。

次日清晨，小舅又总会早早地买好早餐过来。母亲说："哎呀，不用，你去忙你的，我们能自理。"

小舅还是执意带我们继续去医院，询问不同的治疗方案。他建议母亲就在上海安心待着，住院下来治疗，可母亲哪舍得在大城市看病，衣食住行都要花钱，更何况还有高昂的医药费。正如她每一次住院治疗，最关心的从来不是疗效如何、检查结果怎样、她自己的身体健康与否，而是又花了多少钱，"浪费了多少钱"。我与小舅都拗不过母亲，只得同意母亲隔天与我返回小城。

待在上海的最后半天，小舅私下对我说："趁还有半天闲暇，你带妈妈出去逛逛转转玩玩吧，好不容易来了一趟上海，在上海这边的一些景点走走看看，散散心。"

这个提议是很好的。我当时却正觉得忧心忡忡，根本没有游玩的心思，只一心想着回小城后该给母亲选择什么样的治疗方案。化疗、放疗、靶向治疗，还是生物治疗，我不晓得哪条路才是对的，才能救我的母亲。于是，我竟未带母亲真的好好逛一逛上海，隔日早上就回去了。——现在想来着实可惜，那是母亲此生唯一一次出门远行，却未能好好看看这个世界别处有什么不一样的风景，这是母亲的遗憾，更是我余生的遗憾。

留在上海的最后那天下午，是个星期天，我与母亲沿着巷弄走，走到街头一家小图书馆，我们进去后坐在有阳光的窗边。我翻着书，母亲倚靠在我身边，不一会儿就安心地睡着了。

傍晚，母亲和我走到巷弄不远处一家破破落落的服饰大卖场，她给我买了件棉衣，也给小舅挑选了件皮衣。她说："这些天我们待在这里叨扰你小舅不少，给他买件衣裳，以后的情意就要靠你去还了。"

我说："妈，你也看看过有合适的，给自个儿也买件……"

我话还没说完，母亲佯装生气，板起脸孔："我还要穿什里衣裳，我都这样了……"

我们都不再说话了。

给小舅买的那件皮衣，母亲那天郑重地挂在小舅的小租屋里，怕他不肯要，母亲走了后才告诉他；给我买的那件棉衣，这么多年始终被我珍藏在我的衣柜里，我舍不得穿，怕穿旧。

很多年过去了，母亲也走了，有一年我听小舅无意间说起，莲安东路那一片狭小逼仄的老房子，几年前就已拆掉了。我与母亲这唯一一次上海之行的痕迹，就这样消失了。

7

母亲与我回到小城后，小舅仍时不时会关心母亲的住院治疗进展，逢年过节回来，他也都第一时间来探看母亲。平常日子里他仍要在上海工作，就抽时间去拜访了上海一家有名的老中医，开了中草药，每次都是两大包，定期给我们寄回来，让我用中药壶煎给母亲服用。在对母亲的身体健康之关照上，亲戚里谁也没有像小舅这般上心的。甚至是我，多少也不及小舅用心。

在母亲去世前一年，我还以为她时日尚多，可以像以前那么多年那么多次一样，在一场又一场生死攸关的大风暴里挺过来，挨过来，走下去，活下去，成为被上帝眷顾也被死神遗忘的幸运儿。反倒是小舅在那段时间给我打了很多电话，问询母亲的情况，交代我多留意母亲的病，给我很多建议和纾解。

那段日子，他跟我打过的好多通电话里，或许隐隐约约旁敲侧击地告诉了我母亲将去的真相。他晓得二姐时日无多，撑不过太久了，我却浑然未知，不晓得人与人、儿子与母亲，也有告别日。

母亲在的最后半年，胸腹积液汹涌，人形枯瘦，腹胀如球，很是痛苦。小城医院已消极治疗，不接受住院，只是帮忙穿刺引流积液。母亲每况愈下，亟需输入人血白蛋白维持度日，可医院白蛋白紧张，是小舅从上海托人辗转买到了四瓶寄回来，对我说："这四瓶先给你妈妈用上，以后我定期从上海这边给你寄回去。"

但已经太晚了，母亲只用掉了两瓶白蛋白，就去了。所谓"回天乏术"，原来竟然就是这个意思。而无论是小舅买白蛋白的钱，还是他帮忙开中草药的钱，所有的医药费，母亲临终前都叮嘱我在她后事办完后，记得给小舅还了过去。

小舅怎么也不肯收，说这也是他对二姐的一片心。我说："舅，你是晓得妈妈的性子的，从不肯占他人分毫，要是妈妈晓得我没有把药费给你，她在天上会责怪我的；要是妈妈还在，她也会亲自把药费完完整整还给你的。"小舅这才叹着气收下。

母亲走的那个月，我以为她还能好起来，奇迹还会出现。除夕前的几日，我去巷子里的生禽宰杀摊点买了只鸽子，让店家处理干净，想着可以给母亲炖汤喝，补补元气。母亲几年前第一次做手术后，也是喝过亲戚们炖的鸽子汤，所以我以为鸽子汤是灵药，也天真地以为母亲只要多喝煲汤，身体流失的营养、脂肪还会复原。

母亲躺在小屋，见我买了鸽子回来，愠怒地责备我。她挤出力气喝令我去退掉，或是换一只三黄鸡回来。母亲其实是心想着鸽子又小又贵，不划算，不够两个人吃；三黄鸡也可以炖一大锅汤喝；更重要的是，母亲记挂着我喜欢吃炖鸡。

后来我又买了一只三黄鸡回家让母亲放心，而那只鸽子我没退，偷偷让小舅带回去，请小舅妈煲好了汤重新送来给母亲喝。我骗母亲说这是野鸭汤，母亲才乖乖地喝了几口，又沉沉睡去。

只喝了几口的鸽子汤，后来被搁在冰箱里，母亲走后，有一天我翻出来解冻，炖热了喝，只觉得悲伤。

8

次年春天，乍暖还寒。母亲走的那天，我与大姨在她身边，大舅从单位匆匆赶过来，而小舅那天在上海，得到讯息后也匆匆驾车回来。他没见上二姐最后一面，后来他一直说是遗憾。

请来家中料理后事的阴阳先生说，娘亲舅大，母亲走了，你两个舅舅就是最大，母亲家中停灵时，见到舅舅得要下跪行礼。当天半夜时分，小舅赶到了，我一见小舅，遂跪身下去。不知怎么的，这一跪，我膝盖一紧，喉头一酸，鼻腔、眼眶这才跟着悲从中来，顿时哭出来，呜呜咽咽的，泪涌如泉。

小舅赶忙将我扶起身，他也眼眶通红，噙满了泪，不停地自语："哪想到这么快，我来晚了，我来晚了……"

只有在面对着最亲的人时，我们才会暴露最深的伤悲。

按照习俗，母亲的大体需在家中停灵三日，三日后才落土安葬。那三个长夜，我与两个舅舅轮流守夜，大舅陪了我第一晚，隔天还要上班，便让他先回去，剩下的两个整夜，上半夜我守着，下半夜小舅守着。也许真的是脑中的弦绷得太紧也太累了，后半夜我回房间迷迷糊糊倒下，果然睡熟了。第二天醒来，小舅满眼血丝。

料理完母亲的后事后，大家一切生活正常，回到了原来的轨道。小舅在上海依然常常在电话、微信里关心我的近况，也会催我婚娶的事情。他说："人的一生，总不能就这样孤零零一辈子过去，你总要有个人陪着你一起走接下去的人生。你妈妈肯定也希望你能有个人，在你身边一起过日子。"

我答允道："舅，你放心，我肯定不让自个儿一个人的。"之后，就这样又过去了很多年。

这些年里，后来又发生了许许多多事。姨爸的离去，外婆的离去，表弟宏生的婚变，表妹兰兰的生二胎，表弟小宇的婚娶和生子，等等。有人来，有人去，生命轮回，潮来潮去，本来就是稀疏平常的事。

只有我好像一直没变，一直还是一个人。只是我也离开了小城，离开了与母亲最后朝夕相伴的那间屋子，在过了三十岁之际回到从前我念过大学的这座省城，重新开始生活。如今与大姨一两年才见到一面，与大舅关系有了些生疏，与小舅在手机里时不时会有联络，这些年的一些烦恼和心事，也是最常与他说，听他帮我拿主意。

小舅知道我跟大舅似乎有些隔阂，平日里是不联系的，便劝导我说："你也晓得，你大舅他就是那个性格、那个脾气，他说话不好听不是一天两天了，何况是跟你，他跟我、我们，有时候说话的语气也很冲，但他是完全没坏心的。"

我说："我晓得的，小舅，你放心，你们是我这世上最亲的人了，你们都帮了我和母亲不少事，亲人是不会把误会放心上的。"

9

从前母亲在时，家中常年供奉一尊瓷玉观音菩萨，立在客厅中堂，散落着一些烛火的红油与佛香的灰屑。每逢初一十五、中秋除夕，或是当我考试、求职找工作、出门远行时，母亲总要虔诚地上香、拜拜、求观音佑护的。大慈大悲救苦救难的观世音啊，永远是底层人民艰难岁月里的一缕光亮与永恒信仰。

母亲走后，这尊瓷玉观音菩萨被我冷落了不少，我从没有供奉的习惯，即使逢年过节想起来，起身燃两支烛火、点一炷香，也并不是为自己祈福，而是念叨着求观音："无论妈妈现在在哪儿，在天上或是又轮回去了，求菩萨都要保佑妈妈好好的。"

这些年我离开小城，很少在故乡过日子，更是不会有时间学母亲供奉观音了。老家的房子收拾整理干净，也大概寻个时机卖了出去。我不晓得这尊观音如何安置，小舅说："如果不想带出去的话，就在大年三十这天清早，把观音请到城北那处公放观音菩萨的林子里去，跟观音也说明缘由。一年当中只有在年三十这一天才能'请'。"

小城的北区某个路口，路边有一块篱笆围起来的小树林，不大，仅四五个平方米大小，当有哪家搬迁或远行，无法再在家中供奉观音，便可将观音菩萨"请"到这边来，给安一个家，也算善始善终。

这一年除夕清晨，我按照小舅的指示，用家中一块红绒布包裹着这尊瓷玉观音菩萨，连同所有的香、烛、香炉，骑着电瓶车晃晃悠悠地将观音"请"了过去，一路沿着腊月的寒露缓行，生怕磕磕碰碰。

这年除夕清晨，林子里果然聚集了各家各户、各式各样的观音像，高高低低或立或卧，全都是静默不语。我在林中找了一处稳妥之地，安放下去，作了揖，道了别，转了身，然后离去，没有回头。那天我离开观音像的时候，觉得自己好像又一次离开了母亲似的。

因为每逢春节都要回去给母亲烧纸上坟，我回到小城的那几日都正值腊月。倘若小舅一家也回了小城过年，每顿饭前他都准要在微信语音、电话里喊我一起去吃饭。

小舅家年节做包子、做肉圆，也总挂念我，给我做一份。我没有什么好给予他们的，觉得一直接受他们的赠予实在不好意思，推托了好几次，有时实在盛情难却，只好坦然过去吃饭。

去年疫情，表弟小宇滞留外地未归，不能回来陪小舅小舅妈过年，小舅喊我去吃饭，我没多想，欣欣然过去，想着小舅和小舅妈都到了人生这个年纪，最大的事是儿女，他们心中最牵挂的也是家人团圆。如今因为疫情，多少家人相隔异地过年，他们心里也会觉得空落落。若是我替小宇陪他父母一起吃，岁末餐桌升腾的烟火气之间，或许也能多少冲淡一点他们对儿子、儿媳的思念之情吧。

最是除夕团圆夜，也最是除夕让人忧愁。我决定在除夕当天返回省城。母亲已过世第六年，家中冷冷清清空空寂寂，在哪里过年都是一个人过年，在哪里过年都不再算是过年，我便想不如归去，早些回省城，不用留在小城除夕夜每年惯常此起彼伏的鞭炮声里沉溺伤心。小舅极力挽留我在他家过年无果，只好开车送我去火车站。

清晨的一路上，他絮叨说："叫你留下来，在这边过完年再走，你偏不听，唉，大过年的过去，你吃什里，怎过法？"

我笑："我行李箱里不是有你给我备的年货吗，还愁没有吃的？再说大城市里外卖那么方便，手机一点开，就是饭菜。你和小舅母可要照顾好自己啊。"

"你也要顾好自己，我还是最担心你的终身大事，有合适的，就要赶紧定下来。以后你们两个人来来回回，也会热闹好多。"

"我也一直盼着等着你和小舅母能去省城我那边玩玩呢，你们去耍个几天，不就热闹了。"

"所以我就说嘛，等你身边有了人，有了家，我们都肯定会过去替你高兴的。"

年三十的火车站进站厅前空空旷旷，偶有一两个跟我一样出行的人，大概也是去奔赴团圆，而不是像我一般再度离开仅有的亲人们。小舅送我进站，目送着我拉着行李箱进去候车大厅。我也目送着小舅驱车离去，下次再见面，大概又要等到年节深深了。

这两三年来，疫情反反复复，世上的人都聚少离多。我在省城，小舅在上海，我们不经常联系，但偶尔都会在微信里问候。去年夏天的省城，今年春天的上海，疫情都很惨烈。

我问小舅："上海那边的情况怎么样，你们一切过都好？"

他回我："上海全线破防，现在陆续封小区、做核酸，省城呢，你那边过都好？"

他也不忘嘱咐我："我们都很好，你自个儿要多注意身体，就算居家三顿不能少，牛奶要每天喝，抵抗力好点儿也好得多。"

我回复："我晓得的，你们都要照顾好自个儿，多保重。"

……

来来去去，说的都是家常话、琐碎事，却很珍贵。

当与父亲生离、母亲死别之后，这人世间还能有亲人如此相互关怀，是我的福祉。

10

小舅今年也五十多岁了，但他精气神一直很好，没有中年人的昏沉气，加上男人一般又老得慢，他身材没有发福，个头瘦瘦小小，所以看上去仍像是四十多岁的人，更似我的兄长一般了。

近一两年，表弟小宇婚娶生子，小舅也当上了爷爷，抱上了孙子，含饴弄孙、儿女绕膝，我想他也是知足的，故而小舅有着与他这年纪不相衬的容貌，看起来倒更显得年轻了。尽管他笑起来眼角也免不了添了几缕皱纹，但那是舒心的印记。

有时我也会羡慕表弟小宇，羡慕小宇有小舅这样一位父亲，他在小舅的教引下长成了一个内心没有缺角和阴影的男子，能大声笑，能大声哭，能平实周全地活着，正常地成家立室、娶妻生子。

最平庸、最寻常的，何尝不是最幸运、最好命的。

但我亦不自怜，我晓得我是没法去过像小宇一样的人生了，那就在别的什么人生的桥上稳稳当当地走下去罢。

如今的年月，大姨有了一个孙子，大舅有了两个孙女，小舅有了一个孙子，都是圆满。我不禁更想念起我的母亲来，她没看到我成家立室，也没看见她自己能有半个孙辈。这等世间最寻常最卑微也最不难求的景况，她无福享有。或者更确切地说，是我没有给予母亲这个机会，让她能稍微不那么带着遗憾地走。

有些事此生已没有回头路可再走，也补缝不了缺口。远去的人已经回不来了，留下的人仍要前行上路。我已经是一个辜负了母亲的儿子，唯有远离世情和人烟，去往更远更偏僻更浩瀚更孤独之处。古时有人写诗云，"低徊愧人子，不敢叹风尘"，我亦低徊愧为人子了。

好在我与人世并非也无法两两相忘，因为仍有羁绊，仍有记挂，仍有大姨和两个舅舅。一个男孩，五岁时父母离异，从此跟着母亲，也改作母姓，父亲和父辈那边的亲戚不再关心这对被抛弃的娘儿俩，我也丝毫不记得他们的任何名字和样貌，这是父亲那边亲缘的冷漠、稀薄与断绝。是母亲这一脉的几位亲人们，仍让我不至于觉得这世间的亲情关系太寡淡。即使如今我们也只是四散着，各自过着各自的生活，一年最多才能见上一面，但存在着总是很好的。

于是我便觉得，小舅像一秉烛火，这烛火仿佛若有光。

或者亦应该说，母族这边尚在的几位亲戚们，都是一秉秉不灭的烛火，皎皎灿灿，发出光亮，照见我自己，也照见我来时和前往的路，更是让我在这光源的牵绊和拉扯里头，不至于活得像孤岛，像苦行僧，像寒冬冷夜，像幽魂，像野兽，像什么古怪的生灵似的。

　　这是根，是来时，是背后的星，是烛火的光。只要我知晓自己的来处在哪里，也就无惧他日渺渺茫茫的归途了。

夜河浮舟

1

二十世纪八十年代以来，具体说是在一九八二年左右，国家将计划生育定为基本国策，我们这批 80 后基本都是独生子女。

我、大姨家的表弟宏生、大舅家的表妹兰兰，都是 85 后；更小几年的表弟小宇是 90 后。我们这一代人几乎全都是没有同父同母的亲兄弟姐妹的，这不免有些孤独。上一代人里头，大姨与母亲的姐妹情深，或大舅与小舅的亲兄热弟，那样的亲密关系，我们是没有法子去感受的，即使有表兄弟姐妹、堂兄弟姐妹，也是自出生之后起，就跟随着各自的父母散在各处、聚少离多。

我的表弟宏生，其实是有个姐姐的，比我还大三四岁，叫燕子。这些年来，她在别处过着自己的生活，与大姨一家甚少联系，与我们也常年见不到面，因此宏生虽算不得是独生子女，但在大人们的惯性思维里，总是将我们看作是四个家庭的独生孩子的。

　　兰兰与小宇都是随父姓，也便是外公、舅舅一脉的正统嫡孙。我与宏生都是异姓，也就是传统上的外孙。不过，宏生与他父亲那边的堂兄弟姐妹不似太熟，幼时常与我们混在一起。我在父母离异后，也是跟着母亲生活，与堂兄弟姐妹们之间互不相识，后来改作了母姓，也便是与外公、舅舅一脉相承的姓氏了。

　　虽是外孙，但既已改作"这边"的姓氏，我就是"这边"的人了，这些年来，母亲这边的亲戚们也浑然当我是嫡系的子孙来看待，这是一个家族的善良与恩慈。

　　我与宏生，两个外孙，出生天数很近，都在秋冬。我生在十一月，他生于大年初二，我只大了他六七十天，于是他便从未叫我"哥"，我也从未唤他"弟"，那时我们都时兴互相叫小名。

　　后来成年后，我的表弟表妹们还会在久别重逢时叫我"哥哥"，虽看似客套，但也是长大之后我们的某种成熟了。但与宏生，我们从未互唤过"兄长兄弟"，起初觉得太肉麻也太煞有介事，现在看来，又更是另一种连表面功夫都不愿去做的生分了。

　　但在男孩子的成长经历里，能有一个年岁相仿的表兄弟、堂兄弟一起长大，总归是很幸运的事情。童年时代至整个小学、初中那几年，被大人们拖家带口地"走亲戚"，是我、宏生和其他表弟妹们最开心最期待的事情。尽管后来的路走得各不相同，人大了就会渐行渐远，但回想起彼此来，还是最初童年时一起度过时日的模样。那样的时日，那样的脸孔，一回想起来，也觉得快活。

2

宏生不爱学习，男孩子嘛，性子野些是好的，不似我从小太乖。他在海边长大，吹惯了海风，从小皮肤生得黝黑。海边天大地大，他又是被姨爸姨妈近乎散养着长大，念到小学高年级时，就已经比待在小镇上长起来的我高出了一个头，这让他很是得意。

母亲与大姨感情一向要好，那时常常带着我们两个孩子"走亲戚"，有一次她们聊家常说，我明明比宏生还大了几十天，宏生却长得比我高。宏生听见了，嬉皮笑脸地取笑我。

刚好前一天我俩在吹嘘各自都吃过什么东西，谁说得天花乱坠，谁说的东西是别人没吃过的，就算谁赢，我记得我说吃过田鸡的肉。宏生当下来了劲儿，似是找到了身高个头差异的秘诀，他笑着揶揄我："哪个让你吃田鸡的，因为你吃了田鸡，所以才长得比我矮啊。"

我气恼，却哑口无言，满脑子只想着怎样能想出一个反驳他个子太高的话来，母亲和大姨在一旁见我俩感情深、玩到一处去，也笑着觉得欣慰。

后来，"走亲戚"的队伍扩大到了四人小团队，大舅家的女儿兰兰、小舅家的儿子小宇，与我、宏生轮流去四家亲戚家里走动、过生活。但我们最喜欢去的，都是宏生的家。不单是大姨总能做出一桌子风味佳肴来，也因为海边的自然环境，总更吸引孩子爱玩的天性。

我、宏生、兰兰各相差一岁，年纪都相仿，而另一个表弟小宇则比兰兰还差了五岁，多数时候像我们的小跟班，我们虽宠他让着他，但玩心大起时，也捉弄他。

有一次在宏生家，大人们出去忙什么事，留我们四个在家看电视，还记得那段日子电视里经常播马景涛版的《倚天屠龙记》。我们闲着无聊，不知是谁提议泡四碗方便面吃。小宇去上厕所，剩下的我们仨聚在一起，忘了是谁带的头，恶作剧地说了句："一会儿我们泡面时把小宇的那份面袋里的佐料配料分了吃吧。"这样一来，我们就能喝到更多的鲜美面汤。于是我们三个大哥哥大姐姐飞快地吃完，却给小宇泡了一碗没有放任何佐料的方便面，看着小宇一边吃白开水泡面一边皱眉头，我们三个憋着笑，神色里都是淘气顽劣。

隔天再吃泡面，我们这一回是给小宇把佐料完整泡进去了，但等吃到最后，宏生却指着碗底那些黑黑红红的佐料粉屑渣渣一本正经地吓唬小宇说："哎呀，你碗里怎的这么多烂泥，这些都是风吹进来的泥巴，不能吃的，你刚才喝了不少汤，你这么爱吃泥巴呀。"

这话吓得刚念小学的小宇咋舌，他瞪着刚想喝下去的最后一口汤，将这面碗手抖般的一扔，胆战心惊，眼眶红润，似要大哭起来。小宇年幼，当他委屈时会做出专属表情——上唇使劲儿往里缩紧，下唇使劲往外翘起，更显天真可爱。而宏生、我与兰兰在一旁偷笑。大概自此起，小宇的心里有过一段年月的"方便面阴影"，他或许到长大以后，才明白这世上的方便面佐料袋里是并没有泥巴的吧。

3

有一年夏天，我去宏生家过暑假。明晃晃的夏日，宏生跟着姨爸去海边玩，他很喜欢在那些看似巨大的船舶之间攀上爬下。

大姨以为男孩子都爱在野外玩耍，就叫宏生也带上了我一起去。褐黄的海水潮涨汐落之后，留下烂泥一般潮湿而滑软的滩涂。姨爸去前头的船舱捕捞海产品去了，我与宏生赤着脚丫，在滩涂上奔跑着，踩下无数个脚印。午后的阳光洒下余晖，染了我们一身。

滩涂上停靠着几只空旷的大船。宏生一个骨碌，翻身上了船舱。他唤我也跳上去玩，我却自幼体育运动极差，试着两手撑着船甲板，也想要身轻如燕地翻身上去，结果没翻得上去，窘困得很。

后来是宏生伸过来一只手拉我上去，我才颤抖着身子狼狈地爬了上去。两个男孩站在船舱的甲板上，吹着并不凛冽的海风，觉得天地也不过就这么大了，而天地都被我们尽收眼底了。

又有一年夏天，宏生来我家过暑假。那时的白天总比现在漫长，夏天怎么过都过不完。大人们白天都要去上班，我和宏生两个人就在我家当时租住的厂房宿舍旁边偌大的广场上来回疯跑。

在厂房的广场尽头，有一排散发恶臭的下水沟，下过一场又一场夏日的暴雨过后，常有蛤蟆缩躲在水泥的洞眼里呱呱地叫。我与宏生不知谁想出来一个主意，回家用苍蝇拍子拍了些半死的苍蝇，偷偷从母亲的针线盒里拿出一管缝衣线和一把剪子，剪成不长不短的一段，线头一端扎紧苍蝇的身子，另一端系在小棍子的顶头，做成一人一根的"苍蝇诱饵"，再跑到那排下水沟的边上，蹲下来轻轻舞动小棍子。水泥洞里的蛤蟆们以为眼前是有飞蝇划过，自然是要扑上来吃的。

看着蛤蟆们长长的舌头飞快一伸，我和宏生又赶紧把小棍子迅速移开。蛤蟆们扑了个空，也不恼，又缩回洞里去。我们递换着眼色，吃吃地笑，不敢大声喊叫，寻找下一只被戏弄的蛤蟆，屡试不爽，就这样钓鱼一般挑逗了一下午的蛤蟆，仿佛有无尽的快活。

寒冬腊月，除夕节前，大姨带了宏生来小镇看望母亲与我。

我与宏生又是大半年没见，刚见面总是怯生生的，不晓得说什么好，但大人们只顾她们聊天，我俩就自己寻找乐子玩：结伴去空旷的厂房宿舍里闲转转、瞎逛逛，去镇上的小商店里买小袋零食吃，互相打听对方的学校里家里有什么新鲜事趣事，聊聊最近看过的电视剧、漫画什么的，不消半天，就从生疏状态变得热乎起来了。

按照大人们"走亲戚"的惯例，大人回家前，是可以把孩子继续留在亲戚家再过个十天半个月的。那天母亲也有挽留宏生留下来过寒假，我不好意思地望着宏生，心里也在极力盼望他答应留下来，但害羞得没有表示。两个表兄弟久别重逢，宏生跟我正处在刚升温的感情热乎劲儿里没抽出来，便犹豫着答应了。我心里发出小小的呼喊声，别提有多高兴了，心想这下总算有人陪我过年玩了。

大姨放心地离去，但才过了没多久，宏生的情绪明显低落了下来，仿佛天空积聚起来的那一块阴郁的厚厚的云层，我想要跟他再一起玩什么，他都提不起兴致，有些怔怔地发呆。

母亲想逗他开心，他黑乎乎的脸却揪成一处，委屈地哭了起来："姨，我……我想回家去。"

再亲密的玩伴，也抵不过被孤零零留在别人家的失落呀，这便是童年时的我们都会有的乡愁吧。宏生决意想要回家，回海边去。母亲劝慰无果，那时候还不曾有 BP 机、手机，要是给大姨打电话也是徒劳，毕竟尚在归家途中的大姨也无法接听家中的电话座机。

母亲只好骑着电瓶车，载着宏生追去了汽车站。幸好大姨还没有坐上汽车，母亲赶上了，来得及把宏生交到了大姨手中。

那天我望着宏生的背影在母亲的身后越来越远、越来越小，像是夜河之中一叶漂远的浮舟。我心里晓得，表弟这一去不知又得什么时候才能再见到了。那是一个孤独的男孩对刚获得的关于兄弟、手足、朋友、玩伴的情谊，转眼看着就要失去时的忧伤。

宏生那天哭着离去，我也站在原地，失落地愣了好久。直到天空终于断断续续飘落起了雪花，窸窸窣窣的，悄悄坠了一地。

4

后来，我们还是会被大人们带着"走亲戚"。每次短则半日，长则两三天，每一回都是从生疏到热乎，从团聚到别离。如果说人生有最初的离别教育，那就是这一次次的"走亲戚"使得童年的我们明白：相聚离散都有时候。

小学毕业、念初中，学业紧了，"走亲戚"不那么勤了。有回不记得是母亲去看大姨，还是大姨来看母亲，只记得大姨忧心忡忡的样子，对母亲倾诉道："宏生现在不好好学习了，还经常逃学，跟了社会上的人去打架斗殴，怎么说他劝他都没得用，不晓得怎么办才好。"

她又看了看在一旁书桌埋头写作业的我，叹着气说："要是宏生也能像这样子爱学习，这样子听话懂事，那该有多好。"

母亲宽慰着大姨，两人絮絮叨叨的，很快又聊到别处去了。我一边写着习题一边偷听她们聊着宏生，隐约觉得，宏生大概也不再是从前那个表弟宏生了。

又过了一些时日，听母亲说起宏生的近况。

大姨在电话里跟母亲诉苦说，宏生已经完全不去上学了，初中只念了几个月就总是逃学。他每天清晨虽抢着书包出门，到傍晚再回到家来，却不是去学校，学校也早已通报了他的辍学。原来他白天是去海边村庄的那座汽车站外面的一条乘客街道上，帮中巴车招客揽生意，他每每看到一个拎着行李、似要出行的陌生人，就上前攀谈，询问那人"你要去哪里，不用去车站打票，跟我走，价钱能给你便宜一点"，再把那人直接带上中巴车。每招揽到一个乘客，中巴车司机也就相应会给宏生几块钱的好处费。

宏生从帮中巴车招客揽生意的这份活计中尝到了甜头，再用赚来的钱转头扎进网吧去打游戏，一天下来，很是快活。当我还在校园里太过于乖顺，听话地读书写字的同时，宏生已经告别了学校，在社会上早早经历摸爬滚打，成熟起来。从累积社会经验的角度来看，他比我出社会早，也更有生活经验，但也因为没有好的学历学识，这一生都没能谋得一份好职业，在成年以后一再蹉跎彷徨。人生的得失，以及其中因果，在最初时就已经深深种植了吧。

　　我跟宏生再见面时，彼此都更生分了不少。那时我念初三，宏生已经结交了一些社会上的朋友。大人们自然都是忙着做别的事去的，宏生就带我去住在他家后排的一个大我们好几岁的大哥哥家里玩。

　　那位"大哥"流里流气，蓄着小胡子，梳着油头，很有在社会上混久了的做派。他给宏生抛来半包烟。宏生熟稔地叼在嘴里，点燃了香烟嘴，也挨着头给大哥点了一根烟，扭头问我要不要抽。我哪里会抽烟，惶然着拒绝。大哥看了我一眼不再理会，又张罗起宏生和其他几个朋友，说约了一起玩牌、打麻将。

　　这些全都是我这个只会读书的书呆子不会的玩意儿。我便有些惭愧似的，怔怔地站在一旁，不晓得做什么表情，也不晓得说什么好，只得尴尬地听着他们吹嘘扯皮、嬉笑打骂。宏生也没闲暇工夫顾我，大概他也觉得我不见世面吧。

　　过了良久，我悄悄凑近宏生身旁，打搅了他们似的，嗫嚅着说："宏生，我……先回去吧。"

　　他叼着半支烟，正忙着盯紧上家的牌，没回头："哦哦，嗯嗯。"

　　我狼狈地逃回了大姨家去。我知道，他的生活已改变，我还留在从前的岁月里。要是再与宏生像以前那样聊对方学校家中有什么新鲜事趣事，聊最近看过的电视剧、漫画之类，已是不合时宜了。

我还是我，宏生还是宏生，但我又不是我，宏生也不是宏生了。一对表兄弟，各自有了朋友，从此只剩礼节往来，再也没走过亲戚。

5

等到念了高中，时间就过得很快，呼啸着奔涌起来。那三年时光，不知道怎么就像按了快进键一般过去了。再后来我离开小镇，外出念大学，走亲戚的习俗渐渐也没落了。不知道从哪一天开始，我们都变成了大人，不再走亲戚的大人。这真叫人沮丧啊。我们在那几年里头迅速地成长起来，长到十七八岁，长到成年，长到二十出头，长成一个男人，各自过着人生，偶尔见到面，也总是匆匆。

我在十七岁的时候，母亲长了肿瘤，她一直瞒着没说。我十九岁那年，她的病况恶化成了癌症，自那之后，我开始了与母亲横亘十年的艰难抗癌路。这中间还断断续续地穿插着我的大学、我的毕业求职、我从大城市返回小镇陪在母亲身边、我的感情与漂泊、母亲的无数次住院出院检查吃药化疗放疗、母亲的离世。在我本该最好的二十多岁的年纪里，这些事情一一发生，我一一经历。等到这一切都结束时，我才二十九，却仿佛过完了大半生。

而宏生呢，初中辍学，尚是少年，没有文凭学历，有段时间跟着小舅在工地上做工，实在是太累太辛苦。后来他早早学会了开卡车，给海边几家企业的老总老板当司机，兼运货送货，在风霜雨雪的无情里少年老成。帮着公司老板贩卖货物的同时，他免不了被当冤大头、做替罪羊，吃了不少亏，甚至东躲西藏过短暂的一段时日。

在我念大学那四年，有段时日，宏生住在我家，睡我的床，每天陪母亲吃饭，母亲很是高兴。想来是我常年不在家，寒暑假又匆匆，我能有一个表兄弟陪着她聊聊天，仿佛儿子般。很多年以后母亲故去，我去探望大姨，那时宏生每天中午不回来吃饭，大姨见我也很高兴，待我也似儿子般。母亲与大姨的姐妹间感情一向深厚，总会把对方的儿子当作体己的子嗣来看待。

东躲西藏的日子过去后，宏生回了海边，认识了一个在超市上班当收银员的小妇人，是个离了婚的女人，带着一个六七岁的男孩子。两人很快感情黏腻，宏生想要娶她回来。大姨起初自然是很反对的："好好的，偏要娶一个离了婚的女人，还带着一个男娃。"

大姨来找母亲商议，我也已经大学毕业，大姨觉得我是有学识的，也问我的意见。我没见过那个女人，但我觉得若是宏生已经决定了的事情，那谁也改变不了他。是好是坏，他总得要让自己经历一番才是唯一可走的路。又或许我是在那个当下的时刻想到了母亲，母亲当年也是离异，还带着一个我在讨生活，谁说单亲母亲就不值得被爱了呢？要是当年也有人能陪着母亲一起走下去，母亲也许就不会操劳过度、得了癌症。所以我倒是支持宏生的决定的，说不定那个女人能和宏生一起，安生地好好过日子。

大姨叹了口气，知道覆水难收："他实在要娶，就由了他去吧，我是劝说不动了。只是他站起来五大三粗的，至今都没个正式工作，不像你有出息，以后你发达了，记得带带他，帮他一把，哪怕让宏生给你开车子、当门卫也好啊。"

我与母亲继续安慰了几日大姨，大姨才稍稍舒缓心结，回去张罗宏生的终身大事去了。

宏生与那个女人的婚礼办得并不张扬。一来是那时姨爸的海产品捕捞活计一日不如一日，大船很久不开工，姨爸的家境渐衰。二来是宏生毕竟娶了一个离过婚、带小孩的女人，在闭塞的海边村庄里不算什么值得炫耀的光彩的事，大姨拗不过宏生，只得忍气吞声。

婚后不久，那女人又生下一个男婴。宏生有了儿子，当上爸爸，无限喜悦；大姨有了孙子，当上奶奶，这才觉得格外宽慰。海边乡村的风俗，子嗣为大，有了男丁后代，便一切知足了。这是能让大姨和宏生都觉得在家族中可以重新抬起头来做人的福祉，这也是我的母亲终其一生无福亲历的事。

宏生的婚姻生活并不顺遂。那个女人嫌弃宏生沉默寡言，没什么生活情趣，很快又与别的男人鬼混上，而那个男人与宏生算是亲友。宏生咽不下这口气，为了争抢儿子，两人破碎的婚姻拉拉扯扯了几年。那个女人放话说："想要孩子归你们可以，但要给我好大一笔钱。"舅舅们都劝大姨和宏生放弃这个孩子，但大姨和宏生铁了心，极力要这个男孩。后来的事，我也只是依稀听亲人们聊起，并不知晓真切，但我知晓这个男孩对大姨和宏生来说，是命根子。要是大姨问起我的意见，我想我也是会赞成她的想法吧。

再后来，宏生离了婚，那个女人反正先前已经有了一个男孩跟着，便不再计较这个孩子的归属了。大姨、宏生守着这个男孩过起了日子，余生也都会这么过日子。宏生结婚又离婚，也仿佛过完了大半生。

6

宏生在被催债的那段日子里，走投无路，焦头烂额，对方的逼迫像无底洞，既催逼着他必须得立刻还钱，又诱导着他一而再地投入更多的钱财进去，像一个看不见出头日的无底深渊。他瞒着大姨，跟两个舅舅借钱，舅舅们晓得这不是在帮他，为了不铸成更不可挽回的错，没借给他。宏生只好想到了我，他给我打了电话过来，难为情地嗫嚅着跟我开口，求我能不能借给他一点资金以作中转，他说只要能缓解了眼下的燃眉之急，后面就会宽松了。

我不晓得这个"眼下"的时日会是多久，也不能肯定他后面是否真的会变好，但我知道他是真的没有别的法子可想了，才会找到我。无论如何，我们总归是兄弟，是亲人。

他把卡号发了过来，我即时转了钱过去，只是我彼时也是一个人活着，吃穿用度也已节俭，不似其他亲戚家殷实，只能尽绵薄之力，不晓得这些杯水车薪可有替他救急。

后来他又向我借了几次钱，渐渐地，大姨和舅舅们也是晓得这件事情的，他们大概是有跟宏生劝说了什么，大舅也责备我不应该将钱借给他："哪个叫你把钱借给他的，他还不还，都还不一定。"之后，宏生似乎也觉得连我也不再情愿帮他了罢。

　　过了些时日，又听说大舅一家、小舅一家里的几乎每个成员，都先后接到了一些催债公司打来的恐吓电话。原来是宏生在外面各种借高利贷，要么填写了亲戚们的姓名和电话号码留作担保人，要么直接提供了亲戚们的身份证复印件作为抵押证明，一时间搞得家族里很是埋怨。舅舅们暗忖烂泥糊不上墙；大姨哀声埋怨，责备儿子不成器，却也没有法子；借贷事件拖拖拉拉很久也没得以解决。

　　但我没有接到什么电话，宏生始终没有用我的姓名和手机号去借高利贷，不晓得他是念在我们的兄弟情分，还是念着我始终借过钱给他，这份信任与帮扶，是他的良心，无论如何都不会去伤害的。

　　直到大前年，我决定了抛却过往一切，去别的城市工作、生活、重新开始的那个夏天，在家中又接到宏生很久都没打来的电话。

　　他喃喃说："你手头可方便啊，宽裕的话能不能再帮我个忙……我过会儿到你家里去，把宝宝也带过去玩会儿，对了，我给你从老家带了些螃蟹……"

　　我没来得及跟他细说，电话已经挂断，大概他已在路上了。那时我每月正在供着小城的房贷，这栋母亲最后留给我的房子，起初也是有一部分公积金贷款要还的，现在我在小城辞了职，公积金封存，我得自己贴补钱进去，加上去了别的城市生活，有在那边置业安定的计划得靠自己一个人凑足首付，本身资金也很艰难，实在是没办法再帮宏生纾解了。那天，宏生带着孩子来了我家中，我委婉地告知，他提出的那个借钱数额实在巨大，也表达了自身的处境，只是他大概不会体谅，只觉得我也变了，不肯再出手援助了吧。

大姨的小孙子还是跟我似往日般亲热，他不晓得也不关心他爸爸和姨爸在聊什么，只是亲昵地爬上我的膝盖，凑到我脸上来喊我"姨爸姨爸，我要看宝宝巴士"，一阵刚吃过螃蟹的腥热气味扑鼻。我逗弄着他，笑着给他拿巧克力，又打开电视给他看。他手握遥控器，很快灵活地上下操控起了搜索节目的按键，一边玩去了。

宏生在一旁听我无法再借钱给他，脸色很是失望。他怏怏地站了会儿，淡淡道："哦，好的，没得事，先这样吧……对了，那些螃蟹昨天准备带来的，忘了放冰箱里头，都坏了臭了，只好全都扔掉了，连我们也都没吃上，不好意思啊……"

"啊，啊哈……不用不用，我也不吃的。你们照顾好自己，大姨也要顾着身体，我搬去那边以后，你们来找我玩……"

后来忘了又聊了些什么，总之有些尴尬罢了。没逗留多久，宏生就带着孩子离去了。那是他最后一次来小城的我的家中，他大抵觉得亲人们都不可靠，让他心寒了吧。而我试着让自己的心肠硬起来一些，但心中始终隐隐有些自责，总觉得是自己的错似的。

那天我送他与孩子到门口，他在关上车门前跟我大声地告别。我望着他的面包车渐行渐远，像是夜河之中一叶浮舟离去。就此别过，我明白，宏生这次一去，有些事是真的回不去了。

7

我与宏生至此，都各自好似过完了大半生。

这些年里，我失去了母亲，成了孤零零的一人；姨爸意外过世，他失去了父亲；我们这对表兄弟冥冥之中又有了些相似相怜的情形和况味。虽说人生的境遇大多由自己去创，但上一代人留给下一代人的福荫还是影响深远。眼看家族里的四个家庭、四组儿女，大姨和母亲与各自的后代，都过得心酸且凋零，而大舅和小舅与各自的后代，都愈发繁荣兴旺起来。从人生的起步点开始，我与宏生大概就是失落的那一半，而兰兰与小宇，是富足的那一半。

姨爸过世后，我与宏生在舅舅们连年的聚餐宴席上见过几次面。那几年，表妹兰兰结婚、生了头胎、生了二胎，表弟小宇也结婚生子，家族里的喜事似丰收季节的红色果实，一桩接着一桩，在传统世俗认可的进取人生的活法道途上，他们是赢家。

而我是被亲戚们催婚直至放弃催婚的那一个，宏生是家庭破碎、牵扯着一个父母离异了的男孩生活的那一个，我们至此或许方才觉出一丝"同是红尘悲伤客，莫笑谁是可怜人"的苦楚与无奈出来。

故而在那些亲戚们杯盏交错、喜乐沸腾的宴席时刻，我和宏生都很沉默。这沉默里面，有相同的沉默，也有不同的沉默。我是远离了世情和人烟的一种沉默，偶尔挤出笑容来，也是懒懒倦倦的，并不去羡慕别人的生活，而是知晓了自己的活法，也是笃定了自己还有别的某一条更寡、更难行的路在前头等着自己去走。而宏生，是仿佛一棵树的桩被时光的刻刀雕蚀了一般的沉默，他不再对人生抱有什么新的期待或憧憬，他湮灭了自己的响动与声息，只想守着儿子与大姨就此挨过余生。两种沉默，到底哪一种更沉默？

我离开小镇的时候，近乎是一次小型的搬家，有大大小小的衣物被褥要搬运到另一个城市去。大姨心肠热，说："宏生不是有车吗，改天叫他开车子帮你运过去不就好了。"

我找不出理由去拂了好意，便应允了下来，大概心中也是想有与宏生独处的机会，修补生分的关系，试着亲密一些。我也猜得大姨的意思，宏生如今已不听她的劝告，她想着我们毕竟是表兄弟，年岁也相近，总该有些共同话题聊聊的。

那天，宏生开着那辆陪着他风里来雨里去的白色面包车，见了我，黑黝黝的脸笑着。我们打过照面，"来啦""嗯啊"。此外没有再多寒暄，他便帮我搬运起了打包好的各种纸箱子。

车开动了，他坐在驾驶座，我坐在副驾驶座，车载 CD 播放着我平时不会听的热辣舞曲。我们都沉默了一会儿，这时我找了个话题，笑着说："对了，我那儿还有一堆以前买的音乐 CD 呢，改天丢给你好了，你正好开车的时候听。"

我想他常年在路上跑短途运输，总该要这些音乐提提神。他说："好呀，好的啊。"

然后我们便又沉默下去，找不到可以一起聊的话了。其实想来，我的那些音乐 CD 都是大学时代囤积下来的一些文艺而小众的歌手，就算给了他，口味不同，他也不一定爱听的了。

那天的路摇摇坠坠，仿佛开了很久很漫长，我与宏生相距这么近，近得可以听见彼此的鼻息，却大半程都是在沉默中度过。我偶尔会从前视镜里瞅见他的脸孔，沉毅、沧桑、镇静、寡言，他所有的心思都只是在凝神地开车，像完成一桩使命，与他其他那些跑运输的伙计都并无两样。我也不再声张，放松了自己的坐姿，让自己内心那些沸腾的热情渐渐松弛平和下去，陪他听了一路澎湃起伏的舞曲。

8

后来这些年我再见到宏生，寥寥两次，都是在亲戚们的宴请上。每每是大舅或小舅家又有了什么喜事，我与大姨两家人自然是要到场吃这顿饭的。大姨领着宏生和小孙子，我一个人多数时是和她们坐在一起，聊着最近，聊着从前，在各自生活的破碎缝合成了褶皱之后，也笑着活了下去，恍惚间生出一种岁月静好的况味出来。

宏生更黑了，又壮实了不少，整个脑袋、脖子、腰身、肚子都更臃肿了起来。他饱经风霜的脸上，雕刻着被岁月浸染的痕迹。如今他看起来更像是四十岁，我看起来更像是三十岁，尽管我们都该是三十出头、不相上下的年岁，时间的刻刀在我们身上留下不一样的疤疤。唯一相同的是，我们都长成了人到中年的模样。

我们在宴席上偶尔寒暄几句，聊一些不涉及精神内容层面的话。或许是为了打破尴尬，或许也是因为我们至少还是表兄弟，本应该更相互扶持一些的，但不会再走进彼此的心里去了。

一代又一代的人，出生、落地、长大、分离、老去，我们的祖祖辈辈是这样，我们的外公外婆是这样，我们上一辈的母亲姨妈舅舅们是这样，我们这一代四个兄弟姐妹也是这样，我们的后代同样如此。千百年来，无一例外，无一幸免。

我、表弟宏生、表妹兰兰、表弟小宇，或许也该加上表姐燕子，我们这一族的表兄弟姐妹们啊，我们的时代与舞台其实也已落幕了，尘埃停止了飞舞，静水缓缓地流深，人生大局走向既定，对下一代人的期待才是未来的光亮，而我们的命运不会再有多少更改。

从前"走亲戚"的习俗，是再也不复见了。我们的后代也没有被沿袭下来这个习惯。表兄弟姐妹们各自娶妻的娶妻，嫁人的嫁人，生子的生子，像是小时候一群玩伴，乌泱泱作鸟兽散。他们和她们的朋友圈里如今都只顾着晒娃，记录和展示着各自孩子的成长点滴，看不见自己，不晓得他们和她们自身过得好不好。

其实我们的父辈母辈不也是这样过来的吗？一代又一代人像河水一样流淌了下去，栽培后代，浇灌儿女，湮芜自我，隐藏声息，哪有什么区别。故而即使偶尔依稀觉得自己恍惚生出一种被玩伴们背叛了的感觉，但其实我才是别具一格的那一个，离经叛道的那一个，没有遵从祖祖辈辈的活法、背叛了玩伴们的那一个。

有一晚在大舅家吃晚饭，难得我们四个兄弟姐妹都在，兰兰提议她、我、宏生、小宇家族里的四个人一道拍一张照片。我们起身并肩站在一起，都露出了微笑，在那一晚酒足饭饱的微醺里，神容安详。亲戚们给我们按下了手机相机，最后留下了我们至今唯一一张合影。人到中年醒，各自登山去，我们是真的回不去了。

我的表弟宏生，后来这两年，我们不再有联络。他生活在海边的村庄，与大姨、他的儿子相依为命，看这世间的日子过去；我生活在别处，一个人在孤独的异乡不再拥有故乡，看这世间的日子过去。

我们没有再互相打过电话、发过消息。只有一次，我无意间点开他的微信朋友圈，看到背景图下方，是那一道被小小的圆点隔开着的灰色的下划线。我不晓得究竟是他删掉了我，还是他对我或对所有人都屏蔽了朋友圈，我并不想去探知真相，我只是退出了界面，将手机熄屏安放。或许，从我们都关上了与这个世界沟通的某一扇窗开始，结果都一样，我们都一样。那就让这世上所有的关系都像一道河流，顺其自然地流淌。

我只想起少年时候曾在语文课本上学过鲁迅的一篇《故乡》，写他与儿时玩伴闰土的故事。我惶敢将自己的人生比拟作鲁迅，但在往后的岁月里，一再觉得表弟宏生像是我的"闰土"。

鲁迅先生写说："我在朦胧中，眼前展开一片海边碧绿的沙地来，上面深蓝的天空中挂着一轮金黄的圆月。"这样一片苍茫沙地，鲁迅曾走过，闰土曾走过，好似我与表弟宏生也曾走过。命运世事聚散，恍如夜河浮舟。

而如今，我们就要沿着这沙地的岔路分了道来，一个站在船边，一个站在岸上，在暮霭沉沉的烟尘里挥一挥手，各向一边去了。

后记

postscript

坐慢车的人

这本书，应该是我最后一次如此私人化的亲情书写了。

七年前，我写完《云上》，那些碎片式的记录，吉光片羽的思绪，被凝聚成了厚而重的一份纪念。我知道它们终会在某天从记忆匣子里再次翻开，轻柔而小心翼翼地，以别的什么面貌、语气、姿态被重新叙述，像一个个被圆整、浑融讲出来的故事，河流般流淌。

于是，就有了《慢慢告别》。

在《慢慢告别》上篇里面，我重述母亲的少女时代、青年人生、中年晚景、临终片刻和故去后的余音，以及去描述一个人当失去至亲之后，这些年岁是怎样在人间走了下去，活了下去；在下篇中，写了之前甚少提及的生身父亲，也有与外婆、大姨、大舅、小舅、表弟等关于人类情感关系的记录，是一个家族的世代缩影。

故而在《慢慢告别》上篇，会读到它与《云上》的某种传承映照。我在书写的过程里，既是渡河的人也是被渡的人，划着桨，送往对岸。从《云上》到《慢慢告别》，从河流的这一岸渡到了那一岸，完成了与母亲的告别，也告别了从前那个耽溺往事的自己。

《慢慢告别》下篇继续书写亲情，尝试去记录生活在苏北小镇上的母系家族里的亲戚亲眷。家长里短、世事聚散，每个人在各自运行的生命轨迹里过完半生或一生，或老或死或已走远。当那些人世间的烟火与欢苦被留了下来，道了别的，依然留在了心肠里的。

这些关于亲情的告别，有不得不，有不甘愿，有挽留，有叹口气放开了手。它们虽被分为上篇、下篇，却不是割裂和独立开来的，它们相互关联、彼此交集，下篇里的人会提前在上篇出现，上篇里的人也会在下篇"还魂"。这一对横跨三十年生命脉络交集的寻常母子，在一页页中国式家庭群像的纸卷里，细密层叠，萦绕生长。

二〇一五年的秋天，某天我在电影院里无声息地落泪。那部电影里头，孩子问妈妈，为什么他们要坐慢车，妈妈告诉他，车慢一点，妈妈陪他的时间就长一些。那一年春天，也是母亲故去的时日。

后来我也选择成为一个坐慢车的人。有一天我抬头望着天上缓缓飘过来荡过去的云，看着车窗外一棵棵迎面扑过来又很快交错消失的树，觉得自己也仿佛一个坐慢车的人。只是没想到"告别"

是一个这么缓慢的过程。缓慢到，今年已是母亲离去的第九年了。

我在坐慢车告别的旅途中，时常有些舍不得，有些惘然，也有些难以消散、笼罩荒野的哀愁。每个人与家族、亲情、母亲的告别都是一门课程，我尚未学成，但还是得仰起脸来，噙着泪笑着，挥挥手，踏上各自人生前行的那一节车厢。

庆幸坐的是慢车，于是这种种告别的情意也更加绵厚了些。

这本书写于二〇二二年初春至深秋，写完《慢慢告别》之后，将自我缝缝补补愈合了一些，慢车也已送行去往下一程。

最后一次像这样将私人化的亲情叙述赤诚表达、袒露真心，往后或许会去写小说，写剧本，写别人的故事。但也会狡黠地藏躲在别处，在别的时空，别的山川与河流、相遇与别离、欢苦与哀愁里，用别人的名字和情节，不动声色地聊起自己与母亲、家族的从前的事。

假如某天你读到似曾相识的人世风尘——嘘，那个时刻，也就是我跟母亲、跟你们，又重逢了。

2023 年 2 月 12 日 南京

图书在版编目（CIP）数据

慢慢告别 / 不良生著 . -- 南京：江苏凤凰文艺出版社，2023.4
ISBN 978-7-5594-7551-0

Ⅰ . ①慢… Ⅱ . ①不… Ⅲ . ①散文集 – 中国 – 当代
Ⅳ . ① I267

中国国家版本馆 CIP 数据核字（2023）第 025969 号

慢慢告别

不良生 著

出 版 人	张在健
责任编辑	姜业雨
封面插画	张 伟
装帧设计	薛顾璨
责任印制	刘 巍
出版发行	江苏凤凰文艺出版社
	南京市中央路 165 号，邮编：210009
网 址	http://www.jswenyi.com
印 刷	苏州市越洋印刷有限公司
开 本	880 毫米 × 1230 毫米 1/32
印 张	10
字 数	210 千字
版 次	2023 年 4 月第 1 版
印 次	2023 年 4 月第 1 次印刷
书 号	ISBN 978-7-5594-7551-0
定 价	59.00 元

江苏凤凰文艺版图书凡印刷、装订错误，可向出版社调换，联系电话 025 – 83280257